随心点染

简梅 著

群言出版社
QUNYAN PRESS
·北京·

图书在版编目（CIP）数据

随心点染 / 简梅著. -- 北京 : 群言出版社，2017.6
ISBN 978-7-5193-0320-4

Ⅰ. ①随… Ⅱ. ①简… Ⅲ. ①散文集－中国－当代
Ⅳ. ①I267

中国版本图书馆CIP数据核字（2017）第201729号

策划编辑：陈赫男
责任编辑：李　群
封面设计：Amber Design 琥珀视觉

出版发行：群言出版社
地　　址：北京市东城区东厂胡同北巷1号（100006）
网　　址：www.qypublish.com（官网书城）
电子信箱：qunyancbs@126.com
联系电话：010-65267783　65263836
经　　销：全国新华书店

印　　刷：北京鑫瑞兴印刷有限公司
版　　次：2017年10月第1版　2017年10月第1次印刷
开　　本：710mm×1000mm　1/16
印　　张：12.25
字　　数：204千字
书　　号：ISBN 978-7-5193-0320-4
定　　价：39.80元

序

◎朱谷忠

简梅喜欢读书，酷爱诗歌，一直勤于写作，作品以情感的醇正和独特的表现令人赞赏。近些年来，她投入散文创作，以观察细腻、文字清俊见称。她的这本散文结集，正是以一个诗人之笔，随时间的河流用心勾画的产物。因熟悉的缘故，有一个时期，我曾留意过她陆续发表和在省内外获奖的散文作品，感觉思路矫健灵动，行文委婉绵密，因而也相应给她更多的点赞。而她，似乎也在散文领域找到了能极尽随心点染、自由抒发的路径，写得愈来愈多。现在，这本汇聚自然风物、历史文化、宗族血脉等诸多方面的集子，便是一个明证。

此书出版之前，承她信赖，用电子邮件发来让我先睹为快。细读之下，我发觉，在这本散文集中，她不单以诗人的角度凝视她走过的地域景观，还以一个在场者的身份深入探寻了各个地方的文化品性。艺术的触觉，常常伸入到被人忽略的生活角落和人生细处，并以其特有的敏感和细腻，绘影传声地勾画了人与自然社会以及自身的精神联系。

写诗的人写散文，常有活泼自然与典重高雅互补之妙，以及行云流水与跌宕起伏相融之趣。尤其值得重视的是，简梅似乎也是以这种追求来写散文的，但却是以一种认真的态度和一丝不苟的作风来完成自己的创作，令我刮目相看。例如，有一次，她应邀为一家报纸采写大翻译家林纾的稿件，前后自行去林纾故居数次，又四处搜集、购买林纾的作品和资料，两个月了，仍迟迟没有动笔，直到半年后，才交出一篇不足四千字的文章。我得知后问她为什么，她说，这么大的历史人物，没有做到充分了解，怎敢轻易动笔！

老实说，要全面评介简梅的散文还为时过早。因为从客观上说，简梅的散文数量还不算多，但她的作品中闪现的灵感与简洁的笔法，以及她对历史和现实的思索，引起读者注意的却不少。《人民日报》《文艺报》《文学报》《福建文学》《福建日报》等都曾在副刊显著的位置发表过她的作品，其中就不乏精彩的段落与独到的见解。因此，我在这里想说的也仅是个人的读后感而已。

首先说这本散文集有着鲜明的特色，即观察细腻，情感丰沛。应当说，她的文学原乡是其生于斯长于斯的福州长乐，乡愁如歌亦如诉，这使她最终得益于这些曾经的难忘经历和感受，从而不吝笔墨，陆续演绎了这块土地上的民风民情，如《梅城漫忆》《记忆中的年味》《父亲》等篇，读者不难看到，她总是在细微的日常生活中挖掘原本的色泽与诗意，在自我情绪的细腻表达中营造一种温暖、柔软、亲切、动人的情愫。尤其是对于生活其间的亲人、朋友，情感互通，手足并胝，每每忆及，寄予更多的是一种悲悯与感叹。这些写实性的文字，也为简梅的散文写作不断拓展奠定了基础。当她有机会深入省内外不少地方采访时，各种新的题材、新的人物陆续走入她的视野，文字充满了蓬勃的现代感。而《春天序曲》《独步红树林》《方山纪游》等，均能让人看到她笔端的万物，各有其灵，尽善尽美。在这类作品中，我较为欣赏的是简梅时常能在写作中脱开所谓芸芸女子的一员，特立独行地以一种心灵的伟岸去观察和接触事物，如《古囊峒巙》《我想歇歇，来龙山》等。另有一篇《闽江边》，写得尤为动人。文中，当作者立在视野开阔、江面雄浑的闽江大桥上，“对着桥下滚滚不息的江水，看着两岸灯火，万千渺小的心也随着江上徐徐的风以及摇曳的浪逐渐平息下来”。这时她继续写道，闽江“似乎它懂得我无尽的伤悲，像我至亲的亲人。它用滚烫的江水抚平我的忧伤，并让我深知时光与个人的境遇其实就是那川流不息的水，无论你经历了什么，它始终一如既往地流淌，从未停歇它的脚步……”其实，这本散文集中也有不少对溪、河、桥、山、海以及对四季中景物的描述，她似乎都是用女人的天性去勾勒人与自然的关系，进而又引出她的忧思所在，颇能给人思索与回味。这，恰恰也构成了她散文的另一特色。

事实上，简梅确非一个只会在柔软处低眉吟唱的小女子，她写山写水又总是脱开山水，用丰富的意蕴去表达她对人生真切的感受，例如《春天的延寿溪》《初溪的面孔》《风雨宝带桥》等篇。而当恢宏的历史和人物来到她的笔下，她更是不让须眉地常常在对人物或事件的回溯中，感叹文化兴衰，探寻历史幽微，在强烈的文化反思中彰显出作家的使命与担当。其中《风华绝唱冷红生》《高文雄笔论天演》《挺笔荷枪 清风傲骨》等篇，尤其写得风骨凛凛，缘情悉理，让丰富的想象飞翔于历史与现实之间，集理性思考和感性表达于一体，充分彰显了她文化类散文方面的知性品质。除此，在反映家乡、异地人家的生活变迁和习俗的作品中，简梅也常常能从优美的文笔中，引申出对于生态、对于生命和生活意义的思考。在描写这些景色和日常生活时，文字有着特别的质感和温度。因此，无论是八闽风情，还是外乡习俗；无论是时令节气，还是地理物候，简梅都以一种深情融入，并以一种自豪与热爱之情，淋漓于笔端，粲然于纸上。

无疑，简梅的散文印证她作为一个女作家对自然社会与人生的思考。细细品味，作者无论写景还是记人，笔墨姿态总是浓淡相间，轻重适宜。但是，她的作品也存在文意转折不够自然、有些作品结构松弛、表达上有晦涩的痕迹等不足。我相信，随着简梅写作的不断拓展，各种新的题材、新的人物还会陆续走入她的视野，加之她对文学真谛的执着追求，她的散文创作当会步入新境，取得更好的成绩。

2017 年 5 月写于福州

（朱谷忠，福建省作家协会副主席，散文家）

目录 CONTENTS

第一辑 山迹水痕

春天序曲……2
独步红树林……5
古囊峢巘……8
黄山迷雾……14
春天的延寿溪……18
风雨宝带桥……21
初溪的面孔……25
夜宿土楼……28
温暖的人间烟火……32
我想歇歇，来龙山……35
方山纪游……41
天鹅洞里觅乾坤……45
叠石飞梁万安渡……50
宁海初日……57
萩芦春声……63
灵山探秘……66
七境茶缘……70
幽境中的龙兴禅寺……74

目录 CONTENTS

二

第二辑　岁月如歌

风华绝唱冷红生…………………………78
高文雄笔论天演…………………………82
挺笔荷枪　清风傲骨……………………87
那些远去的斑驳背影……………………91
“十八坂”的前世今生…………………96
光明港之歌……………………………103
谁家渔排风波里………………………111
悠悠古韵话浮桥………………………117
漈头乡愁………………………………123
腹有诗书气自华——“书香狮城”的传奇………128
闽江边…………………………………136
云………………………………………138
相　遇…………………………………140
闪光的碎片……………………………142
家乡的雨………………………………150
梅城漫忆………………………………152
童年·回忆……………………………159
记忆中的年味…………………………162
父　亲…………………………………164

后　记…………………………………185

壹

第一辑

山迹水痕

-SHANJISHUIHEN-

春天序曲 ▷▶▷

光，从浓云中剔透晶莹地洒落，江面银光闪闪的鳞片，似在倾诉着春江解寒后的流动与欣喜。不远的山峰，逶迤连绵，一眼望去，山势随曼妙的每一道曲线，玲珑婉转，披靡着簇簇翠青的山脉，这使天空有了沉稳的底色，使人们双脚踩在土地上，有了立身仰高的舒畅。

春天，就这么探出最初的脸庞。江风习习，灵性的芦苇从来不忘展示轻巧的身姿，让毫无修饰的杂草伴随穿插，一齐簇拥着绿色的江岸，发出细细碎碎簌簌温柔的声音，从小道的这一端传到另一端。

阡陌村落，一丘丘青菜按照播种的轨迹，长出一片片舒心的翠绿，泥土的清香与菜苗混合的鲜味，沁人心脾；最是那几亩金黄的油菜花上，尚未消失的晶露，一粒粒，一滴滴，闪闪发光；只见大颗的顺着中间叶脉，晶莹滚动着，风一漾晃，便随势婉约落下，晃悠着美好的梦幻。而傍着油菜花栽种的是纯洁高贵的一畦畦花菜，它们仍有些含羞，躲在五六片叶簇重重保护下，显示花球蕴含的一面；而入冬霜冻后的西红柿仍有些怏怏的，但它开始绽出青绿的色彩，却有着自然接受风霜雪雨的果实的坚强。

刚晴不到半晌，阳光收起，云片汇聚，俏皮的春雨又来了。先是哗啦啦落下一大片，毫无遮拦地沿着山脚又漫向村庄，从屋檐往下摔得啪啪直响，使地面上顿时冒出了无数彩色的雨衣雨伞。许多人在清脆的噼里啪啦的雨声中跑回家里，只见天井上恬静的檐角正吹刮一阵花雨，卷起春珠，当当直敲窗格；而庭落中诸如鱼缸、陶罐等承接物，则发出不同的声音。细听，木质的器物发出醇厚的哒哒，青石铺成的巷子则啪啪响成一片……好在，不过个把小时，雨声又变得柔柔弱弱了。飘飘荡荡中，翳翳的风马上前来助兴，这时首先活跃的是鸟儿们，它们飞掠树枝间，交颈呢喃，声音从远至近，叽叽、喳喳，叽叽叽、喳喳喳……声调的长短，又似在交流筑巢的进度，好生热闹！一路穿街过巷，竟都有不同的翠鸟在啼叫，偶尔还听到犹如“男子汉的粗嗓”，吖吖吖的声响，不禁让人露出笑意，这是为乡人指路，抑或传荡练声的交响？

土地里，成排纵横的湿漉漉的甘蔗林，一节节或长或短的节茎细微鼓胀，如分割机摹划出来的，一圈圈形成醒目独立的姿态。花穗则凌风起舞，紧密相挨着、摇摆着，传荡着只有风与泥土能听得懂的密语：“沙沙、沙沙沙，沙沙、沙……”循环往复。甘蔗，自古为脾之果，清润甘凉，为世人称道。来年，它的宿根会重新分枝生茎，最甜的下半截因为汲取了泥土中充足的养料，叶的蒸腾使根很快又长出许多嫩芽……植物的生命啊，总是有着“天时地利人和”豁达顺境的心态，与人间春往冬来一样，有着磨砺艰苦的奋斗，并收获洋溢的喜悦。

乡音又纷纷蹿出门户了，勤快的人们再次走向野外，脸上的笑意与遍野的新鲜空气融为一体。苒气上升，漫山杂陈的林木，郁郁葱葱，高低错落，无数的新绿、青绿、嫩绿、深绿混合一体，加上那些冬季未脱落完的灰色枯叶，新旧传承的生命组成了一幅绮丽折叠的水彩画。自由绽放的万绿丛中，只见花衣、红衣、蓝紫衣袖，七彩闪烁着，成为山体最好的点缀。而山也更英俊地显出它的精气神，看吧！各色花瓣在山野中纷纷梳妆，紫红粉白竞舒色彩，蜜蜂满足地倚靠在花蕊中，看哪朵花儿开得最艳丽，它流连的时间就久长一些；而花儿早顾不上与谁攀谈，她们如公主般洒脱奔放着，瞧：红蕾梅枝峭天立，杜鹃娇羞粉带语，山茶海棠绽芳姿，樱花香桂缀馥丽……忽见远处驶来了几辆车子，跳下一堆男女老少，他们三两为伴，独个寻春，扬起手中的相机、手机，咔嚓咔嚓，记下枝头的春闹，记下远山的空旷与清寥，记下家人、友人团聚的欢欣，记下执子之手、与子偕老的誓言……而刚学步的儿童，趺趺撞撞，飞奔着，扑寻前方的蝴蝶。

眼前尽是：轻拢慢拨的春的笑容，万千思绪鼓起漫游的翅膀。人对大自然似乎有一种与生俱来的亲近与眷恋，何况这春的世界里，竹的清正，松的伟岸，石的包容，以及所有的花草都拥有宽容豁达的心态，乐于充当人的搭配，奉献就是它们唯一的语言。而万物的天性总是与阳光与人的体贴、抚慰有极大关联，无论在严寒与霜冻中经过怎样日月，只要春天一来，向阳的枝叶，或凌空，或斜伸，或俯仰，没有一片叶子的聚合、孤立是相同的。婀娜的恣意，俨然成为天地的主人。而人何尝不是，他们早已做好弯腰躬耕，甚至披荆斩棘的准备，毕竟华年不能虚度，而梦一直在路上。

这些交织缠绕着的春的音符，使心不禁哼出“春草如有情，山中尚含绿”“有时三点两点雨，到处十枝五枝花”的洒脱与惬意；抑或在林木葳蕤，鸟声婉转，叶片簌然间，见家园半隐云间，半隐芳丛，顿时，周身的疲惫尽除，安恬静穆中，诗意浸染了衣衫……

独步红树林

当我望见竹塔村东头一片苍郁的红树林时，心跳顿然加快了起来。我飞一样跑到了那宛如巨大的绿绸缠绕的海滩，感觉自己一下子置身于一群群纷披碧绿秀发的窈窕少女中间：啊，红树林！这就是我梦中见到的红树林吗？此刻，它们柔曼的身腰簇拥着我，使我情不自禁地伸出手，轻抚着这暮春近午带着雨后露珠的叶子。我看见，它们或低矮地贴近泥土，粗细密集的枝干展现着丰韵；或立于淤泥却卓然着沁人的青翠，一簇簇，一丛丛，高矮不一，延绵成壮观的护卫林。挤挤挨挨的须状根，或倚靠，或倾斜，却极有规则地排列成绿茸茸的原始丛状。有的叶瓣中间还长出十六七朵的小花，未开放的则形成嫩白花苞，细细的芽儿呈青绿如雏鸟嘴般，探出尖细的头，显得异常有趣。

因为刚下过一场大雨，云像从天际往下滑行而留下的踪痕，软软的，铺着层叠的棉花，垂挂在半山腰；又随着山道蜿蜒漫向海滩，晃动着轻轻的薄纱，飘浮着浓浓的绿意，天空也压得极低，与耸立的红树林一起，把远处、近处早已来到这里观赏的游人们的脸染得红红的、粉粉的，又在惊喜中显得笑意盎然。

多么会心的一场相遇。当人们相遇时，只是眼角眯起，点了点头，便三三两两地消失于栈道的转弯处，向更深处去探寻红树林的秘密，周围马上寂静了下来。我呢，仍只听到自己的心跳，以及偶尔掠过不知名的鸟儿啾啾的声音；还有雨后倾注着无名英雄心力而建的坚实木栈道，脚印铺上时也是湿漉漉、轻悄悄地。有时，被两边延伸出的大自然珍贵的生命体所包围，我不知何处是尽头，弯弯绕绕中，也不知哪里是起点，静谧的天地中，只剩下我与蔓蔓的红树林，在诉说各自的心事。我一会儿用目光凝视枝干，顺势也轻轻拍拍它，一会儿忍不住去嗅嗅可闻到的花蕾。我发现有些枝干的线条很粗粝，但并不妨碍它生出柔软之心，结节处竟顽强倔强地斜立出叶子，像在跳着独步的芭蕾；盘根错节、枝繁叶茂的两边红树林，有时会伸出如心形的手臂，将人包围在里头，穿行中，低矮着身子才能走过它们故意设置的浪漫廊道，让人仿佛进入绿色的殿堂。而此时，谁还会去顾念绿莹莹的天地底下，竟是混浊的泥土？如果抛却木栈道，最初借助于小舟行驶，晃悠悠中，身边掠过的更是“清风明月撩知己”的惬意情致吧？到处水光绿影，到处金鳞玉屑；注视着扎根于淤泥中，仍傲然挺立的红树林，我生出钦佩之心！作为湿地生态系统中唯一的木本植物，它能有效净化海水，为海鸟及海洋生物提供栖息地与美好的生态环境，具有造陆、护岸、护堤的功能。涨潮时，它们常常被海水淹没，只剩下树冠露出；落潮时，它们与荷花一样，出淤泥而不染；革质的叶片，闪耀着哲人的光芒。哪怕雨后，湿地泥浆更加杂浑，但它们却从不急躁，身上始终洋溢着钢铁般坚毅的色泽，如一群勇敢的战士，守卫着僻远的家园。

栈道上不时落满黄色的叶子，斑斓中，恍如秋天的写意画。这些枯枝花叶掉入泥土，会为很多的浮游与底栖生物提供大量的饵料；而底栖生物又为候鸟提供重要的食物来源……大自然总是这样生生不息，互相养护与依靠着，形成极有规律的物种遗传资源，构成一个巨大的基因库。谁也无怨，谁也不必多争，一切都顺意自然。突然，我看到一种如“笔状”或“筷子状”的种子，它们静静地躺在那儿，并不畏惧人好奇的触摸。后来我才知道这是胎生苗，它们从红树林的母株上吸收营养，利用胚茎上的皮孔呼吸，直到成熟脱离母树，而后尖尖长长的像小锥子般扎入泥土，几个钟头即可生根；潮来潮往，密集发达的根系，逐渐形成稳固的支架，使它们在光阴的流逝与海浪的冲击下始终屹立不动。而有的小苗运气差，没有办法立根，会随着海水漂，随遇而安地直至找准合适的时机，看准了，铆足劲儿，而后生长成另一片苍郁的红树林……有的则要漂流长达数月，它们有着最本能的求生本领与顽强意志，继承着红树林家族优良的传统，默默无私地保护着人类的家园；更为神奇的是，有时从母树落下的幼苗平卧于土上，也能长出根，扎入土中。

红树林就这样成为海洋与内陆之间一道道天然的屏障。而脆弱的人，怎么能比得过它们对曲折环境的适应能力？

云，时而柔绵，时而羞涩，时而飘逸，都不远不近地跟着，高过头的红树林使我抛却了凡俗与忧念，一路与它们对吟。隔一段，都有别具匠心建筑的空旷看台，可见四周弥漫的田园风光，鱼塘、湿地、远山……滩涂中的跳跳鱼，它们有着隐身泥土的快乐，时不时也想欣赏自己跳跃的姿势；还有那些早已扬名远播的竹蛏、泥蚶、青蟹……这片自由养生的圣土适合它们居住，使它们与丰富的农产品等资源共同组成五彩斑斓的世界。远眺中，心旷神怡，我不禁想到，从古至今，大海总是给予人类广阔无私的帮助，“以海为田”“藉海为活”“以鱼为粮”，依靠着大海丰富的生物资源，繁衍生息。而地球，这个唯一拥有大量液态水的星球，吸纳着一切自新与防护调节的宝贵资源，诸如红树林。在工业化开发与保护环境越来越严峻的今天，这一处海滩上，横亘着一大片郁郁葱葱的海底红树林，看那些展翅翱翔的白鹭、苍鹭、黑尾鸥等争相做着常客，沿途中还看见斑鸠、苦鸡在较高的树上筑巢、安家，刚出生的雏鸟怯怯地叽叽喳喳，窝在树丛中……不远处，一群野鸭在水里活泼地追逐……

如此美好的境地，让人身心泰然。我不禁又大步往前，顺着红树林自然生长的态势而建的木栈道，左弯右拐，终于找到了出口……

我来到的这个神圣的地方，即福建省云霄县漳江口红树林国家级自然保护区，它是我国北回归线北侧种类最多、生长最好的红树林天然群落；也是福建省南亚热带海湾面积最大、组成种类最丰富的自然群落……我也记下了这些生生不息的植物：秋茄、木榄、白骨壤、桐花……它们不但调节着空气与气候，抵御强劲的台风，还可做木材、薪炭、食物、药材、化工原料……

红树林，红艳艳的内心燃烧了多少内核，奉献着多少春秋。

记得我在一篇文章中曾写道：只要有人的地方，总是演绎着饶有风姿且充满艰辛苦乐的故事；而今，我要说，只要有红树林的地方，人们总是安乐祥和，祈盼最美的人类天使。

我赞美您，心中的红树林！

古囊岬巘

许是钦慕莆阳大地氤氲的历史人文，锦绣钟灵的乡土风貌，醇厚浓郁的民风民俗，以及流淌在兴化平原重情尚义、忍辱负重的家国情结，以至于踏行于这块土地，钩沉探幽中，常举步流连，并深深地沉浸其中，久久不能自拔，仿似已成其间生活的一分子。

也曾在壶公山眺望四野，看云雾缭绕的仙山轻盈地回眸一笑，开启人间的智慧花；也曾在静谧的白塘湖边，听取蛙声一片，亲昵着夜里的芭蕉，看温柔隐身的鱼儿跃出水面；也曾漫步荔城古韵的绶溪钓艇，抚摩延寿桥身盈耀时光流转的斑驳与息叹，但始终没有抹去它庄重、古朴的光影；也曾于紫霄山前连理枝下冥想重重誓言，湄洲岛鹅尾石旁倚听思恋潮声……每一次的经历驻足，都诉说着这片悠久古老的土地与人民，安贫乐道、无往而不适的独特魅力。

而走进莆阳明清文人称曰二十四景之一的“古囊岬巘”，却让我的心有了一份沉甸甸的拂之不去的忧伤及一再的挂念感。佛说，因缘自有许多条件的凝聚结晶而成，世间一切事物的来由不会平白来，也不会无缘而去。探访古囊千载纵横史事，并经实地考察，搜集资料，又日夜研读，寻迹囊山一切图集，对这厚重沧桑且并不为世人全面所知的闽中名山寺，有了一份立于文字的使命感。

光看“岬巘”两个字，如今有多少人可以体悟其间风情？汉语词典中，“岬”同“岈”，喻指山低而长，曲折连绵；“巘”字，单从字形上就可想象山岩形态各异，陡峭。郦道元在气势恢宏的《三峡》散文中就曾写到“绝巘多生怪柏”的语句。“岬巘”二字形象生动地将古囊山的特点概括出来。后因汉字简化，此二字常被今人浅敷简化为“列献”或“峢献”等词，致使意蕴尽失，加之对其成为二十四景之典故，往往蜻蜓点水，跟着人云亦云，岂不可惜了这景致深厚的历史底蕴与辉煌背后所给予世人的警示？

囊山位于莆田市区东北约20公里处，主峰海拔639米，属于涵江区北部山系，为白沙澳岭的余脉，其山势不是孤峰巍然屹立，而是一列如屏、绵延几公里长。其来脉北连澳岭，西麓萩芦、梧塘乡镇众村落，南面遥对东海，一条来自榕城伸进莆田东大门——江口镇福厦公路，宛若永不消逝的星光巨痕，自东而南穿过海滨诸多村庄。

全山独具特色的自然美景，最突出和为世代人们同称的，多为山椒裸露的众多花岗岩，峥嵘林立，峰峦复叠，石群雷列，状如莲瓣，蔚成一大奇观，且山峰酷似古人席地而坐所凭的“隐囊”，所以称之为囊山。囊山大小岩洞之多，甲于莆阳所有名山。最有名的岩洞是以佛号标称其名的“辟支岩”，《福建通志》记载：“辟支岩，其中可容数榻，旁有八小石负之，玲珑明澈，如窗棂然。”另在海拔230米处，有一个“门户相连，四面八达”的天然巨洞，有无数小洞层层套叠，多若蜂窝，人称“百廿间”。

古代囊山为原始森林所覆盖，林海松涛，风光别致，加之山间巍峨怪石，众相交错，有的怪石与种种器物或动物形象相似，被人们立为名石入史志文献。尤其是耸立于山巅的一块特大奇石，面积达二三亩地之巨，宛若一座大碑塔，造型又似大鲎，俗称“鲎姆石”。它成分不同于一般的花岗石，氯化镁含量较多，会随着天气阴晴而变色，又因此石面高大，每逢阴晴之交石面变色时，方圆数十里村民无论出行、下地劳动，只要远远地看它就可得知气象参考，是天然的“晴雨表”。

囊山自成名伊始，其山色、峰峦、悬崖、峭壁就扬名八闽而至海外，以及漫山的岩石、洞穴、溪涧、流水、森林、草木、土壤等，都莫名的幸运，随着名山胜景进入历代名人的诗文画幅。“山有重囊势，门开两径斜。溪声寒走涧，海色月流沙。”（唐·黄滔）“入山恍似入囊里，天造地设非人为。”（清·刘明曦）“乱根寒漱百道泉，老干高排九州雨。”（明·周宗遂）“千林欲暮山带雨，六合无尘秋满天。”（元·余樾）以及明代莆籍状元柯潜，用短短的20字：“断涧流泉涩，平冈古木齐。何时谢尘鞅，此地卜幽栖。”表达出囊山的非凡气势，以及诗人们向往囊山栖居的美好愿望。

而天地造化的古囊胜景，却随着两宋期间囊山下人口渐繁，遭到极大破坏：山间郁郁葱葱的原始森林，历经数百年乱砍滥伐，又经几度天灾人祸，千百年古树早已荡然无存；岣嵝山石岩洞也在清代开始遭此厄运，古老稀有的“鲎姆石”，单就近百年，就罹逢过两次大难。一次为19世纪末叶，英国某巨商以一万银圆向兴化知府购买此石，据说是要炸取其中的所谓“石胆”——矿物珍宝。确定开炸的当天早晨，山下远近村民一万多人蜂拥上山阻止，保护人们世代敬若神明的巨石，英人与官府终于不得不作罢。再一次就是20世纪60年代，可怜的古囊名山面临玉石俱焚之危，那些集体无意识的人，认为破坏名山也是豪迈壮举，竟然在半山插上“搬动囊山石，填平东海田”的标语。“鲎姆石”虽然转危为安，但其他山石却没这么幸运。“变石成金”之风一直断断续续，到了80年代改革开放，花岗石需求量增多，开山炸石也愈演愈烈，那些巍峨一方、极为壮观的风景在浩浩荡荡的魔手前皆已荡然无存。

但值得欣慰的是，当地政府耗尽了九牛二虎之力，终于制止了这场毁灭山林之灾。漫山遍野栽种了几十万棵马尾松、相思树、柠檬桉、木麻黄等，加上数千亩地的龙眼带，囊山逐渐又恢复了生机。我查阅了大量的资料，通过莆阳乡贤几千上万个艰险的跋涉镜头，摄下如今囊山顶上春夏秋冬的点点景致，为了探寻与发现，他们时常攀踩无人小径，登顶绝壁山崖，给我们留下了“新岣嵝”真实的踪迹，显得弥足珍贵！看着山顶遗留下的一堆堆被炸碎默默散落的巨石，如翻阅一本大地满目疮痍的书，那些石头无声地陈列着历史的伤口，显得触目惊心。而有些岩石因山势艰险，未遭劫手，其山形排列，依旧姿态万千，可窥现古囊岣嵝中壮观的一幕：看！有的大石头犹如被上天狠劈一道裂痕，却屹立不倒；有的石头如一只硕大的猫头鹰，凛然地矗立于山之巅；有的如在夕光中凝望的女神，一缕长发飘逸在脑后，娴静中露出甜美的微笑；还见到两块大石，在崖边面对面互倚，其中一块竟如碗状挖出一个天然洞口，天堑间，惊险绝伦；还有的如两三块精美的印章，累列于群石间……

最令人触动心扉的是，在许多已被砸碎的石堆中赫然生长出翠绿的枝叶，这细碎而顽强的生命力，点缀与映耀着千疮百孔的历史伤痛。囊山的种种奇异神石，或躺，或卧，或立，或耸，高圆尖不定；更有一大片花岗石被千年雨水冲刷、流积、磨损、拐击、顺滑而向下倾斜，光滑如镜；有的苔藓深重，石上竟似被激光凿空了许多深洞一样，呈星星点点的姿势向四周蔓延。

经常人立杂石中，分不清哪是人，哪是石。我陷入深深的思索，究竟是人粉碎了石头，还是石头硬朗与鞭挞了人的骨骼？在千年风生云起中，天地自然，该如何抚顺人类张狂之心？跋涉者用坚毅的脚靠拢一寸一垄的山，灼耀了自己的灵魂，也闪烁着如国画般厚重的人间影像。

追本溯源，囊山擢升为闽中名山，始于“有仙则名”的唐禅师创建南麓名刹之后，这才能识见，道德智慧超常的“仙人”，即“囊山慈寿禅寺”的开山祖师——唐代南岳下三世福州西禅长庆大安禅师的法嗣——文矩慧日禅师，亦名涅槃，先后被赐封为妙应、圆智大师等。但其中“妙应”封号在山门和民间流传最广。妙应祖师（820—898年），俗姓黄，名文矩，字子薰，福建莆田县人，是大名鼎鼎的曹山本寂禅师的胞兄。因此莆仙素有“黄门二禅师”的美称。相传，他少而聪颖，悟佛知见，禅学修为亦非常成熟，披剃之后不披袈裟，不受具足戒，道德功力非同一般，常口出呓语，举止怪诞，行踪不定。有时坐禅岩洞，数日不食；有时裸卧岩石，任蚊虫叮咬。因他出行时有两只驯虎跟随，人称“伏虎祖师”，许多史书相沿记载“黄涅槃行化，使二虎负囊而归”这不可思议的行状，至今庙里仍存的一块“虎石”碑石相传是祖师用竹杖所书。他的这支竹杖，行住坐卧，从不离身，并以心传心，留下点穴解救五百病僧的神奇。他经常独自一人在囊山寺外远近山洞坐地参究几个昼夜，飘忽无定，尤其多在囊山后山辟支岩修禅，广知天机。

他创建的囊山寺名声远扬。唐乾符二年(875年)时，祖师开始搭建一座庵宇，时人称曰“伏虎庵”，其后又经两年的时间不断增建、扩建，初具丛林规模；“天下寺有定数”，当时的刹宇须报地方政府批准，后被立名“延福院”。唐乾符四年（877年）阴历十二月初八，妙应祖师主持佛像开光盛典法会。相传，佛像开光之日，王审知在寺内设千僧斋，布施千件袈裟，并举行千僧法会为其母祝寿。闽中四众弟子数千人参加佛像开光盛典和千僧大法会，此后“辟支佛”与“伏虎祖师”更加蜚声遐迩，大刹在八闽及南宗禅门亦名重一时。开光之后，祖师又领同徒众四出募缘，按丛林大寺所具刹宇规模，不断增建、扩建，殿堂日益齐全。在王审知及其兄同出巨资资助功德力鼎下，刹宇终嵯峨壮观，古制的“伽蓝七堂”错落有序，成为八闽著名的禅宗四大十方丛林之一。唐光启二年（886年），王审知奏请朝廷将扩建后的囊山新寺晋升为寺，并赐改名为“囊山慈寿禅寺”。此后历时千载，虽历代兴废不一，但是寺名从未更易，民间俗称曰“囊山寺”。1983 年，国务院批准该寺为全国重点保护和开放寺院之一。

唐宋之时，由于受自然地理条件和交通条件限制，当时上通福州、下达泉、漳的通行道只能经过囊山东南麓绕行，为来往官吏夫役等途中膳宿所需，当时囊山寺亦被朝廷利用为现成的驿站——官府招待所。历代不少经过此道而在寺内逗留宿夜的高官名士，留下许多珍贵的诗词、题刻，大大提高了囊山的知名度，更增添山门光辉。宋代大理学家朱熹任南安主簿时，沿古驿道途经囊山大刹投宿，留下五言诗一首，其颔联为“天海近苍茫，溪山援深翠”句。而南宋著名的诗人刘克庄平生咏述邑中众寺的诗作，以囊山为最多，足见他与囊山法缘之深厚。其吟咏囊山诗偈的 27 首，也成了研究 13 世纪中期古囊山史的珍贵资料。

囊山慈寿禅寺内自古有 16 奇，曰：施蚊台、放目亭、蘸绿亭、瑞星堂、海月堂、喂蛭池、放光室、虎溪堂、苍霞亭、云涛轩、栖真轩、陈洪进、蔡襄祖堂等胜迹。寺内有大雄宝殿、天王堂、禅堂、法堂、藏经阁和钟鼓楼等建筑物。寺自山门，直至后山辟支岩“祖师殿”，共计六进，规模宏大。尚存的文物有唐代虎石、囊山院碑石、半截的祖师塔铭碑石、两口千年古井，以及大石槽、大圆鼎、瓦砚等。“至今三百年，囊山常住极盛，岁收谷逾万石。”这是南宋文学家洪迈在《夷坚志 · 夷坚支癸》中撰述的文字。然而巍巍禅苑，也与囊山山石一样，宋代迄今，几番衰颓而濒于毁废。北宋之末“三经于火”，朱明之世三度人为劫难，梵宫先后六次几成废墟，令人痛心不已！幸而每次终于重建，只是寺宇规模大小不同。到 20 世纪 60 年代，名刹再度化成劫灰。眼前的建筑物像是清康熙、雍正、光绪及近代侨胞捐资重新修建的。自 80 年代后，许多海外佛子陆续捐输扩建，使名山宝刹更加完善庄严。没想到自 21 世纪又经两次大火，观音殿与天王殿毁于一旦，乃至重修……佛经所云：一切事物生灭迭迁，相继无常，都不是固定不变的；力强为因，力弱为缘。这座名蓝宝刹一千多年来聚合、存在、繁荣、变化、波折与结果，就这样写在囊山的历史与今朝。

“伏虎初兴慈寿寺，敲鱼重振古囊山。”如今大雄宝殿前面石柱上仍刻有这样的楹联，一代代的名僧圣杰，为修法缘，济世慧明，历经千辛万苦，功德无量。

如今每天都有人来囊山的九莲岩和天元岩登山锻炼，此二岩连体，相隔不过千米。九莲岩下有一个绿草茵茵、百花争艳、环境极其舒适与幽雅的九莲山庄，是旅游度假的好场所。山下村落里古民居秀丽端庄，人们安居乐业，四周空气清新，碧野平畴。如今的囊山，正建设集“生态旅游、观光健身、休闲度假、宗教朝圣”为一体的综合旅游区，已逐渐成为莆田市重要的城市“后花园”。

苍茫烟云，从不说天地易老，古囊福倚，幸也！

黄山迷雾 ▷▶▷

清程正揆有云："佳山好水，曾经寓目者，置于胸臆，五年十年，千里万里，偶一触动，状态幻出，妙在若忘若忆，若合若离。"

对于黄山，何尝不是如此。与数千年徐霞客"塞者凿之，陡者级之，断者架木通之，悬者植梯接之"艰难攀登不同，现可直接坐上缆车，穿越一千多米的高峰峭壁；即使雪皑封道，也无须再像他独创出的步行法："持杖凿冰，得一孔置前趾，再凿一孔，以移后趾"了，无数能工巧匠与无名英雄早已将登山步道铺展得拥有王者气度，那些令人生畏的山峰，坚硬的扶手如不屈的时光铸造者，一级级接力着，只为后来人能瞻仰黄山之美、之旷、之柔、之雄、之逸、之婉……的千变万化。而我却在这年八月，贸然间闯进它的一角，正逢雨雾遮山，人置身其中，不知是幻，是真，是苦，是泪，多少年过去，那次经历所带来的心灵战栗，是一辈子永恒的记忆。

其实，那天至山脚时，已看到一团团浓云遥挂山端，过一会儿，便下起了淅沥的雨，既来之则安之，即进店买了一整套的装备：雨衣、雨裤、雨鞋，穿戴好后我背上双肩包，独自坐上缆车，听玻璃窗外雨声啪啪直响，看着一架架缆车空悬、摇晃着穿越险境，不知越过几层云，盘过几道岭，风疾疾，雨滔滔，雾靡靡，我萧萧索索地扣紧雨衣帽子，不知东南西北循山而行。越往景深处走，正应了韦应物诗中所写："浩浩合元天，溶溶迷朗日"及"霏微误嘘吸，肤腠生寒栗"，心中的茫然不断加深，我这是来探寻黄山，撷窥它积聚亿万年的力量来为渺小脆弱的自己打气的吗？边走，孤独与深坠的忧郁使心更加惶然。拐弯处见有一导游带着几个游客，解说着黄山接近海洋性气候，一年中年平均降雨日达 183 天，云雾天特别多。我默默地跟在他们身后，他们大多与我一样穿戴雨装，有的打着伞、戴着帽子，应都是初次上黄山，料不到仰慕已久的黄山，竟是空茫一片，每个人的脸上都有些茫然无措。

雨依旧密集，随着风势有时如巨点砸在脸面，硬硬生疼。顾不上抹去那些雨，我定了定心，开始观察迷雾中的世界。眼线处，削壁千仞，万壑错耸，模模糊糊，终不知它的深浅、嶙峋，亦不知它的色泽、光明，一切遗形入无穷。观景台，背后衬着巨大的灰幕，人们对着想象的山体依旧倔强地留影，我睁大眼睛，想看清大地演变的裂痕，以及那些破石而生、抱崖而立，或冠盖于岩首的青松；隐隐约约，它们或曲或挺，或纵或横，凌空不屈的枝条大都向左右平伸，这是它们终年不改的姿势吗？犹如人伸开手臂在支撑平衡；而那些奇特的长在悬崖边的松树，更是以挥舞的单臂，扎根丘壑中，枝条全部向空中生长。这是面对不利条件时怎样智慧的取舍呀！此时，在白浪雾涌中，它们更多了一份沉郁与坚毅。我向它们投下敬佩的一瞥。

行行走走，时常在云雾中只能听见别人的说话声、脚步声和喘气声，当雨泼洒得更欢，伞也飞舞，雨衣帽数度掀飞，相机的雾气与泼下的雨早已将人影一个个罩如飞雾，“山头野火寒多烧，雨里孤峰湿作烟”，唐崔颢的诗句便涌上心头。当我看到“始信峰”3 个大字时，才明白自己到了黄山 36 小峰中被誉为“独秀”的山峰，它凸起于绝壑之上，据闻这里巧石争妍，奇松林立，三面临空，悬崖千丈，海拔达 1683 米。相传，明代黄习远游至此峰，如入画境，似幻而真，方信黄山风景奇绝，并题名“始信”。袁枚在《游黄山》中曾写道：“峰有三，远望两峰尖峙，逼视之，尚有一峰隐身落后……下临无底之溪。”他远眺流连，“立其颠，垂趾二分在外”，旁人惧怕挽住他，他还笑曰：“坠亦无妨。溪无底，则人坠亦当无底，飘飘然知泊何所？纵有底，亦须许久方到，尽可须臾求活。”何等的胸襟与坦荡。

听说天气好时，登上峰巅，可尽览四周风光：宫殿式的北海宾馆，奇花争妍的散花坞，清凉台前的石猴观海，石笋矼上林立的石笋，群峰争奇的西海，太平境内隐约可辨的沃野田畴等。古今游人无不为此峰的独秀之姿和周围景色的绮绝而倾倒。而如今，迷雾遮住了一切，我登临石阶上台，风雨更烈，直往脸扑，游客们匆匆留个影就下去了，独我一人，孤独地站在巨峰边，对着前方偌大的天幕，喃喃而语，泪雨纷飞，旁立的松与尖突的石静静地陪我……不知过了多久，头发与鞋子早已湿淋冰寒，我捡拾起对世事的奈何，转身而折回。

有人曾经说过，黄山不宜晴，晴了则一览无余，失去了神秘感。我则要说，黄山不宜靡雾，浓了则丝丝绕绕，失去了明媚的光彩。但一路幸亏有黄山松！有谚云："不到始信峰，不见黄山松。"光听名字就独具神气：竖琴松、探海松、聚音松、接引松、黑虎松、龙爪松……密集参天的大松树沿坡丛生，苍劲多姿，奇态万状，它们最有特点的是斑驳刚劲的躯干，无论远眺还是近观，你不得不佩服它们如强者，在气候多变的黄山承受着风雨侵袭、雪压霜逼，一年年、一日日，春夏秋冬，而后有了鼎立天地间独自的秉性与身姿。有的枝干，或遒劲，拧成天然的雕塑；或蜿蜒，划出几道曲线；或直驱，犹如电线杆的硬度；它们交杂着，在一棵树上会结有各种姿态。此时在雨幕中，它们更似历经磨砺的哲人，似乎仅有黑漆的肤色，走近看，叶子才泛出绿色本源；特别是松针上那些晶莹闪烁的水珠，挂在针尖，眨巴眼睛，似繁星，似绒球，雨滴铺展开来，像梨花一般洁白。而那些并排的青松显得特别帅气，可以想象天气好时，它们招摇着如伞盖般的枝条，互相媲美，阳光在它们的周身洒下亮彩，斑驳树身也绽放笑颜；我仿佛看到太阳从密集的枝叶间缝晃下一道道光芒，而它们起劲地哼着歌，枝叶平展的样子像手挽手的兄弟姐妹；浓雾中，我见到了连理松，如一对不离不弃的恋人，风雨中同舟，暴雪中相依，晴空里执手，它们在黄山上已经矗立了千年，依旧保持高贵的品性，我庄重地在石桥边请路人帮我留下了一张珍贵的影迹。

黄山不仅仅是硬朗的，那些松鼠们在潮湿的雾气中调皮的身影，给萧索的景致增添了一些趣味，它们并不畏惧苔藓细滑，或在泥泞中寻食；或攀爬树干上幽趣，嘴里还衔着树叶；眼睛像搜寻大自然的秘密，那冗长的尾巴呀，机敏得随时可以探见风险，灵巧的耳朵贴隐头上，极其惹人喜爱。偶尔还会看到树丛中一两只我叫不出名的鸟儿，呈灰褐毛翅，有着黑色脸颊，黄色尖嘴，它的长爪立在石砾中，忧郁地想着什么；但一会儿又飞上枝头，来了同伴时，它们又相互跳跃着、叽叫着，羽毛特别漂亮，坚挺硕长如扇子。

拾掇着起落的心，我决定下山了，遇到几位挥汗如雨的挑山工，一条细长的扁担两边挑着服务游客的生活用品，有的边走边用肩上毛巾擦汗；有的停靠在一块石头上，低着头眯缝养神，脚上的解放鞋湿渍斑斑；我还见到一位四十开外的挑山工，他已蹬越了数千级阶梯，累得走不动了，只见他肩上另有一根木棍，他用木棍找寻扁担三分之一的位置，利用上下错落阶梯靠棍子顶住保持两边担子的平衡，而后他紧抓住下方的四方箱，借此暂歇两三分钟，而后又继续前行……看着他的背影，他筋骨坚劲的脚踝，我不禁陷入深思：近万级的台阶，他们每天来来回回，靠怎样的毅力与体力，他们多像那些岩壁细小夹缝中生长的青松呀，随风播撒下树的种子，哪怕石崖只有一丝丝可以驻扎的缝隙，它们都能克服恶劣的条件，生根繁茂，不屈地依附于崖壁，而后有了自己的方向。山有了草木，犹如人有了品德的衣裳，自然、率性、谦和、包容。山有了勤劳的人们，就有了无穷无尽的安全与守护。大山真像母亲，迎迓着这些顽强的孩子……

雨渐渐小了，到了山脚，回首仰望，天空已经放晴，绵延俊秀的山体现出原来的模样，山顶几丝柔云缠绕，一切犹如梦中……

春天的延寿溪

自古溪河总是以柔绵的静谧让倚居两岸的人们享受大自然的馈赠，田园牧歌的曼妙风光令人心动，让人久久徜徉在它美丽的目光中。

慕名延寿溪已多时，只苦于没有机遇与之适时相逢。春天毕竟是晓人心意的，竟让我迎着蓬勃的新绿走近它，并收获一路的春光与诗的礼赞。记得陶渊明在几千年前的《桃花源记》中就发出“缘溪行，忘路之远近”的欣叹，而今天的我，何尝不是这种感受？

延寿溪，又名南萩芦溪，发源于福建省仙游县，经九鲤湖流入莆田县境内常太镇的莒溪，干支流总长 189 公里，是莆田三大溪之一。旧志称此溪“十里无湍激声，萦绕九华山下一碧如带”，故亦名“绶溪”。而此溪因一位晚唐诗人徐夤隐居钓游于此，更加声名远扬。“归来延寿溪头住，终日无人问一声”及“春流新涨溢平堤，钓艇家家泛寿溪；钓罢扣弦歌一曲，半山落日卖鲈鱼”，这些诗句，让我们仿佛看见：黑鳗赤鲤，浮沉于绿水之中；白鹭青鸟，出没于清波之上；樵夫羊肠径往，牧童牛背而归，歌萱斗草，曲唱采莲……“绶溪钓艇”是莆田二十四景之一，历史上正是名人寄情山水，修身养性之所。

如今的延寿溪却更加妖娆多姿了，当我漫步于富有荔城古韵的绶溪公园，畅游了壶山兰水“十里飘带”的“水乡丹荔”梦幻之旅，不由得心旷神怡，乃至流连忘返。

你看，春水绿波溶溢，涤荡深情，一路唱着舒心的歌谣，流经九华山南麓、泗华陂……无论历经何处，名山大川也好，抑或幽静山谷，依旧保持它心性澄净，柔顺无比，却孕育出茫茫绿野，万紫千红。“上善若水，水善利万物而不争”，智慧、空灵、澄淡的它，永远赋予这块土地诗性与哲思之美。“行到水穷处，坐看云起时”，面对它豁然柔静的镜面之水，安然洞察天地万物，萌悟其间蕴含的生命力，多么自在、安心的溪流啊！

当我陷入遐思，突然看见一群“春江水暖鸭先知”的鸭子！它们在清澈的延寿溪中，左划右划，整个溪面像一个硕大的溜冰场，任它们自由翱翔，滑行并撩唱起春天的圆舞曲。只见它们或三三两两，或一两只卿卿我我，但很快又聚集在一起，由领头鸭带领着，随意轻盈地排成一个方阵，扭动起溪水优美的弧度，全然不顾溪边有人向它们投去笑意，但它们每一次悠然地与春水亲密接触的样子，都让人动情不已。

溪水的一喧一静，千姿百态，春天隐藏的活力跃跃欲试。我站在亲水栈道上极目四望，四周翠野相映成趣，两岸荔枝如林，龙眼成荫，佳树秀木，倒映溪中，影影绰绰。质朴与勤劳的荔城人民，千百年来，以田园的芬芳与劳动的收获编织着独特的荔城丰韵。草地上优雅地躺着已完成使命的黄叶，树上新生的翠绿叶子与之相互托衬；苇草在岸边总幽探出窈窕野趣的身姿，呼唤春天的到来；那些我叫不出名的红的白的紫的黄的花儿呀，层叠错落地盛开，吐露着春天的秘密。风儿吹撩着新人的婚纱，将他们的甜蜜定格在这样的山水；公园里石径相交，沿溪而蜿蜒环绕，所经的每一转角，花、草、树木与掩映在绿丛中的民居亭落就这么轻易将我内心的火焰点燃，我不禁想起《人间词话》中所言：“一切景语皆情语”，欲言又止的心事，一路行走，一路掬取它的芳香。

也许徐寅不会想到，千百年后，这里依旧有许多与他一样喜欢垂钓的人，但这里再也不是荒郊之地。你看，溪畔两边欲立的高楼，以及现代文明勾连的一座座电线电缆，都在高空中横斜点缀成千家万户安逸的蓝图，它们也景仰并窥探着兰溪的心事。横贯公园的彩色沥青跑道时常有人在散步、骑车、慢跑，听说有的人总是不远千里地赶来，只为两岸泓梦似的风光，以及能在这片纯净之地呼吸消除日夜操劳的疲惫与躁动的氧气。倚岸的钓鱼者中，有老人，有年轻人，他们背靠着一棵棵鼎立千百年、早已见证无数历史沧桑与静美的树，垂钓着自己的人生，将时光沉浸在这一波水纹里，竿起垂下，犹如剪取过往的缩影，静待机遇……也许他们钓的不是鱼，而是一湾绿水的悠闲，百顷琉璃的静寂，有鱼无鱼，都只当作是最美最新的传说，他们所期待的，也许就是静心的满盈呢。

不远处，我终于见到了那座古桥，它斑驳的桥身盈耀着时光流转的息叹，但始终没有抹去它庄重、古朴的光影。桥上朝来夕往，桥下波光明灭，古今多少事，都付笑谈中，而它依旧在渡着两岸的行人。这座桥，就是著名的延寿桥，它始建于宋高宗建炎元年，即 1127 年。

兴建延寿桥，源于“店仔头”这个古渡口，它地处延寿溪下游，与延寿村隔溪相望，宋时就有一条临溪狭长的小街市墟，是繁荣的商业小埠头。当时闽南一带上福州的古驿道都要在此过渡，历代为莆田西天尾、梧塘、萩芦、广业等地通往山乡、通闽府的必由之径。为了方便行人，邑人李富，在溪南延寿村，发起并捐资兴建一座长 300 余尺的延寿桥。后在方天贶助建下，大桥于 1130 年竣工。这座已建近千年的青石板桥，为 14 孔石梁桥，桥长 93.5 米，宽 2.6 米，高 8.5 米，跨径达 7.5 米，造型古朴，雄伟壮观，为省级文物保护单位。桥南溪北，各倚踞着参天榕树一棵，俨若两位忠于职守的护桥将军，与之相随如影；由宋龙图阁学士陈宓题写的“延寿桥”碣石，也赫然鼎立桥头，它们共同见证历史时光的风起云落。

沿着石阶漫步桥上，只见溪水清潺，溪床莹净，皆如苍玉，四周水光潋滟，两岸丹荔飘香，远处的九华山默默地俯瞰这方土地，随时温柔地伸手护翼这里的物华天宝。听说每年的中秋之夜，皎洁的月光把九华山峰峦倒映溪中，月到中天，一朵九莲恰好嵌在延寿桥两座桥墩之间，仿佛一渔翁驾舟垂钓。而今，“绶溪钓艇”的纪念石碑就伫立在桥身不远处，为这处古桥增添了难以磨灭的人文气息。

光阴总是弹指一挥间，遗落一代又一代的传奇。桥上的长条青石板走几步就发现有细小的间缝，旧石新石夹杂，填写着一段段渡河人的经历，两旁石栏早已印染经年的摩挲，新添的石狮倒略显得有些不合时宜，但若干年后，风吹雨淋，混浊交杂的人间，谁能辨得清新旧、真伪呢？此时的天，淅淅沥沥下起了小雨，灰蒙中投射在溪面却又增一层油画般的晶莹与透彻，似乎可以看清惘然的世事，可以掘去理不清的烦琐。立在桥上，我特别享受这种静若处子的状态，丛林中啾的一声飞出一两只白鹭，那些似修剪过的天然球状的树丛，密密层层，相酌相亲，游人们或踱步，或倚桥休憩拍照。坐在桥上石凳，仿佛就倚住了千年的光阴，成为这个时代的背影。

临行时，依依不舍，在一棵树龄达到 950 年、胸径有 258 厘米的“状元红”荔枝树下，郑重地留了个影，因为我知道天地有神，树有神，它定会知道我殷殷的期盼，期盼大自然生生不息的泉源中，天下如延寿溪一般美好的景物，能生发并吐露蓬勃生机，在静和、蔚蓝的蓝天下，在和煦的春风中。

风雨宝带桥

脚下尘土，飞扬起千年的追思；身后驿亭，已平息了一声声角鸣。从闽域到姑苏城，千里牵系的目光，终于越过重重山峦、巍巍水系与它相连，并打开与之相知的心窗。记忆深处那些难以忘怀的画景，是那样丝丝入扣地与追寻它的心境相吻合，蓦然中有着惊喜，却也渗着幽思。

这年七月，我遇到了宝带桥。

那日，寒山寺的钟声犹在耳畔敲响，潇潇的雨就跟着泼下，无数的旅人默念着《枫桥夜泊》，在幽静的檐壁下体验着流传至今千年的隽永。放眼大运河，那雄浑绵长的气势，与古驿道切近又遥远，却已成久远的往事；我又顺着粉墙黛瓦的江南旅途，穿越无数古桥连缀下的星星点点的人间烟火，沿着曾经的繁华与斑驳一路向南，向北……我不知故去的河道是如何搁浅了彼此长久的互通与依恋，晃晃悠悠的小舟再也摇不到想去的地方。物是人非的高速地铁，与陌生的街头一辆辆呼啸而过的汽车，使我像一朵云，一直往前方飘逝。茫然四顾中，我仿佛已成为时代的剪影。眼前，越来越大的雨，有着诉不尽的心事。

宝带桥，竟以如此面目跳入眼中，我的心有点儿隐隐作痛。风声潇潇，雨点漫漫，时光仿似回到那些画面中，有悲、有喜、有怒、有恨，有感恩与怀念，有担负与苍凉——

始建于唐元和十一年至十四年（816—819年）的宝带桥，傍京杭运河西侧，跨澹台湖口，与北京卢沟桥、赵州安济桥、福建洛阳桥并列为“中国四大古桥”，属全国重点文物保护单位，并作为中国大运河重要遗产点列入《世界遗产名录》。全桥用坚硬素朴的金山石筑成，桥长316.8米，桥孔53孔，是中国现存的古代桥梁中最长的一座多孔石桥。据史志记载，唐代沿大运河所筑纤道中断于澹台湖，而此处水急波高，不利舟楫，致使粮船滞集。苏州刺史王仲舒献束身宝带，募集资金，构筑长桥，桥因而得名。因为“挽道”，故一反江南常规，不取“垂虹架空”之石拱形，而设计为“宝带卧波”之长堤型。彼此，船工纤夫皆受其利。

“借得他山石，还摒石作梁。直从堤上去，横跨水中央。白鹭下秋色，苍龙浮夕阳。”这是元代高僧对它的抒写。宝带桥不仅改善了大运河和澹台湖之间的交通条件，而且因其制造精巧，采用了联拱低平的方式，保持着水流通畅。其中13、15、17三孔特别高，以通大船，两旁各拱面逐渐下降，形成弓形弧线，其风格壮丽，结构轻盈，巧妙玲珑；加上周围青山绿水相衬，恰似飘动在水乡原野上的一条宝带，更显绮丽多姿。如果有幸在月圆之夜，荡舟澹澹湖面，多孔联翩、富于变化的宝带桥倒映水中，恍似晃动着无数的虚月，与天上明月遥遥呼应，渔歌唱晚，虚实相和，宛如人间仙境。因而此桥古来素有“长虹卧波，鳌背连云”的美称。许多来过这里的人都说，无论远眺宝带桥，还是行踏其上，总是令人心旷神怡。据说，乾隆下江南时，曾留下《过宝带桥有咏》的诗句：“金阊清晓放舟行，宝带春风波漾轻。孔五十三易疏泄，涨痕犹见与桥平。”宝带桥不仅为行人与纤夫提供方便，成为联结南北西东，造福于国于民的桥梁，还为江南水乡增添了旖旎的景色。

但时光悠悠，古桥承接过多少脚印，抚摩过多少春秋，人类文明与荒蛮的历程，就这么一点一滴地融进其屹立的身躯。它见证了各朝各代经济繁荣与民生涂炭的种种艰辛，它静默地循岸徐行，曾流泽南北风情：南方的丝绸、茶叶、糖、竹、木、漆、陶瓷等源源不断地运往北方，北方的松木、皮货、煤炭、杂品等也不断由运河南下；漕粮调配、收缴、发送、押运、下卸、储备等，都随着纤夫号子，行踏于它坚实的石面。疼了，它不说；累了，它坚忍；塌了，它唯有等待……自唐元和年间建成的桥维持了400多年，宋、元、明、清又进行5次重建、重修，现存桥为清同治十一年（1872年）重建，1956年修葺，1982年又进行维修，桥型一直保持至今。

值得一提的是，道光三年（1823年）三月，春光明媚，一叶扁舟徐徐向苏州驶来，舱中坐着一位面容端庄、衣着朴素的中年人，他正是刚在正月初七被道光皇帝任命为江苏按察使的林则徐，而自这一年起，至道光十二年（1832年）再任江苏巡抚，林则徐与苏州结下了不解之缘。

江苏乃富庶之地，古为天下粮仓所在，但道光年间，严重的旱灾与水灾，使大地龟裂，黄河异涨。连年不断的水灾更是暴露出江南水利失修的严重性，林则徐见炊烟缭绕、生机勃勃的江南哀鸿遍野，民不聊生，忧心忡忡，在写给友人的一封信中，曾言："江苏之病，更比吾闽为难治者，以局面太大，积重难返二语尽之……"注重经世致用，每任一方官吏必做实事的他，克服重重困难，采取围田抢种、补种，主张开挖太仓浏河故道泄水；他重水利，利农田，晓民生，决定疏浚河道，修筑海塘，强调为官者不能"只顾钱漕，玩视民瘼"。数次乘小舟视察浏河，"察勤惰，测深浅，与役人相劳苦"，也亲往白茆河工地，赴海口"视潮势，议筑坝"，"又濬丹徒、丹阳运河，宝带桥泖淀诸工，以次兴举，为吴中数十年之利"。他深知"天下之水，半归吴会"的道理，凡事亲力亲为，黄河两岸、运河海塘、江南江北……无不留下他苦心沥血的足迹，"水道多一分之疏通，即田畴多一分之利赖"，"水利为农田之本，不可失修"！铮铮良言，穿越时空，满腔正气。从这些历史陈迹中，我鲜明地看到一个清廉正道的伟大闽人，先天下之忧而忧，后天下之乐而乐，他主持查勘修缮宝带桥，费资"工料银六千六百七十两有奇"，立下不可磨灭的功劳！

桥，是苏州建筑的灵魂之所在，姑苏城在宋代时便有 314 座桥梁。而宝带桥则印证了京杭大运河从巨龙裂地，气冲苍穹，滋润千载文明；到历经战火，百孔千疮，悲怆盈胸，苍凉没落的过程。清同治二年（1863 年）英国洋枪队头目戈登为攻破苏州，镇压太平军，悍然下令拆去中间最大孔的第 9 孔，致使北端 26 孔连锁崩塌；1937 年抗日战争时期，日军又炸毁南端 6 孔，满目疮痍，直至 1956 年才得以修复……桥南北两端原来各有石狮子一对，南端的一对已沉入河底；北端的一对摇晃着尽是无声的叹息……

如今，我的视线，终于有机会落到了这座风雨中与它邂逅的桥。

不得不说的是，四周拆迁的痕迹是那样触目惊心，凌乱的光景，泥泞的坡路，无人守护的遮拦，一格格交错的青石板上大多泛着青色；石缝间随处都是青苔与杂草，而混浊的江水搅着雨水，在灰茫的天幕下衬托着这座孤零无助的桥，它那么像饱经沧桑而迟暮的老人！我撑着伞，思绪万千地往前踩，每一步，雨水都往身上斜泼，也直往心里淋漓。那些被青草覆没的石面上，唯留一条中间的小径可看到锈迹斑斑磨砺的青石，走不远，不知何年代的小石塔在水中突兀地立着，完全失去精致的模样，混合的新旧水泥让它顶着尴尬的脸孔。汲着忧伤的雨水，鞋子里早已发出啧啧的声响，但我全然顾不到这些了，我似听到了一阵一阵的风涌潮起，纤夫们齐整的号声，拉起了多少朝夕的艰难困苦，拉起多少夜夜笙歌的江南明媚；又仿佛看到如林则徐一样的历代功臣，他们耗尽心力，忧国忧民，只为百姓民生，在运河边运筹帷幄，在漶漫无情的水患前毫无退却；还看到无数无名的英雄，能工巧匠，他们用智慧、辛劳、坚毅，砌垒、拼接、凿雕，才出现这座与众不同的桥：拱石不用灰浆砌合，而是用带有榫头、卯眼的多绞拱石块拼接……

走一步，就背着一个远去的故事，重叠多少的声影。踩着被日晒雨淋与狂风巨浪早已席卷走的历史投影，水越漫越高。渐行到侧面已破落的亭中，终于可以窥见宝带桥依旧颀长的全貌。此时，桥拱只露出半圆，迷漫的江水将它湿冷冷地浸泡在不合宜的环境中，与它相隔不远，有一座新建的象牙白的曲形现代桥，似乎故意彰显它受青睐的娇气，而急功近利的人们早已忘却了古桥曾有的尊严与流传至今的价值；一座耸高的佛塔裂痕斑斑，桥面与桥拱随处可见不同颜色的砖块与水泥粗陋缝补的痕迹……不知走到哪个拱洞之接缝桥面，我还是触到一丝生命之暖，高贵朱红的正方形青石上，立体地雕琢着一个六瓣花的造型，一瓣旋转依着一瓣，形成奇异的图腾图案，在风雨中它不惊不喜，不卑不亢，与周围的一切显得那么不同：起吊机在荒芜的田埂间，听从命令随时挖掘；“中国大运河遗产点”的标志竖牌在不平整的岸边，飘摇欲坠的树与脚下的淤泥在流淌；污浊的河水漂着不知名的脏物；古亭四周碎石满地……宝带桥像在经历浴火重生的煎熬与诉求……我悲伤地不顾雨水，坐在一个低矮的石阶，不知是雨还是泪，我紧紧地擎住了那个亮丽的花瓣，它留给我心中的念想……

每每想起，七月，我追寻宝带桥的旅途中，那难以抹去的苍郁，时间愈久，它留给生命的思索，愈加绵长。

初溪的面孔

我是在一个初夏的夜晚抵达这里的。体验了夜的沁凉与村庄的幽静，见到村民们仅靠月光与门前一盏白炽灯，悠然地坐在石墩前与邻里乡亲互聊家常……这是位于福建永定县下洋镇的初溪村。村庄端坐于海拔400到500米的山腰上。散落云间的土楼群，因其特殊的地理位置，而尽显天然去雕饰的韵致。5座圆楼和数十座方楼，依山傍水，错落有致，气势恢宏，呈现出极高的美学价值。

第二天清晨，我本想五六点起床，登临观景台欣赏初溪全貌，没想到在古香古色幽谧夜色的浸润中，竟睡得特别香。当睁开眼时，窗外叽叽喳喳的翠鸟声似乎在提醒着我："七点了，快起床吧，阳光都干干净净洒落在青瓦上等你了！"我推开灰色木门，经年的门轴嘎啦一声，震落了一路风尘。果真，暖烘烘的阳光已经照彻了半边楼房，而另一边则朴实地在等待，随着时间的推移，太阳会一视同仁地眷顾到它们。此时，一层层的木板、门楼在温煦的阳光照耀下，惬意地舒展着古朴的腰板，仿佛可听见它们在底下悄悄私语，整个圆廊里回荡着互相的问候："早啊，新的一天又开始啦！勤劳的主人去山林劳动了吧？"而红彤彤的灯笼早已告别夜晚含情脉脉的神情，绽放着真诚的笑颜，袒露出它其实早已沧桑的容貌。还有悬挂在廊柱边的粽叶，层层叠叠，调皮地与身畔晾晒的衣服摇来晃去……

下楼，走到门外，只见门坪正中主人摆放的古朴茶座，闪着喜悦的光芒在迎接我们，昨夜对月饮茶的场景依稀在眼前晃动，清风吹拂，月儿高挂，脚下溪水潺潺。到了清晨，聚拢的溪水更加清澈婉丽，四周掩映着三角梅等植物，粉嫩鲜红的颜色倒映在水中。溪涧中可见到错落的大小不一的石块，不规则地散布溪畔，天然不经修饰的美，与四周坚固的楼群形成和谐的一幕。杂石旁还依伴着许多高低不一的树丛野草。一条弯弯曲曲的小石径向下铺延开来，只见径旁沿坡边种植了许多绿油油的蔬菜，鲜嫩欲滴。自由的鸡鸭在土坡上，一边戏耍，一边吃着虫子、谷粒，它们三三两两，或沿着篱笆扒土，或单独一只蹒跚在散步，还有的卧着晒太阳……一种久违的人与自然亲昵相依的画面，令人心动不已。

穿过几块淌溪的石板，就可往村内的观景台行进。观景台两边的山路蜿蜒斜陡，植被充沛。一颗颗天然鹅卵石铺就成石径。山道阶梯弯弯绕绕，两边都有干净贴心的木柱扶手，阶梯有层次感地铺陈而上，使攀越省心省力，安全舒适。此时，负氧离子焕发出最甜的清香，萦绕着山青林谧，生发出生命的美好。行走途中，时常发现山上有别致的蘑菇小亭出现，抬头，可望见蓝得脱尘的天，一团团纯白的云在飘浮招手。透过密密的树缝，不经意间向山下的土楼望去，只见一座座楼依山错排开来，端坐成安逸的农家小院模样。每一个土墙上的小方窗户，如晨曦中闪烁的星星，在透明的烟气里，折射出温馨、晶莹的光亮。再往上登，因没有树木遮挡，回头一望，视线开阔了许多，方才的小院则变得顶天立地，像明了世事、俯瞰天下的伟人，几座并排环接在一起的圆楼，则像几个智者在规划天下蓝图，颇有高瞻远瞩的气势。

观景台并不高，一抬头，发现已登顶，初溪清新浓郁的全景如画卷般，一下子展现在眼前。青山叠翠，绵延起伏，梯田层层，铺展诗意，或方或圆，或大或小的几十座土楼，被柔软的绿色安静地卫护着。风清尘敛，所有的美景一览无余。一抹抹璀璨新鲜、富有生机的朝阳向四面八方投射。天空净远，白云时而飘系在山后，绕成迷离的缕缕雾气；时而悬挂于土楼的上方，像一幅村居水墨画；时而一气呵成，与山、树、楼叠成重重翠影。人立台上，呼吸变得尤其顺畅，我贪婪地吸收着这难得的洁净，心胸似滤尽了一切忧烦。

回过神，我又望向那几十座土楼，它们在天地的庇护下，安详清悠。最引人注目的还是那环环相接的圆楼。这当中有建筑年代最久远、距今已 600 多年的“集庆楼”，它以构造精致奇特、拥有 72 道楼梯而闻名遐迩，靠它左边的即是我昨夜住宿的余庆楼，它又与另一圆楼相连。余庆楼的右侧则是一座富有特色的方形土楼，依次向后面望去，大小不一、形状层叠的几十座新旧土楼，排队式地紧跟其后，呈星星燎原之势。

看着这距离龙岩市区近70公里、恍似桃源的村庄，我仿佛体悟到了客家人坚毅、开拓的精神。他们为了躲避灾荒、战乱，流离失所，在深山老林中筑建家园、艰辛创业，千百年来在与大自然的相互依存、相互抗争中，历经种种考验，才凝聚成如此珍贵的财富。一座座土楼，聚族而居，蕴含着人心品格，绵延着无尽亲情，并写就爱与道义：同宗同族，仁义相助，团结一心，患难与共，和睦相亲，不离不弃……这人类不可多得的遗产，在闽西这片神圣的土地上庄严地延续着，令人无限景仰与钦佩。

从观景台下山，回到村里。整个村庄仍是寂静的。村民们三三两两，戴着斗笠，有的在卖农产品，有的在悠闲地散步，有的背着柴火刚从山上归来，将之堆放楼前摆放整齐，还有的庭院中的老人用粗糙的手在翻着老皇历，细数日子。我惊奇地发现，楼前的竹棒顶端，竟插燃着细香，高高耸立，圆筒向上，原来是乡民们每逢节庆对天敬祈，祈盼风调雨顺，事事平安。我与乡民们相视一笑，却都不言语，沉浸于此时的欢愉。

夜宿土楼

对于一个地方念念不忘，且每每想起，心灵总能溢过一泓甘泉，目光中总能盈耀一抹清丽独特的光环，如与倾心的故人相遇，无论过了多久，都忘不了记忆深处的那份悸动与深深的眷恋。它，就是初溪。

忘不了黄昏时节，一轮雅细的圆月，挂在澄净的空中，橘黄的云片清悠地陪在不远处，有几丝红晕淡淡的，像扑了一层适宜的腮妆，与山头飘过的雾岚融为一体，粉嫩得更似少女的肌肤。几座土黄色外墙，衬着黑色圆顶，显得既淡雅又质朴的圆形建筑出现在视觉里，环环相连，与天上柔性的月相互辉映，四周的天地变得特别旷远清宁。三角梅在道旁纷繁地开放，一盏盏隐约的灯从建筑上方的小天窗里零星闪烁，竟分不清哪是月，哪是灯。一条铺着饱满青石粒的石径自入村口，自下而上、蜿蜒盘曲掩映在草木中，一潭碧滢滢的溪水聚拢在山坳间，远远望去，月儿、圆楼、摇曳的树影，以及行走在滩石的人，都随着溪水微微晃动，形成一幅特别幽静别致、美轮美奂的乡居图。

这就是我初闻其名就喜欢上它的龙岩初溪土楼吗？天色渐晚，来不及梳理与回味初见它时的惊喜，好友便带着我沿着石径，穿过竹篱笆围着的一垄垄菜田，向上登阶，来到余庆楼寻找住宿。首先，映入眼帘的是余庆楼白底灰边端庄大气的大门，大门两边镌写着喜气的红对联：余向千载福，庆祝万年春。一盏炽白的灯高悬门楼前，暖暖地照彻着门前的鹅卵石，抬头看，土楼变得巍峨高大。一进大门，只见两大圈环形回廊的支柱上悬挂着一盏盏红盈盈的灯笼，楼呈对称布局，门中有门，楼中又有楼，重重叠叠地形成独一无二的土楼景观，我完全被吸引住了。而此时，天上的月儿也紧随着飘达镂空的楼中央，它俏皮地与红灯笼比起谁的光亮足，谁更迷人。此景此际，红灯在四周旋转，而无数环形的大月包容了天上的小月，小月则更是惬意地映照楼中人、楼中灯，月影楼灯情韵长，联结成这一世都极难忘却的景象……

登记的房间在 3 楼，沿着经年的灰白木梯往上走，每踏踩一步，都能听见木板之间产生嘎啦的震动回响的声音，仿佛不经意搀扶，并触碰某一段的历史时光。原先看到的小天窗变得厚实起来，如一个个碉堡的眼睛，方方正正守护着客家民族的风生云起。住宿的房间不大，按原有格局进行简单装修，显得干净整洁。安顿好行李，我迫不及待地想揭开它神秘的面纱，于是与好友向客栈主人借了一个手电筒，就出发了。

此时，已是晚上 7 点多的样子，由于这里隐身于深山，路途较远，没有什么游客，山村保持了原汁原味的幽静与民风淳朴。我们沿着山道慢慢行走，很快抵达土楼世遗中最古老、距今已 600 余年、现辟为客家博物馆的集庆楼，听说此楼最独特且区别于其他圆形土楼（小则设置两处公共楼梯，大的也只有四处楼梯的格局）是按底层每户从一楼到四楼各自安装楼梯，然后各层通道再用木板隔开，由此 72 道楼梯把全楼分割成 72 个独立的单元，人立楼中，如入环形立体的梯子迷宫；且房间、楼梯、隔墙全用杉木材料构建，不用一枚铁钉，仅靠邻榫头衔接，竟神奇地穿越了近 6 个世纪的风霜雨雪。为了保护这座珍贵建筑，现在每次上楼参观不能超过 30 人。因为它早已闭馆，只能等明天天亮再去参观了。顺着小径不到 5 分钟，我们就到达村中心，只见村民三三两两坐在自家门墩前，悠闲地憩凉、聊天，四周一片静谧，只有隐约的一两间店铺中亮白的灯光在闪射，再走近一看，才发现每家每户土楼内的灯基本都关闭着，村民们为了省电，只依靠着月光和门楼前统一安装的一盏节能灯，享受着夜的时光。

村中见到的基本为老人，他们在这方水土生活了几十年，每日迎来送往，与这片山水挚情相依，年轻人出去创业，他们就留守家园，守护故土的厚朴。当我们看到每一座富有特点的圆楼或方楼，想进去一探究竟时，他们总善意地笑笑，说进去吧，然后他们依旧坐在石墩前，或沉思，或看着月亮与族亲邻人聊天，对我们不带丝毫防范之心。进门，只能依靠月光与反射进的灯大约看清楼的轮廓，与客栈透亮的红灯笼形成鲜明的对比。其实，这就是初溪村民最常态的生活，也可从中一斑窥全豹，获享客家人千百年来崇尚节俭的美德。步行巷间街道，我的整颗心都放松了下来，还一路带头往前走，好友笑着对我说："你倒像是领我们来这玩的主人咧。"我听了，咧嘴笑了……

我们一路体验着这别致的乡情。忽然，一个五六岁的男孩，噔噔噔，三下两下就爬上一个名为"东海堂"的外墙，他的身手极其敏捷灵活，还没看清，他已悠悠坐在墙头，墙有四五米高，我正担心他会不会不小心摔下来，只见他的头顶正映衬着一轮仙逸透亮的圆月，墙头有几株野草在月轮下摇曳着身姿，它们都慈爱地盯着这个生性自由的可爱孩子，见没什么事，我松了一口气，拿出相机对准他，他腼腆地露出酒窝，如天上的月轮……

我带着一颗好奇的心这里瞧瞧，那里摸摸，听说每一座厚重坚固的土楼外墙都达一至二米，是以生土作为主要建筑材料，掺上细沙、石灰、糯米饭、红糖、竹片、木条等，经过反复揉、舂、压建造而成。在夜色掩映中，外墙则呈暗黄色，近看凹凸不平，似有丝丝裂痕，但却固若金汤；土楼一二层不开窗，仅有坚固的大门一关，因此，环绕一座座土楼，人们总惊叹于它的铜墙铁壁，外人若想侵犯它，除非有登天之力！

土楼家家户户有门坪，既可作为休闲场地，又可晾晒农作物。夜色中，经常看到主人勤劳砍伐的柴垛与竹片堆放在门坪空地，或倚墙而立。乡村夜色浸漫很快，有些小径看不清，我们拐回了余庆楼。门坪主人摆放的雅致茶几上，一对快乐俊朗的年轻人很快引起了我们的注意，被他们的笑声所感染，我们也围坐了下来。这一对年轻人来自东北长春，在电视上看到初溪的介绍，一路慕名辗转而来，先搭动车至厦门，再转道福州，之后下龙岩，再坐当地摩托车上山。看他们眉飞色舞描述一路行程，心里不禁暗暗感动；茶桌上还有一位女子，她是孤身一人，已来初溪两三天……门坪对面侧映着山林，楼下流淌潺潺的溪流，主人为我们沏泡的山茶，清啜一口，清甜滋喉。

客栈主人夫妻俩非常热情，他们与长春这对恋人一拍即合，约到厅中一乒乓球桌旁竞赛开来，你打我往，好不热闹！主人家的小孩儿则搬张凳子，登高抓着悬挂的吊环，单手或双手玩耍；另一小孩儿也爬上去，表演侧身飞腿等功夫，大人们也不阻拦，尽情让他们嬉戏，厅堂中欢声笑语。

夜深了，当整座大楼都安静下来，我拉上门，想倚靠楼廊欣赏灯月之美，却没想到门轴竟发出嘎啦一声巨响，我吓了一大跳，这声音足以让整座楼听见，幸好大家已心满意足地入眠。我在一圈圈红盈盈的灯笼前驻足，屏住呼吸，瞬间感觉有一种神逸之气充盈周身。在月光披靡下，层层叠砌的青瓦，也别具情趣，它们似卫兵，似布阵的棋子，齐整且点面结合，形成独特的艺术美感，将精巧坚固的科学设计与端庄古朴的人文气息结合得相得益彰。

月的光辉洒满整座大楼，它似一个哲人，让我的心渐渐融化在温暖而略带忧伤的目光中，仿佛它看出我日益奔波疲惫的心，用温煦的光抚慰我，静静听我倾诉。我理解了这份信任，对月，虔诚地合起了掌。此时，整座楼似乎只听见自己一个人的心跳……有时想想，在千山万里之外，竟能与初溪这样一个灵气之地对话，与月儿对话，不禁感恩且欣叹。

当我决定用脚步一寸寸丈量土楼方圆，并去细数悬挂门前的灯笼到底有多少盏时，于是就沿右边的回廊开始绕行。不料，每踏出一步，木板也跟着发出嘎嘎、噗噗的声响，将夜与楼咬得有些疼。我怕惊动已睡的人，将脚步迈得越发轻悄，但往往数着数着，不知何为起点，何为终点。由于土楼建筑符合中国老祖宗圆圆合合的心愿，设计中呈现天地人和，平等相待，朗朗乾坤和平共处的原则，因此，每间房门都是相似的。绕转一圈，要不是看到门前晾晒着自己的衣物，我不知会错过何门何处，由此恍然悟到：那些逝去的年华，一轮轮的圆满，或缺憾，总是升腾的起始，无极的天机……我把脚步放慢，再放慢，周身顿时拥有超然物外的通泰，觅见人处世心的安然恬淡。

初溪，这个神性的名字，洋溢着挥之不去的诗意海洋。

温暖的人间烟火

当你远行时，心似卸下万千包袱，将身上的行囊轻轻地交付给脱尘的山水，一路走，一路停。面对空谷、溪河，面对山花、野草、翠竹，悠然地唱起歌，甚至流下坦然的眼泪。此时，在嘘声中一起感受天地自然的天籁之美，世间仿佛已抹去生活历程的苦难与艰辛。翻过一座座不同容颜的城，遇到一群群不同情致的人，有时在辗转中也会恍惚，仿佛自己已成为心仪景致生活的一分子，感受着这方水土千百年来流转的风土人情、悲欢离合。

梧宅村落，是这个夏天我意外的收获。走近它，你才发现，它竟以这样惊艳的方式给你的生命留下再也无法抹去的印记。它充满古朴、勤劳、友爱、亲昵的鲜活气息，它安于并珍惜安逸、与世无争的平凡生活，它乐享盘古开天地所赋予这片偏远山水的静谧、祥和的自然景致，栽竹养花，种树锄地，溪里摸鱼，上山砍柴……一年又一年，从不为外界喧嚣熙攘的生活所吸引与改变，而是繁衍生息、循回传承一代又一代的生命奇迹。

我深深地眷恋着这方水土。

你看，潺潺溪河两岸，错落有致的民居，一间紧挨一间，连成谁也分离不了的局面，我的屋靠着你的瓦，你的墙温暖着我的廊柱，我的阳台可绵延至你的窗口，硕满青朴的石块铺就的台阶可通达平安出入的大门，虽粗看布局略显凌乱，却有着天然去粉饰的原始韵味。隔岸两条幽静的村居小径，将左邻右舍毫无防范的门庭连缀成充满爱与温暖的炊烟袅袅的安居图。入村，第一座桥就吸引了我的目光，经年的斑驳石桥上镶嵌着“万隆桥”3个字。沿村行走，再越过一座桥，就到村中最热闹地带，每每清晨或黄昏，三五成群的乡居老友，坐在桥上，说说乡里俚语，或交换与买卖一些物品，其乐融融。村里的最后一座桥，可抵达佑护乡人的显济宫，清丽宏伟的建筑坐落在绿树萦绕中，一二层门匾上辉映着“映带清溪”“一望如云”八个洒脱清新的大字，意蕴悠远，将美“点字惜金”地概括出来。立在宫楼，只见前有青山绵延如画，左右古民居星星点点，屋后树木葱茏成林，梯田染浸成片，三座小桥依次心心相印叠层排开，见证了这里数百年的沧桑往事。好一幅躲藏在深山的桃源图！

我一路心怀虔诚的愿想，用心与眼睛去感受这里珍贵的人文景观。那些经风雨洗礼、岁月留痕仍不失婉丽的檐壁，或雕花，或盘龙，似都在诉说一个家族的聚合离散。木闩的拉门，生锈的门锁，轻轻推开，嘎啦一声，抖落无尽风尘。令人欣喜的是，村落里的古民居仍然保留有明清时期旧时庭院的特点，有大门、天井、台阶、厅堂，以及两侧的厢房，且探询过去，每座庭院格局不一，风格绝不雷同，且所有的均不超过两层。有的在天井中央垒起一个摆放花草的石台；有的厅堂设成空中二层，沿着青瓦木门进入大厅后，却显得门中有门，房中有房，且靠着地形特征还设有狭长的过道，完全依据当时的房屋特征进行因地制宜的设计。除了古庭院式的房子，还有的房子呈楼廊式，拱形的门，方形的窗，倚靠在古色古香的二楼亭廊，往四野翘望，不禁心旷神怡。很多房子其黄土都是就地取材，石灰也是用当地所产石灰烧成，木材则取自山林，由此保持了这些民居与大自然相融相合的原生态特点。虽然间或穿插出现几座新时代的建筑，但整体仍呈现了沿溪两岸房子的和谐统一。

最有特点的是，各家各户门前总是堆放着成捆的柴火。有的横七竖八堆放成整齐的方形，有的晾晒在靠滩石支撑、沿溪用几个木块鼎立起的硕大竹板上——竹板坚实而宽厚，人们饭后闲暇还能坐在竹板的边沿与邻里侃天说笑呢。每家廊前总悬挂着谷笪、爬篮、菜篮等，而堂前则摆放着簸箕、鸡笼、锄头等，还有随处可见的倚靠在门墙的竹片……这些景象都深深地将勤劳持家的温馨场景淋漓尽致地描画出来。那些富有情趣的村民，也时常在门前栅栏边栽种南瓜等果蔬，在卵石垒成的垛墙墙头上栽种着各种花草，藤蔓青青。道边鸡犬相闻，溪里流水滢滢，不远处孩子们打水仗的笑声一阵阵飘荡过来，连滩石也显得通情达理，成为水鸭们卿卿我我的停靠点。这样的景致，能不让人心神荡漾吗？该用什么言语来描述这里的每一丝空气，还有仿佛随手都可触摸到的温暖？

有时想想，对一个地方心存念想，除了当时踏行于此，欣喜地发现它如此符合自己梦想中的家园，更重要的是当你对着雨后漫山的迷雾，豁然顿悟该如何面对生活，化解忧伤，并在坚忍中迎来生命的亮光！我沿着房子间隔的小径往山上走，青苔铺满的石阶与陡峭的山路都充满慈爱地迎接我，两旁仍有倚山而建的民居，绿油油的蔬菜，绵密的林木，让我呼吸着天地自由的静谧，回头时，我看见了一座如哲人般云雾缭绕的青山展现在眼前，顷刻间，我泪如雨下，对着它，我合起了掌……

每当我回想起这个场景，总默默祈祷。工业化与人类对利益的追求已破坏太多环境，而这里美好、淳朴、天然，从不修饰自己，从不刻意去吸引谁的目光，平淡中坚守，淳朴中不凡，如一坛醇厚的酒，隐藏岁月的沧桑，远离喧哗而静默，不奢望外界的风生云起会对它平静的生活带来怎样不切实际的转变。偶有远方客人来，它总能用醇浓的乡情迎接你，对你微笑，真挚含情。它如一朵青莲屹立于深山湖中，更似它青睐的漫山刚直的翠竹，自有山中的清丽耿直，又有适应大自然的落地生根的坚忍与顽强。

如梦般，我记下了它，这个位于福建龙岩万安镇梅村的自然村——梧宅。这里，是人类的家园，充满了温暖的人间烟火。

我想歇歇，来龙山

有时想想，世间万物真有一种曼妙说不清的因缘，一座山、一条河、一个村落、一个人……总是在某一个不特定的时期，突然出现在你的面前，轻轻提醒你：是你吗？你来了，我等你很久了……山水恋歌也罢，痴情男女也罢，似乎注定要结一个善缘，不论时间过了多久，季节更替是否合宜，只要遇见了，就心生眷恋与离不开的魂牵梦绕。来龙山也是这样，在一个冬季的午后，它悄悄地展开在我的眉眼间，徜徉在我的心海，并时常在回忆的间隙里一阵阵涌动它绿翠闲怡、贴心欢愉的容颜。

“松溪”，光读着这个县城名，就可以让久居城市的人们眼前浮现出一幅极美的山林图。瞧，静谧的晨光透过密密匝匝的树林投影在潺潺的溪流中，仿佛嗅到青草与林木苍翠欲滴的香味，听着溪水发出“叮咚”“哗哗”的声响，让人不禁想放下年复一年、日复一日的世事操劳，倾卸周身疲惫，就这么倚靠这一片青山绿源之地，与大自然融为一体，静静地看朝来夕往的风从东吹向西，又从西吹向那柔软的家乡城镇，无边的寂静、豁达、恬淡，而内心却充盈着光芒万丈。

早就听说这座有着一千多年文明历史的闽北县城有着传奇般的人文底蕴，名满天下的“湛卢宝剑”与“九龙窑”历经沧桑存留的残片废墟等，无不使这座城市在历史与现实的交织光影中给人厚重且“朝代更迭，山河恒在时光不再”的沧桑之感。但放眼来龙山，这座又名蹲狮山，它千百年来一直是松溪人民企盼吉祥图腾发达的有福之山，因有九座山峰连绵相依，宛若一条飞龙盘卧在青山绿水之中吞云戏水而得名。不仅由于它位于松溪繁华地段，山脚下即是培育英才的县第二中学，以及体育场、环城路、龙山路围绕，交通十分便捷。更由于它天然、不修粉饰的山茂与丰富的森林资源而得到松溪人民的喜爱。每天晨起夕落，公园入门与山道上都有无数的人们来此锻炼，散步、跳舞、登山，不需要找什么理由，或逃避生活压力的借口；也不需要考虑山高路远险峭而导致体力不支。只要来这里，你看：城中有园，园中有山，山中有庙，庙中祈福，福佑子民！这座恰如其分的“吉祥龙山”已成为松溪人民休闲、健身、养生之地，它犹如百姓的亲人，贴心温暖，成为生活最好的装点。2006 年 6 月被评为“省级森林公园”，也被称为松溪的“后花园”。

我首先慕名清康熙版《松溪县志》里图载的“三圣庙”遗址而登临来龙山，这座庙历史悠久，也是来龙山重要的人文景观。

只见一座高大巍峨壮观的来龙寺立在前方，咦，“三圣庙”去哪了？据了解，原来随着来龙山森林公园的开发建设，由村民自发在“三圣庙”遗址上兴建的“玉帝庙”在整体规划中显得不太适宜，当地政府经过深思熟虑，欲在玉帝庙的位置改建一所规范的佛教寺院。因此，自 1998 年起，根据“总体设计、分布建设、规模宏伟、施工精巧”的高标准、高质量建设要求，相继花了 5 年的时间，完成第一期改建工程。2001 年 12 月 14 日（农历十月二十九日），在已建成的堪称一流的来龙寺大雄宝殿举行开光大典，当日，到场的群众达到万余人次，寺里供给伙食 1000 余桌，真是盛况空前。如今，来龙寺一直香火很旺盛。

立在来龙寺山门前，向远方眺望，群山绵延起伏，楼群错落有致，视野极其开阔。我虔诚地向大雄宝殿的菩萨顶礼膜拜后，遇见一位白眉老僧人，问到三圣庙遗存之事，他指了指后面那座殿堂，善意地说，原先玉帝庙要迁移的，不知为何又没动迁。我带着寻迹的心情继续迈进现在名为“玉皇观”的殿堂，里面供奉着玉皇大帝、元始天尊等神像。主持范道金道士已近古稀之年，他说小时时常听着山上庙堂传出的钟鼓声，心灵皈依。起初，这座千年庙宇被拆除，群众痛心疾首。后来，党和政府落实了宗教政策。自 1978 年起，经过 10 年的辛劳，他与江凤妹、廖金花等道士联络广大信众，捐款献料，破土动工，于 1988 年 10 月 18 日，建成玉帝庙第一座殿堂凌霄殿。同年，凌霄殿后面建起观音殿。由于条件简陋，20 年后适应不了来龙山整体的时代规划要求，相继拆除重建。为配合来龙山建设省级森林公园，2008 年，范道金道士再次活动十方信众，投入大笔资金，在荒山上开通了一条 7 华里长的盘山公路，城里的摩托车、拖拉机等机动车可直达禅岩观。如今的玉帝庙，庙宇生辉，神像庄严，坐拥山林 50 亩，竹林 13 亩，菜地 2 亩。真可谓：劳心劳力福佑松溪子民，有山有竹瑞祥来龙三圣。

但前有来龙寺，后有玉皇观，这样一佛一道相倚相承、前后并列且同样香火旺盛的奇观令人惊奇。后我查阅资料，思考“三圣庙”没有迁移的缘由，应是庙宇历史悠久，当地信徒众多，在力保之下得以保存。再加来龙山紧傍溪河，直面石壁潭，与位于水口的虎头山相呼应，构成县城龙盘虎踞的地理形势，一直被视为县城的地脉所系，风水宝地。听说原本规划是将它迁移至来龙山的禅岩庵，在其位置上建一座观音殿。但群众的意愿排在第一位，这也让我对松溪的父母官怀着深深的敬意。早就听说松溪的民间信仰，是以古代自然崇拜为基础的广泛性信仰。因此来龙山保留一寺一道，另还有一座禅岩庵，也是不奇怪之事了，更为松溪的民俗文化增添了几分独特而鲜明的色彩。我的心释然了，转而欣赏这漫山被人称奇、醉人心扉的景致。

红尘中，最醉心的莫过于在大自然的怀抱中可以如自由自在的飞鸟一样，掠过蓝天、山林，掠过江河湖海，投入夕阳的影子，唱着超凡脱俗的清音，找到最美的精神憩园。我也曾在众多的山林中寻觅过让我牵挂的静宁，生命的美，哪怕是一株草、一阵风都会发出它悦耳的声音，内心总有一种柔软的通体舒畅在流淌，可以忘却尘世间许多纠结放不下的重重心事。当我行走于来龙山公园的林荫道时，我欣喜地发现人可以这么轻松愉悦地生活。当你面对两旁清秀翠绿正直的竹林时，她们像天使守护在你两边，陪着你站在这块神奇的土地上，闻到路旁野花的芬芳，嗅到垒层的嫩茶早春的悸动；时而身边有许多上山下山矫健的身影从你身边友好掠过，那种真切的温暖和感动是如此沁人心脾，心就像被清风清水清洗拂过。忽地，几只蹒跚的土鸡在竹林旁逗趣啄乐，一只可爱的小狗也奔得欢，雀儿从这头咻地飞到另一头。静谧的美，野趣的美，质朴的美，清新的美，端庄的美，焕发生机的美，一下子就展现在眼前。

能和这样一座山不期而遇，是一个缘分，是幸运，何尝不是一种幸福呢？我仿佛看到了春天的来龙山，漫山的雾霭烟岚，风姿绰约又纯真朴实，晨雾轻轻打湿裤脚，丝丝凉凉的清爽从密叶布成的绿毯上掠过，山坡上那一抹美丽的野百合，高洁、鹅黄的蕊和凝脂般的花瓣在绿野中发出炫乎眼波的明眸。春笋在春天的惊雷中破土而出，仿佛就为等这一刻我的到来，让我倾听自己心灵的呼唤。

我仿佛看到夏天的来龙山，这里珍贵的国家级保护树种：南方红豆杉、闽楠、香樟树、花榈木、鹅掌楸等，在火烧云的映衬下，伸展了千年的枝丫像一条条金身发光发亮的小俊龙摇摆于碧空，说着它依恋来龙山古老而富有传奇的故事。铺展在山上的月光多么迷人，风入疏竹，随即听到山野间的第一声蛙声，以及叽叽喳喳昆虫的声音，多么动听，我们的心变得通透而纯净。

而来龙山秋天竟是如此绯红，彩霞般满山满坡映耀开去的竟是那大片的枫叶林呀，沿着盘山之路一路开放，加上其他花草树木，赤、橙、黄、绿、青、蓝、紫，真是热闹缤纷无比，我不禁看呆了！那种气势磅礴的美绝对能让你冷漠的心重新焕发生命的精彩。要是置身其中会怎样呢？林荫道定有色彩斑斓的蝴蝶，歌声婉转的相思鸟，一只只觅食花朵的小野兔总能跳来跳去。一些鹅卵石路径上，落叶乔木纷纷随秋天飘零，此时的气候，不冷不热。如果与心爱的人一起携手登山，在羞涩的红叶下许下万千誓言，这该是多么美好的事呀！

而冬天，对了，我惊醒了过来，现在我就站在冬天的来龙山上，前两日下了一场湿寒的雨，气温只有 0℃，但一日之后雨停天晴，天空重新展露无比湛蓝的色泽，当其他高峰冰雪尚未融化时，来龙山上已出现暖暖的阳光，照在身上舒适极了。陪同的小戴与司机都是当地人，非常纯朴，热心地带着我们来到五福楼前，这座原先的电视发射塔，随着闭路数字电视的发展，它告别历史舞台，成为登上来龙山观景的最高福楼。倚在栏杆往四处眺望，整个城区尽收眼底，只见群峰交错起伏，绿树成荫，翠竹婆娑，远处良田万顷，高楼层叠，大道蜿蜒，最远可望到充满现代发展生机的高速公路，眼光所到之处无不展现着生态县城的一派繁华景象。我又登到五福楼的顶层，左方为七峰山，正对面就是湛卢山，两山互为犄角，犄角处，大山的根在这里血脉相通。我不禁浮想联翩，大山用甘甜的乳汁，孕育生灵万物，也因此磨炼出松溪人民厚道朴实勤劳的性格，面对物欲繁华、大起大落的人生境地，他们总是十分坦然与乐观。右边是奎光塔，它像一个饱经沧桑的老人，不知站了多少年，历尽风风雨雨的洗礼，目睹了这座小城更替嬗变的云烟，松溪因它的守护而显得安泰祥和。

一路峰回路转。无论从哪一条路行走，都有新的发现与不同的感受。一个转弯，竹林变成了乔木林，来来往往的人流与车辆都井然有序；通幽的鹅卵小径上，铺满厚厚的松针，踏上去软绵绵的，疏密有致的树林间，间或还可看到有一丝云烟飘浮在山顶的一端，原生态的美让人如痴如醉。穿梭在充满野趣的森林中，不时看到一些别致的路标，如金叶路、金财路、平安路等，这些都是以事业与企业单位名称命名。原来来龙山公园建设之初，需要大量的资金投入建设，政府一呼吁，县级各家单位部门群策群力，进行包段道路建设。山上众多让游人们休憩且美观的凉亭，如松涛亭、龙森亭、松轩亭、泉丰亭等，也是松溪二十几个个体生意人自发几万元捐建的。松溪历来就有修路造桥造福万方的优良传统，淳朴的民风民情更让外来的游客感受到他们浓浓的挚爱家乡、保护生态环境的高尚情怀。

“山水有可行者，有可望者，有可游者，有可居者”，这话似为来龙山量身定做。名山大川固然好，但多在偏远处，偶尔游之不妨，要天天涉足，常人只怕没那种精力和雅兴。登来龙山对大多数来这里的松溪人而言，则是家常便饭，如同在自家庭前屋后行走。遣兴怡情，修身养性，似乎拥有一座来龙山有时候也就够了。我一路兴致勃勃地往下走，路遇一群刚下课的中学生，我好奇地问：这么迟了，你们不回家吗？几个花样少年礼貌而快乐地回答我：锻炼身体是最重要的！

我不禁深深地羡慕这块土地。城市的孩子如关在笼中的鸟儿，每天超负荷的学习任务让他们只能家校一线，课余与周末时间几乎都排得满满的，穿梭于各式各样的补习班之间，哪像这些自由自在的孩子，嗅着天然净化的草木香味，迈着健康而快乐的步子在青山绿林中徜徉……这一片清新毫无拘束的世界，使我的心情舒畅，脚步更加有力。

不久，就顺着一条小径来到山脚下，又体验了一回从下而上所感受的来龙山传奇。来龙山森林公园，面积听说有 377.87 公顷，森林覆盖率达到 90.2%，园内辟有 9 个观赏小区，还有孩子的游乐场。公园大门整体建筑规划是由福建省农林大学林学院设计，分两期建设，充分利用了传统建筑文化的遗存，大门入口处以 8 根形象生动的铜雕龙柱分列两旁，再以四根围着中间的广场形成环形；结合市民的物质精神需要，将昔日裸露的山体都种植上花木，以林间草地、小丛林、林下灌丛等不同的搭配形式，种植山茶花、油茶、杜鹃、山杜英等，层次感非常强；正中间一条小径沿着专辟的丛林路可直达山上不远的一座凉亭，古朴、幽雅又充满现代生活情趣。我还注意到龙柱旁边一块空地上立着一块碑，上面写着“红军围攻松溪县城遗址”，想起松溪也是革命老区，这块红色的土地曾经有多少人为之洒热血、献奇功，许多南下老革命与支援山区建设的沿海知识分子，还有做生意打工的流动人口……他们一居住下来就喜欢上这里，像一只流浪许久的飞鸟，看上这里适宜的气候和自然人文资源，依依不舍，再也不想飞走。

这片位于闽浙交界处，武夷山麓东南侧，有着“百里松荫碧长溪”之称的土地啊，我该如何通过优美而极富感情的篇章来赞颂你美妙而纯净的山林、质朴优秀的儿女。来龙山，尽望你如诗如流的美景，我不禁吟起几句诗句：

只有化身那片山水，才能饱含深情
只有成为松溪河的人民，才能感受
这片热土所给予你坚忍、顽强、柔美的乐观
那冲天而起的剑气，穿透古窑之光
那喝着乡亲的茶在大樟树下唱往迎来的桥
一村村，一缕缕。印刻着美丽乡村生命的版画
啊，我的心再也不舍离去……

走进松溪，走进来龙山，便如同遇见了相宜相爱的人，一起携手走进生动的画卷。相爱，不离弃。

方山纪游 ▷▶▷

很少有一座山，让我有一见如故之感，且归来想起，仿似依旧立于它素净、趺宕、高峙的屏障前；它的形态宛若宽厚的城，给予人归家的温暖；它的形象又如一位智者，给予人时光冲刷之后依然鼎立的品质。而它的岚翠，丰饶，更让人久久遐思，再也无法挥去影踪。

纵观天下奇山，或雄峻，或嶙峋，或兀立，或锐峭，而方山进入眼睑，与其他山势迥然不同的，在于它的——方方正正！

也正由于山型的特性，早在晋代时，王羲之写过一篇《游西郡记》中就有形象的记载："临海南界有方城山，绝巘壁立如城。"方山本名方城山，俗名方岩。它位于温岭市大溪镇境内，西依巍巍雁荡山，东连温黄平原，南瞰滔滔东海。顶平如台，崖陡犹削，故又称方山，系雁荡山余脉，周围5公里绝壁多在百米以上，气势磅礴，是典型的火山岩地貌，2005年被联合国批准为世界地质公园，为国家级重点风景名胜区。

穿过台州境内唯一的104国道，就可抵达方山。

在山脚下拾级而上，此时气候已是立秋伊始，人声阒然，细草翠润，林木窈然而深，但蝉虫似因了人的惊扰，而更加群噪，吱吱吱，呱呱呱，交替不停。过百步之遥，只见一堵百米多高的巨障阻了去路，听说这就是著名的峭斗嶂，它就像一道天然的石屏风，徐徐展开。抬头仰望，碎光婆娑，细叶轻曳，远处的多宝塔耸立在悬崖边。此时，岩之硬朗与壮实，与塔之玲珑雅秀，相得益彰，令人赏心悦目。

古人云：临门观山相而据其胜。走到这里，已然可知此山非同一般。果不其然，峭斗嶂半腰有一岩洞，即峭斗洞。门有一联：“峰回尘境隔，花落洞天幽”，为清何绍基所题。洞虽小却状奇，若田螺，洞体盘旋至尾部，仅2平方米，内有一池碧水。相传王羲之游览方山时曾来此避雨，见洞中潭水清冽，大喜，即挥墨写下了《游西郡记》，并在池中洗净笔砚，后人刻名“右军洗墨池”，以资纪念。仰慕中，进洞深探，有些幽窈沉黑。果真有泉，我向小潭伸出手，清凉之水马上涤荡着手的每一寸肌肤，连忙置换另一只手，让文气与清气充盈周身；出洞后，我仔细地摩挲着不知经过多少光年而风化的流纹岩，它如无声的画，石体上横竖割裂与片片如鳞的转角，仿佛人类走过的漫长的路。

山之盛，必有飞瀑，而梅雨瀑即位于附近。它从60多米的悬崖上跳跃着，一路飘洒，如万斛银珠从山涧飞流而下，有时呈一条白练，尽显柔情与飘逸。因为山势三面被峭壁包围，有时瀑布还会出现“飞瀑倒卷，梅雨升空”的奇观，聚风中，瀑布飞流倒卷，形成“危崖散梅雨，峭壁迎秋辉”的景致。大自然的造化如此完美地展现于此，使方山拥有了一种绝尘之美。

山之灵秀必与人文的馥丽相辅相成，方岩书院，即是方山的文脉奇地。源于明代礼部右侍郎兼国子祭酒的谢铎。谢铎为大溪桃夏人，生平博览经史，工诗，著有《元史本末》《桃溪净稿》等。他一生三隐三晋，以“匡治天下风教”为己任，不畏权贵，忠孝廉正，谢家数代致力于书院的传经治教。他曾仕归山中，主持方岩书院，研究程朱理学，自成一体，又整理台州乡邦文献，厘清台学源流，对浙中阳明学派产生深远影响。他参与茶陵派的诗歌改革，试图以汉唐之风来洗涤当时台阁体单缓冗沓的学风。当地百姓数百年来一直敬重崇仰他的为官为学为人之风，有关他的故事与传说家喻户晓、妇孺皆知。

李东阳的《方岩书院记》曾记曰：“山之旁有狮子、虎头诸岩，文笔诸峰，仙人迹、月岭、桃溪诸境，其外则环以大海，浩渺无际，其后则天台、雁宕诸山，竦立乎霄汉之表，委灵毓秀，至是而极，则结为方岩，巉耸峭拔，为一方之胜。故院以是名。”如今，方岩书院新址择建在峭斗洞谢铎从小读书处，峭斗寺的遗址，建筑面积达2000余平方米。清代李鸿章所书的楹联：“每怀古人自知不足，既生斯世岂能无情”，立于书院门前，游客到此驻足，无不心涌幽思。

我在书院里徜徉，或流连于人文风流，或惊叹于风物陈迹，在列展中体悟着这方水土的朴素与铿锵。之后，在书室中坐定，轻吟着一杯醇淡的云雾茶，想象着梅雨飞瀑如仙的飘舞，伴着鸟雀啾啾而掠过的天籁之音，远处的幽谷仿似传来谢铎忧国忧民的“国有不足，亦当别为节缩区处”的叮嘱，以及学子们萦绕于耳的读书声。顿时，书香与旷远的回声混为一体。

谢铎以“方山”为名号，一生敬山爱山。他与另两位刚正不阿的历史人物并称为“大溪三贤”。其一为宋代的王居安，号“方岩”，官右司谏，一生光明磊落，勇于直谏。他的笔下描写了辞官归乡时的情景：“八十归来，方岩下，几竿修竹。柴门外，沙铺软路，水流清玉。栽接新来桃与李，安排旧日松和菊。过小桥、作个看山楼，千峰绿。”旧时方岩，叶落归根，衬着他的虚怀若谷，如梦似幻。另一贤为明朝兵部尚书赵大佑，他自号为“方崖”，为政雷厉风行，面对宠臣当道，从不抱着“尝将冷眼观螃蟹，看你横行得几时”的避世。可他在仕途一帆风顺之时，突然辞官返乡了。从此留于方山，闲云野鹤。

有时想想，人之风骨与气节，与这座大山有着怎样丝丝入扣的关系呢？是因为他们自小生于斯、长于斯，明白“方正如山”的做人准则，明白“山之坚毅，为人弥坚”的潜移默化，还是这方纯净岚翠的民风净土，让他们的眼睛与心灵，再也容不下污浊。千百年来，他们的命运与名号就永远与方山联结在一起，留下了人间的清歌！

明谢省在《登方岩记》中曾写道：“岩四面皆壁立千仞，独东面中一岩去地近，可立梯。缘青碧而上，梯不及岩之半。予褰裳先登，梯尽，攀崖而上。”从此文中可看出，当时还没有通顶的道路。而如今，从西大门和南大门，直接都有上平顶的路了。

方山顶是典型的流纹岩平台地貌，发育成一个厚约50米、面积达700多亩的开阔平台，因为自然风化，平台上形成了各种平缓的土丘、凹地以及浅浅的水潭，也是目前发现的中国最大的火山平台。山顶时常云雾弥漫，人在顶上如置身九霄云外。若逢晴朗天气，居高远望，则温州、台州部分地区的风光尽收眼底，令人心旷神驰。方山顶又是观沧海、看日出的好地方。每年农历十月初一的清晨，可在方山顶看到日月同辉的奇观，一轮红日托天而出，顿时，整个海面波光跃金，天海相映。天幕逐渐开启，云层分明，光辉不断向外扩散，金黄、橘黄、橙黄，一层层叠开，而后衍射到更远更广的天宇；而一弯细月，还挂在另一边，淡雅地等着自己隐落。漫山虫鸣齐奏，苇草摇曳生姿，辉光弥漫了天地。

方山顶确如“空中花园”，景色殊异。俯瞰山下人家，原是洪荒郊野，如今延蔓成安居的人间烟火，点状错落的山岭，点缀着三两村居，更显出几分桃源之境的怡然，栖居于此的人，推门见田，依山倚靠，鸡犬相闻，山泉潺绕。而顶上，则有另一番美妙的景致，拥有“上下天湖”“瑶池”“鹊桥”“多宝佛塔”等著名的景点。特别是碧滢滢的水，衬着蓝幽幽的天，湖边有亭，人影、桥影、亭影相互映衬，美轮美奂。黄昏时，远眺地平线远端，夕阳衬着橘黄红晕，成轻纱般绵延，山脉融合，四野共溶，此情此景，让人卸下周身疲惫，仿佛尘世的喧嚣都已淡远。

若是雨季，则天蒙蒙，水泱泱，岩淡淡，一切似乎都静止了下来，山体披靡着湿漉漉的色泽，多了几分宽容、体恤与深沉。雾中，有的山体似人的五指，有的像“群象进山”，有的又如“美女照镜”……雨后，在阳光的照射下，从侧凝望，方山又似一块秀润端庄的寿山石，通体晶亮，无论从何种角度入目，皆有天地乾坤怀藏的秘密，方圆皆顾，仰止恢宏。

方山顶是众多游人青睐寻踏之地，周末或假日，邀朋呼友，他们或来一个惬意的合影，欢乐无限；或独立岩边，思索着山是如何铸炼它高贵的品质，给予自己无尽的启迪。但由于山高多风，土壤较贫瘠，山顶除了杜鹃、油茶、山楂、观音竹等外，乔木难以生长。松树体型矮小，状如人工造型的五针松。从空中俯瞰，各色的植物呈球状、点状，或铺陈状，犹如国画点染；沿壁自然而立的楼阁，一切依山势而间插，和谐相生。蜿蜒的途中，漫山的野花，绿翠的青苔，繁茂的植物，给山体披上浓浓的春意，富于创造性的人们，使山上的路变得更加通畅，使山拥有了活泼的色调。方山鼎立亿年的寂寞，没有改变它的初衷，水与火的奇迹，使它更像一位哲人，端坐着对人来人往微笑，使人们的脚步更加笃实安定，它还尽量托举山的高度，使人们不至于迷失于名利追逐，心意宽广。

“仰止方岩千仞几，巍巍高大与天齐。当头白日青云接，万里江山一望低。”清谢瑜《方山杂诗》中是这样描述方山的，如果他重新登顶，面对眼下如此的生机，他又会写下怎样的诗篇呢？

游览半日，我已深深地惊羡于方山之美，方山之正，方山之奇。来到山脚，回望列屏如城的山，它静朴如初；此时，暮霞橘黄，心暖天阔。

天鹅洞里觅乾坤 ▷▶▷

当世界从混沌中打开天窗，投进一丝光亮，地球漫步亿万年的行程，终于在时代的帆船中漾起别致的波纹，其美、幽、险、俊、秀、奇，无不令人赞叹，怀古思今，不禁生发出渺渺浩瀚之感：地球经过一场怎样漫长的生命演化过程，才沉积成这一座座峰林，一块块岩石，一处处裂缝沟盆，一汪汪湖泊飞泉……其实，谁也解不开这亘古的秘密，留于科学家大脑、笔迹与科学精密仪器中显示的，也都只是种种贴近的推测，谁也无法遁回时空去觅见苍茫的初始。也正由于遥远的、不可触及的神秘与深邃，才使地球这些珍贵的自然资源，像一个个孤独且傲然挺立的巨人，用不再辗转、流离的目光，冲破地层一次次跌宕起伏的涅槃，而今遍布东南西北，有的早已为人们所熟知，成为名胜景观；有的尚在深闺吐露着野趣，一一造福人类，并默默地延续着时光的流转。

遇见天鹅洞，我如同回到人类的初始之源。

天鹅洞，位于福建省西部武夷山区东麓宁化县28公里处的湖村镇，处于丽水—龙岩—梅山的大断裂带上，因其典型的喀斯特岩溶地貌，稀有的自然属性、地质遗迹和人文景观，早在1991年就由福建省人民政府颁布为省级风景名胜区；又于2004年3月，与四川九寨沟、长江三峡、黄龙等国内著名景区同列为“第三批国家地质公园”。天鹅洞，到底藏有什么样令人神往的魅力，获此殊荣？

正如生命力成长的历程，离不开琐细、坚韧的细节，天下洞穴，各个卓尔不群，却无不与地壳运动、岩浆活动和风化、侵蚀、搬运、沉积等内外动力地质作用产生莫大的关联。泥沙碎石，洪流浩荡，形成了许多具科考价值与观赏为一体的特殊地形地貌。而岩溶地貌的形成最主要是由于：石灰岩在略带酸性的水中容易发生溶解，雨水沿着水平和垂直的裂缝渗透到石灰岩中，地表物质也被流水带走，而后水沿着地下裂缝流动使裂缝加宽加深，直到最终形成洞穴系统或地下河道……天鹅洞是福建洞群中最具代表性的溶洞之一。

它丰富多彩的造物奇观让人炫目，它历经发展保存完好的细节铸造了坚忍的品格。那些琳琅满目的石钟乳、石笋、石柱、石塔、石幔等是渗滴水晶形成的；管状流水则冲刷成美丽澎湃的石莲、石瀑布；飞溅的流水敲击成石葡萄与石珍珠；雾气迷蒙的气凝水又凝固成溶洞壁上的珊瑚状；等等。这真是：水生万物，最富生机，而水又承载着这么多自然与人类古老的记忆。令人欣喜的是，这里山、水、洞融为一体，又由于洞群"规模大、数量多、分布密、发育美"，从而被誉为"中国东南地区罕见的洞群世界"。

其实，天鹅洞的发现过程也纯属偶然，当地民众说由于有人偷摘橘子，被农夫发现，追逐后躲进洞里；有的说打猎奔突中猛然发现……于是口口相传。其实，远在100多年前，宁化名人李世熊就曾赞叹家乡"洞壑幽富，不可悉记"。自20世纪80年代中后期，由省国土、地矿等部门下来考察，才得以使天鹅洞现出庐山真面目，并进行保护式的探险开发。当时条件很艰苦，科考人员用火把手电，探测摸索定位，后发动群众将狭长溶洞里的淤泥，一担担肩扛挑挖，移出洞外，清理出通道，并根据洞内钟乳石生长发育的特征分为若干游览区，并于90年代初修建了一条简易的公路，才对外开放；之后又发掘了被誉为"独特的水中石林，引人入胜的地质奇观"的神风溶洞。近年随着地理探测与开发更为全面，陆陆续续又发现了石屏洞、水晶洞等近百个大小形态各异的溶洞，由此惊动四方；加之国内罕见的深达103米的岩溶蛟湖，其"久晴不枯，久雨不涝"的神奇物华与之交相辉映，天鹅洞群就此名扬天下。

其实，那日在行车的途中，我就听见同伴们在交头接耳、热烈地谈论天鹅洞，看来他们慕名已久。到了景区，沿着一条蜿蜒的山道，我们开始探寻天鹅洞。只见四周遍植葱绿的林木，空气中弥漫着清新动人的味道，阳光照在身上暖暖的，走不远便到了天鹅洞的洞口。我弯下身，随一溜队伍好奇地进洞了。

导游开始解说：天鹅洞总长为5华里，洞高30米，洞深有1公里，共有7个大厅，49个主要景点。现在我们位于第一厅，名为"迎宾厅"，抬眼看去，一只天鹅正俯冲下来，好像在欢迎大家涉及天府，共享美好时光呢！只见右边的洞壁还有缤纷的云朵，茂盛的叶片，另有一些小天鹅在探头探脑。我潜意识中想到，这洞可能以天鹅之高洁美好来取意；果不其然，到了第二厅，这里还有一群盘旋嬉戏的天鹅，后得知还由于山型酷似天鹅，以及洞内钟乳石晶莹洁白似天鹅而取名。“瑶池仙境”的景致，真是名副其实，在起伏变幻的天空背景下，出现了迎客松、石松，前方有四道壁，不知谁如此有才，将之想象成崂山道士修炼之门，并引寓意：有德之人走遍天下，无德之人寸步难行。游洞还能哲思，相得益彰！这里是游览线上的第一个高潮。随之步移，我看到了一根“定海神针”，力鼎千斤，上下相连，形成天柱，原来是倒锥形的石钟乳慢慢向下生长，而沉降地面的石笋慢慢向上抬伸，通常一二百年才长两三毫米，经过了几万年彼此的守望、仰慕，它们终于合二为一，相拥在一起了，大自然的美好与坚毅令人浮想联翩。

越往里走，虚实相间的景象，让人有种超越时空的感觉，不知身心为何处。第三厅到了，竟见到了滢滢的水流，这厅名为“银河涉水”——既然水能溶解石灰岩，也就是我们到达的地方，若干年之后，这里又将会是怎样完全不同的景致？想到这儿，我不禁有些心痛，是否人类的到来也极大程度地影响了自然进化的过程？银河隔阻了牛郎织女，但愿不会隔阻“开发与保护”中存在的矛盾。此厅中还有惟妙惟肖的神龟背中国地图的石像，此时见人到来，好似保护性地蜷缩起身子。

而色彩斑斓、流苏漫卷的第四厅——天鹅湖厅到了！这是游览线上的第二个高潮，同伴们在“天仙舞台”前纷纷留影，水光山色相映成趣，湖水清悠宁静，而人们的想象力和创造力不再受到束缚：话说七仙女下凡后，王母娘娘亲临洞府问罪，碰到爱打抱不平的孙悟空，由此演绎了一场精彩的斗法斗智，有的石钟乳酷似莲花宝座，有的似翻天印，舞台前三层为石幔帷幕，仿佛拉开着经久不衰的神话剧。另有武夷山“大王峰”与“玉女峰”的身影，遥遥伫立，默默相守，耳畔似有切切细语传来，却是湖水轻漾的声音。

天鹅洞厅厅相连，曲径通幽，步移景异，令人眼花缭乱。第五厅与第一厅都有一座天生仙人桥。第五厅的仙人桥犹如彩虹跨涧，因此，厅有上、中、下三层，这座仙人桥到下层时，已变成平坦的傍山仙人道，远眺又似幽幽的古栈道，边有镇守双塔，底下又仿若万里长城在绵延着雄壮风姿；顺着台阶到了中层，这里叫作“水帘洞天”，真是千姿竞秀，美不胜收，由此第三个高潮迭起！

特别是处于高处的两组大型的雕塑岩石，精美壮观似布达拉宫的古城建筑，又像摩天大楼。这厅是天鹅洞内最宽敞的地方，高度达到 40 米，最宽处有 38 米，也集中了最险要、最绚丽的景观。其中有一处九天飞瀑，洋洋洒洒，从空中绽放飞溅，不禁让人想起“飞流直下三千尺，疑是银河落九天”的诗句。花在抽蕊，云在舒展，水在流泻，兽在跳跃……美轮美奂，奇趣惊艳，一块块如宝玉佩戴的通灵宝石跟随着人们欣赏的目光，对美好的渴求，达到人与自然心灵相通、物景相融的境地。

从第五厅波澜壮阔中缓缓漫步到第六厅，才知道它叫“迷你宫”的含义，此厅特点为“精致雅典型”。姑且将一块石头视为“诗文、狂草、绘画”三绝的黄慎背影，他在凝思如何落笔描摹这古韵灵生的万相；有的似忧思美人的侧面，有的又似彩陶仙女飘舞的身姿。再看那些圆顶仙帐，一顶、两顶、三顶，挂得那么巧妙，又仿似隐隐圣洁的婚床笼罩其中；有一座“七层佛塔”，前有双狮据守，下面是无底洞，旁边还有一位面壁的光头小和尚……盘旋连接，高低错落，让人痴迷，并惊讶大自然的鬼斧神工。

大家或漫步，或凝思，通过一道“通天峡”，就到了浏览的最后一厅——“古洞春晓”。其实，走到这一程时，我与同伴们已经拉开很远的距离，在边行走边思考中竟发现前后方空无一人，顿时，空气中凝固着一种只听到自己空寂心跳的声音，洞仍在延伸着，不知何为尽头，后方隐约的灯光照在洞壁与狭窄的石阶上，我的心有些慌，但很快就平静下来，能得以一个人在这亿万年的洞府中，与远古对话，与悠悠天地共拥，这多么弥足珍贵！我不禁想到，原始社会的人们，他们当时就是以洞穴为家，开始了钻木取火的人类发展进程。如今现代一幢幢房屋建筑，其实也是一座座仿造的洞穴，让人们在里头安居乐业。过不久，后面的队伍陆续赶来，我抬头望见了洞顶上一个天窗，阳光从空中辐射下来，眼睛看到了光明。我由此也想到，这“古洞春晓”，其实也寓意着人们对光明与春天的希冀。

出洞了，我深深地回头看了一眼隐藏无尽宝藏的洞口，顺着下山的一条道，要去神奇的“神风溶洞”体悟“地下石林”荡舟的美妙了。神风溶洞分为旱洞和地下河两部分，大家猫着腰走过一段长长的狭道，就到了名为“逍遥津渡”的龙宫码头，地下河水域深邃悠长，长约 1500 米，水中耸立着数百根姿态各异的石林，蔚为大观。第一次在地下河中泛舟荡桨，心中充满古朴肃穆的庄重感，但随着景致舒展，峰岸叠翠，心神渐渐放松且涤荡起来。看！河道顶部布满了密密麻麻细长如银筷般的钟乳石，有个很好听的名字叫“鹅管”，它们如繁星般闪烁在仙河的夜空，两岸的崖石岩壁光滑，影布石上，冰峰雪瀑、琼花玉蕾比比皆是，如梦如幻，令人叹为观止！转过一道低矮的河湾，前面的河穹豁然变得高宽，我们随着小船往河道深处推进，风景更加缥缈俊秀，只见河道宽处烟波浩渺，窄处蜿蜒崎岖，船中一胆小的女伴，只要碰到窄处就惊呼，拉着我的手不放。七彩的石林晃影在河中，船头船尾的桨合力欢快地向前划动，只听见水流哗哗的声响，大家都沉浸于这别有洞天的世界。

船很快划进了一段幽谧的狭道，两岸峭壁突兀，纵横交错，嵯峨险峻，让我们仿佛进入荒蛮的时光隧道。而一直处于领先的我们，此时却被一处横亘河道的礁石给难住了，此时迎面又划来一条小船，后面的小船又紧跟身后，船头的两个男伴左划右划，左撑右撑，小船出现弧形的轨迹，而那女伴更是惊吓得大呼：我要上岸！令船中人大笑不止。溶洞中堪称“第一奇迹”的洞顶平板，宽约 50 米，整块石头不见一道缝隙，如此跨度大且低架空的自然奇观，真使人心生感慨：人力之渺小不足一滴水的力量啊。另一处的奇观即似“龙脊骨”的天然溶石，其裂开的石块“凹凸不平，犬牙交错”，让人望而生畏，而后又啧啧称赞：简直太逼真了！

我们就这样尽情地徜徉在奇水、幽洞中，时而在现代瑰丽的想象中享受着光影波荡的世界，时而又静默于溶洞的神圣光环。记得刚上船时，导游说须原道返程，但到了地下河的末端，什么时候掉转船头已到上岸点却丝毫未觉察到。怪不得专家们纷纷发出：“这是区别于国内任何地方所没有的独特的地质奇埂！”

天鹅洞，山水万物都交汇在一场运动过后的静止中，谁抓住她美丽与调和的风度，谁就捕捉了生生不息、沧桑巨变的优美画卷。我不禁暗生一个心愿，如果能与心爱的人独步溶洞，并肩行舟，哪怕人间经过多少沧海桑田，也是与这永恒的地球共融一体了呀！天地旷远，悠唱一曲：山水有大义的爱，人间有深怀的情，彼此守护，轻觅乾坤！

叠石飞梁万安渡

“我只想化身那一方方高贵、沉着、峻灵，没有定状的石头，以硬朗的骨气，或成峰峦，或度材取质，聚合成魂，以无限生命立于流转尘世。”

倚在海天交阔的洛阳桥边，凡人如我，不由得生发出这样的慨叹。

时光荏苒，万事沧桑。这座始建于北宋皇祐五年（1053年），前后花费6年多时间，又历经不同朝代19次修缮的中国首座跨海港大石桥，如今依旧雄峙于泉州洛阳江入海口，它与北京的卢沟桥、河北的赵州桥、广东的广济桥并称为“中国古代四大名桥”，以其独创的特色与富丽的人文景观，享誉世界，为全国重点文物保护单位。

而此洛阳非河南的彼洛阳，却为何命名为“洛阳桥”，这是怎么回事呢?据历史溯源有多种说法：一为，早在唐宋之前，泉州一带居住着越族人，到了唐朝初年，由于社会动荡不安，连年战乱，造成大量中原人南迁，他们辗转跋涉迁到闽南泉州，其中多数为河南、河水及洛水一带的人。来到了泉州后，他们带来了中原先进发达的农业技术和经验，引导当地人开垦、发展，看到这里的山川地势很像古都洛阳，因思念故土，就把这个地方取名为洛阳，此桥也因此而得名。

另一种据北宋《九域志》记载，惠安县境内有条“乐洋江”，人们将“乐洋江”雅化成洛阳江。在北宋大中祥符年间，全国各州军编绘了图经，史称“祥符图经”，以记载各地山川形胜为主。图经云一则故事：唐宣宗微行，览山川胜槩，大发感慨类吾洛阳之语，因而名之；《同安县志》也有类似的记载。还有一种说法是，由于“乐洋”的闽域发音与“洛阳”极其相似，久而久之，就演变为洛阳江了。

而最早把“乐洋”称为洛阳的则是安徽人郭祥正，他历官此地，是北宋在福建留下最多诗作的诗人，曾题诗名《洛阳桥》：“一望五里排琨瑶，行人不忧沧海潮。憧憧往来乘仙飙，蔡公做成去还朝。玉虹依旧横青霄，考之溱洧功何辽，千古万古无倾摇。”在当时没有一个泉郡人称之为洛阳桥，而是根据古渡名“万安渡”，将此桥称为“万安桥”。

说到万安渡，即位于泉州城北的惠安、晋江交界处的洛阳江边，上接大溪，外临大海，人们古时都要在此靠舟楫摆渡往来。但“水阔五里，深不可止”，人们总是望江生畏，曾流传“用四两纱线，系石下坠，沉入江中，尚未能测其深浅”；而自晚唐始，“南接漳广，北通江浙”的泉州已成为中国重要的对外贸易港口，到北宋时泉州港湾更是帆樯林立，百舸争流，中外商贾云集于此，“海江丝路”呈现出一派繁荣景象。而洛阳江面海风肆虐，波涛掀滚，每每有险情发生的万安渡给福建经济、文化的交流造成极大障碍，建桥已成为十分紧迫的任务。

桥梁，作为江河海洋颇具神力而架设起的虹彩，一直在现实生活中发挥着至关重要的作用。中国古代桥梁的发展，从最早出现的树倒自然搭桥，到以石绝水的堤梁桥，再到三千多年前《诗经》中周文王为娶妻“亲迎于渭，造舟为梁”等，古人总是用聪明智慧，一步步克服大自然万重艰险，建设起悬空的道路。发展到隋唐两宋时期，我国古代桥梁的建造已达鼎盛，著名的河南小商桥及河北赵州桥即出现于此时，再加上黄河长江天险与各地相继出现的浮桥、石拱桥，中华文明步入向江海讨探天机的宏大旅程。

细思，历史总是在紧要的关头推动着，使一些神圣光彩的事迹擎耀着人力胜天的箴言与伟大创造，并将一个个闪烁着永恒光辉的名字烘托于历史的长空，此次也是一样，壮举为“闽中桥梁甲天下”的美名打下了最重要的借鉴帮带基础，其功德无量！

他就是郭祥正《洛阳桥》诗中出现的“蔡公”。

蔡公，即北宋名臣蔡襄（1012—1067年），字君谟，出生于莆田县仙游枫亭镇慈孝里蕉溪，官至端明殿学士。他是北宋杰出的政治家、文学家，“四大书法家”之一，清正廉谏，学识渊博，礼贤劝学，先后在地方和朝廷为官达三十八年，一生功绩斐然：出为福建转运使时，奏请减免“闽人五代以来丁口税之半”，大大减轻百姓负担；知福州泉州时，整顿吏治，恢复五塘，广植松林，强军海防，百姓为之立功德碑。他关心体察民间疾苦，厚农桑，重商业，写就了《荔枝谱》《茶录》两本重要的典著，一直深受百姓爱戴。

而他一生最富神采且至今仍让人津津乐道的功绩，即是眼前的这座魄力非凡的——洛阳桥。

而世间凡是功成名就的事业，必经崎岖求索的过程，其内在须具有一颗至善与大爱之心，再齐聚众人之力，才可战胜大自然恶劣条件险峻的挑战。古时，“闽在海中”，四周都是漫漫无边的大海，跨海造桥，其惊心动魄的过程，今人只能从史书只言片语中管窥一二。其实，面对“万安渡头行人悲”的境况，早在北宋庆历(1041—1048年)年间，有个叫李宠的泉州人，就尝试在江中筑造几个简易的石墩，架上木板，想作为浮桥利于出行，但遇到水急潮涌，浮桥常被冲走，甚感无奈；1053年，泉州人王实又进一步倡建石桥，但谈何容易！直到至和二年（1055年），蔡襄莅临泉州府，他的母亲卢氏为惠安涂岭（圭峰）人，少年时他与弟弟曾一起到惠安，和舅舅卢锡就读于泉州乡序，从小就耳濡目染万安渡艰险。一上任，他立即到万安渡视察，再次目睹狂风疾浪中百姓艰辛，倾听到大家有强烈的建桥愿望后，他暗下决心一定要完成这天险的工程。

然而要在这江深无底、急流浪大的地方建造大桥，比登天还难！蔡襄每天到万安渡勘察地形，观察水势，探访民意，请教民师巧匠，通过细致深入的调查，对地势地形潮汐涨落等做到心中有数。可无米之炊，谈何伟大工程。他马上贴出兴建洛阳桥的告示，并广泛宣传，发动群众捐工捐资；并在母亲的支持下，将自己家仅有的埭田200石中捐出160石，这起了很好的带头筹募与鼓舞人心的作用。告示刚贴出后不久，惠晋二地的民众纷纷鼎力支持，出工出力，谋划献策；蔡襄的舅舅卢锡、郡人王实等也一道来协助建桥，万安渡熙攘的涛声中多了浓烈的希冀与期待，千年的机遇终于来临。后来，几年间全部工程用款1400万两全为民间自筹完成，当时有诗云：“几时募化千家宝，一旦缘成万载功。”

但海吞万物，众人满腔的热情与激情往往被抛置浪潮中激荡来，又滚翻去，建桥遇到了第一道至关重要的困难，桥基一直建不起来。这可怎么办呢？相传当时人们出动了数百只小船载了无数的石头，抛向桥墩的定基点上，都石沉江底，不见踪影，桥墩的位置根本无法固定。蔡襄日夜焦心，坐立不安。真是万事开头难，难于上青天啊！但智者相信一切事在人为，能工巧匠们经过反复试验，总结经验，终于首创了“筏形基础”的桥墩建造法，即利用风平浪静、潮水低落时，抓紧时机先堆垒长约500米、宽25米宛如水下长龙的矮石堤，然后以这条石堤为基址，在其上以纵横交错的大条石筑砌能分解激浪威力，而特定设计成船筏形的桥墩，这个史无前例的设计蕴藏着民间多少骄人的智慧呀！

当第一座雄峻桥墩出现江中时，人们欢喜雀跃，似乎已经看到未来通途的希望……由于历经波折，定基建桥后来就被善良的百姓演变成神话传说：蔡襄梦见观音大士向他指点，可向海龙王求助，一个名为夏得海的御史送信得到提示的“醋”字，蔡襄百思不得其解，后恍然大悟，拆解为“廿、一、日、酉 ”4个字，也就是说，当月21日酉时海水会退潮，那会儿动工最合适。待到21日酉时，果然海潮退落，3天3夜不涨潮，于是桥基成功兴建。在科学尚不发达的古代，百姓们感恩戴德蔡襄的建桥之功，总是以神力赋予善的美好，弥补人的力量所不足。如今，许多故事依旧流转，给洛阳桥增添了无尽的人文色彩。

不想蔡襄在泉州上任才两个多月，又被调去福州任知府。可想而知，他对洛阳桥建造工程的牵挂程度，万事才刚刚开了头，每日数千名的群众自发参与建桥，肩挑扛筑，凿石伐木，烧柴献水，无论青壮妇孺，纷纷效力。一切都在有条不紊的进行中，蔡襄与舅舅等正踌躇满志地规划着，准备因地制宜，开采沿江山上巨岩，凿成长10米左右、宽70厘米、厚60厘米、重约十吨的石桥板……但君命不可违，他只好一再嘱托舅舅卢锡等人，期待他们克服困难，一鼓作气，完成这一未竞事业。在福州任职期间，他也常与舅舅保持通信来往，关心关注洛阳桥建设工程。

嘉祐三年（1058年），蔡襄任福州职满，他怕又被召入京，或改移更远州军，他于4月就上表请知兴化，两个月后诏知泉州，这正中心意，于是满心高兴地第二次去泉州任职。此时建桥已持续进行了5年，洛阳桥工程巨大，技术复杂，舅舅卢锡在其间发挥了重要的主持作用。史志载卢锡“以处士终，生平好义，济人利物”， 他全心不入仕途，一心造福地方，建桥事无巨细，他一一打理，妥善安排，是个难得的人才。蔡襄在《万安桥记》第一个颂载的有功之臣便是他。

此时，建桥已进入关键阶段，46座船筏形桥墩鼎立于江水之中，如一个个巨人有力地分流水浪湍急，而如何将达10多吨重的石板架设到桥梁，这是极大的技术难题。蔡襄与建桥者们群策群力，经过无数研究试验，又发明出“浮运悬机”的方法，将所采石梁预先放在木筏或船上，趁涨潮时缓缓驶入两墩之间，让石梁板高于桥墩之顶，只待海潮下落时石板渐渐下降，在石上以粗绳悬牵，真是“一绳挂千钧”，稍不留神或船随浪偏移片寸，都将前功尽弃；而一块块集天地精华的巨石隐忍着，承受着，在大海间任人力将其艰难地推上道路的前沿。古籍记载，“凿石伐木，激浪以涨舟，悬机以弦牵”，可以想象当时施工的壮观场面，人以千百数，船筏阵列，吊绳悬杂，激浪中前行，缓潮中巧细。只见指挥者摇旗吹呐，执事者紧而不乱，当巨石板终于嵌入两墩之间，两岸观者欢声如雷，这是怎样的千古一瞬！洛阳桥上的300多块石板和上万块石料，都是采用这种巧夺天工的方法架运上去的。

看着雄峻的桥即立于洛阳江，多年的心愿即将完成，蔡襄的心里无比激动，但他历来做事沉稳，但见洪水滔滔，桥墩时常经受不住海浪的强烈冲击，时有石料散落破损的现象。蔡襄与众工匠深思熟虑之后，发现闽南海边牡蛎这种贝壳类软体动物繁殖力强盛，能分泌出胶液把贝壳与附着物之间紧紧胶结，形成一层坚硬的甲胄，正是根据生物特殊的属性，他们决定在基石与桥墩上大量种植牡蛎，这就催发了洛阳桥的第三个伟大创造力，即采取“养蛎固基”的方法。《宋史·蔡襄传》载：“种蛎于础以为固，至今赖焉。”生长后的牡蛎自然附着于石头之上，大大加强了桥基和桥墩的稳固与整体性，并耐得住风吹浪打和海水的腐蚀，洛阳桥自此变成了一座颠扑不破的“长城”，虽千百年多有自然灾害，如台风、地震等袭击，特别是1604年泉州发生了8级大地震，山崩城倾，一片瓦砾，但洛阳桥却安然无恙。泉州人以洛阳桥为荣，留下了一句老话：躺着要像洛阳桥！铮铮铁骨，又何尝不是对蔡襄等人建桥之功的崇恩与敬畏呢。

洛阳桥终于于嘉祐四年（1059年）十二月竣工，太守蔡襄亲自主持竣工仪式，并书写文、书、镌“三绝”的《万安桥记》：“泉州万安渡石桥，始造于皇祐五年庚寅，以嘉祐四年十二月辛未讫功。址于渊，酾水为四十七道，梁空以行。其长三千六百尺，广丈有五尺，翼以扶栏，为其长而两之。糜金钱一千四百万，求诸施者。渡实支海，去舟而徒，易危而安，民莫不利。职其事者：卢锡、王实、许忠、浮图义波、宗善等十有五人。既成，太守莆阳蔡襄为之合乐宴饮而落之。明年秋，蒙召返京，道由出是，因纪所作，勒于岸左。”

全文共150多字，精简凝练地记载造桥的时间、年代、桥的长宽、花费的银两，参与的人物，丝毫不提己功。碑文用楷书书写，笔致飘逸流畅，点画婉转精美，人称“江山万古莆阳笔，无上真书第一桥”。

洛阳桥建成以后，泉州遂成为“梯航万国”的东南巨镇。其后，500多名建桥技工，在闽南各地兴起一股建桥热潮，在闽南、闽中建起了几十座沿海大石桥，改变沿海交通阻塞现象。著名的安平桥、石笋桥、顺济桥等，都是仿造洛阳桥而建造起来的。洛阳桥成为一座重要的里程碑，中国著名的桥梁专家茅以升说：“洛阳桥是福建桥梁的状元。”

因钦慕太守蔡襄的学识、功德，我曾数次前往洛阳桥瞻仰他巍峨俊秀的身姿。沧桑岁华，现存桥长834米，宽7米，桥墩31座，附属的珍贵文物很多。1993年，国家文物局拨700万元巨资，对古桥进行全面复修，终于恢复了它千年雄姿。整座桥梁规模宏大，大气典雅，保存着形象逼真、造型美观的石像石塔，特别值得欣慰的是，旧时的7个石塔几乎完整地保留下来，有楼阁式双塔、月光菩萨塔、阿育王塔残塔、陀罗尼经幢塔、锥形镇风塔、五轮塔和桥南楼阁式塔。现存石亭有二，中亭附近立有许多历代碑刻，给这座桥增添了无穷的人文怀思与厚重的史迹。仅明清重修碑记就有12座，上面继往开来地记载了上至官员，下至黎民百姓，以及僧侣等披泽千载的建桥与修桥功绩。座座碑体或雄浑大气，或雅俊秀庄，并排或依地势而列，“碑林”中年代最久远的是“万安祝”碑，于南宋嘉熙二年（1238年）立，距今已900多年，气势宏伟的“亘海长虹”立其右侧；而宋代石刻“万古安澜”则斜镌石壁，与不远的“万安桥”三字相互呼应，表达了人们对万古平安的美好向往。

桥南还有一座蔡襄祠，始建于宋代，历代均有修葺，现存建筑为清代修建，祠柱上有非常著名的楹联一副：“架桥天地老，留笔鬼神惊。”生动地颂扬了蔡襄伟大的功绩；洛阳桥头还有一块匾额，上面写着“海内第一桥”，真是说不尽的洛阳桥，道不尽其令人瞩目的光环。

我再次伫立于桥头，蓝天阔远，意境悠茫，此时夕光盈盈地照射着海面，我不禁吟咏起泉州十景“洛阳潮声”中“潮来直涌千寻雪，日落斜横百丈虹”的诗句。此时，江中缓缓驶过几只小舟，渔民们正摇橹捕鱼；不远处，勃勃生机的“海上保护神”红树林正舒展着丛丛苍翠的脸颊，抚慰着休养生息的古桥。座座斑驳的筏形桥墩，如一个个饱经沧桑的哲人，聆听着潮声涌来又退去。虽然随着经年的泥沙沉积，原先阔宏浪急的海平面，河道已逐渐变浅，但蛎壳们仍在石墩旁生长着，从始至终未曾改变的坚定，与之相偎依，一层层，一片片，耀闪着时光的珍珠。桥上行人三三两两，时而漫步，时而遐思，耳边有自行车铃铛的声音滑过，眼前有挑着篮筐操劳的闽南女子掠过……每一位与桥亲密接触者，或怀着倾慕，或倚靠着它的雄迫，或将它视为联结两岸的至亲，从未停止对它的敬畏。我摩挲着栏柱，那坚硬的石头似有一颗颗柔软的心，我情不自禁脱下了鞋，赤足体验着脚下庄重的一块块石板，它们有着怎样千年秉承的才气、韧性，有着人生无法抵达的厚度与甘于清寂，也渗透出丝丝抚慰人心的力量及温柔，磨砺着它，给予前行者多少信心与沉着安详的宽容。

如今，高大、威仪、儒雅的蔡襄雕像矗立于洛阳桥头，他目光炯炯，欣然俯瞰着这片泉州港湾，不远处一座现代跨海高速桥正川流不息地将这座“海上丝绸之路”的起始港点缀得饶有生机。海风阵阵飘过，似在传送着他正直、清志、博采的一生：“人生万事皆尘土，唯有功名永远看。”

宁海初日

人们对于美总是怀揣着无尽的神往，加之对于故土的依恋时常会使美生发出别致的风采，并在世代吟咏中赋予更为饱满、深蕴的精神魅力，因此，无论“山、海、岩、园”，“泉、柳、塘、寺”，其中春花秋月，冬雨夏风，无不入目，无不倾心，给一方水土温润的滋养，并插上羽翼，致使它飞翔了近千百年，依旧萦绕着，流淌着，使这些美发出极为可贵的和声共鸣，为“海滨邹鲁”的风光旖旎宝地——莆田增添了无穷尽的神奇魅力。

而清代邑人林尧英，在遍览兴化情韵之后，用他饱含深情、智慧、点字成金的笔触与目光深远的蘸描，绘下“莆田二十四景”，使“文化灿烂、名人相继、群星耀闪”，时有“一邑半榜”之誉的莆阳“文献名邦”更为名重天下；而今，24景的大部分景观依旧焕发着独特的美，给予今人无限的怀思，并引以为傲。

“宁海初日”是其中的一景。

自唐代以来，兴化平原俗称南北洋。东濒兴化湾，西抵九华山麓，南达燕山期花岗岩丘陵边缘，北至囊山山麓。很久以前，这里是一片汪洋。由于木兰溪等溪流携带的泥沙长期堆积和兴化湾海浪搬运淤积，渐渐露出海面，成了一片海滩地。这里的先民们很早就在那儿开拓。而规模最大的应是公元627—631年之间，在今兴化平原边缘，与山（丘陵）相接的地方，海拔较高，最早露出海面，成为兴化先民最先立足的蛮荒之地。塘是古代开挖用于蓄水灌溉的最早水利设施，在《新唐书·地理志》里明确地说到莆阳“国清塘”等六塘；先民们先在山前开发，然后逐渐向海滩中部发展。又因塘背靠山（丘陵），可以山泉或溪水为补给淡水水源。南北洋筑堤后，兴化平原进行全面开发。等到元代木兰陂等建成后，彻底解决了灌溉问题，先民们就是在这一片民稠地窄间，围海造地，斩蒲作田，繁衍生息，开创新的生活。

古时“闽在海中”，莆田境内海岸线更是长达 343.6 公里，约占闽省海岸线总长的 10.3%，因此，惊涛骇浪席卷，茫茫汪洋无尽，在当时险峻的自然环境下，先民们往往谈海色变，望海生畏，当地有一句俗语：“过得了海，就是神仙！”因此，千百年来，人们想方设法搭建悬空的道路——桥梁。而中国造桥的历史，渊源历久，自西周初年，周文王在渭水上建浮桥迎娶妻，至今已 3100 多年。福建的桥梁宋起发展成熟，自古就有“闽中桥梁甲天下”的美称，先出现木梁桥，后又发展为堤梁式石桥，又有浮桥、索桥等，总是根据自身地域与水域特征各尽所能，与大海作着最直接的较量。

宁海桥，又名东际桥，俗称桥兜桥，位于莆田市涵江区白塘镇镇前村与荔城区黄石镇桥兜村之间，地处木兰溪入海口，为旧时北上莆田、福州，南下泉州、厦门的必经之地。始建于元元统二年（1334 年）。在未建桥之前，宁海桥这里为宁海渡，系溪海汇集之处，潮大流急，水天茫茫，百姓来往都要乘船摆渡，十分不便，而且极其危险。而桥北岸古时名宁海镇，所以桥名宁海桥。在此前近 200 年间，莆田因特殊的地理特征，已建有大大小小的桥梁多座，如北宋靖康元年（1126 年）太守江常始建熙宁桥，俗称“阔口桥”；南宋建炎元年（1127 年）莆田人李富、方天贶建延寿桥，特别是李富，人称李制干，倾尽所能为乡人修筑了 30 多座桥梁；元至治三年（1323 年）兴化路判官赵焕卿再度修复江口桥。这些建成的桥梁，都为兴化平原发挥了极大的作用，也是促成宁海桥建立的榜样。但一座桥梁的形成非一朝一夕之功，加之此处的水文、地质复杂，让人举步维艰，建桥是难上加难，谁也没有胆识与魄力去尝试。而这建桥的功臣就永远铭刻下一个人的名字——龟洋寺高僧越浦。

因历史条件的限制，史料未明确记载宁海桥初建时是如何克服重重困难而鼎立木兰溪上的，只以故事的形式流传至今。相传，某日，越浦来此渡口要去南洋化缘，目睹海面狂风大作，船翻人亡的惨景，十分不忍，恻隐之心油然而生，他两掌合一，不停地口出“阿弥陀佛”之言，决心募捐建桥。为了做好准备工作，他一边募捐，一边在宁海渡北岸创建吉祥寺为龟山寺下院，作为建跨海桥的落脚点，至今涵江流传一句口头禅：“未有宁海桥，先有吉祥寺。”讲的就是此事。但洪涛激流，要修建一座跨海桥，实非易事。等到募捐足够的财物，万事俱备，只待开工之时，民众们欢喜雀跃，主动参与，可以想见当年宁海渡旁肩挑背扛，百舸争流的劳动场景。工程进展很顺利，眼见一墩墩的桥墩在海中屹立，越浦心中暗自欣喜：桥成民众就不必饱受渡海之苦。却不料，眼看跨海大桥就要成功告竣时，有一日，天上乌云密布，海面狂风大浪，加上雷雨交加，洪水滔滔将越浦与民众多年的心血毁于一旦。人们捶胸捣足，痛心不已，在当时科学尚不能解释桥毁原因且信息封闭的古代，人们面对无法战胜的自然灾害，往往臆想与神怪相连，由此演变成另一民间传说，说是海中鲤鱼精作祟所致。此后，行人们只好仍然靠渡船来往。但高僧越浦并不气馁，他立志要为众生搭建来往的平安桥，完成他的心愿。于是，发动全寺寺僧走遍八闽大地继续募捐资金，并聚集无数工匠考察地形地貌，总结经验教训；他还亲自到泉州开元寺请教主持，参观闽中典范跨海大桥——洛阳桥，吸取洛阳桥的“筏形基础”“种蛎固基法”的建筑技术。第二次再动工时，他深思熟虑之后，决定把桥址向后移动，选定较好的地质，把桥墩造成船形，使之经得起海水涨潮和退潮的冲击，再利用浮运架梁法，终于历经 16 载的艰辛和苦心，于元至正十年（1350 年），宁海桥终于建成了！高僧越浦功德无量，名垂莆阳大地。

但此项造桥工程十分艰巨，一则花钱多，二则时间长；在造桥过程中，难免出现一些不遂人意的事情，比如，造桥工场上有人偷材料，寺僧有的外出募捐不出力想溜走。慈心善德的高僧越浦总是耐心细致地开导大家，也留下一段传说：只见他用手指作笔，用海水作墨，在吉祥寺的石柱上写下对联劝善：“施我物必昌偷我物必殃，入吾门不贫出吾门不富。”字体苍劲有力，哲言句句入心！说也奇怪，越浦的字犹如石匠刻在石柱上一样，入石三分，民众和众僧都感到惊奇，自此，工地的材料无人敢偷，众僧无人敢离开吉祥寺。那日，我慕名去了吉祥寺，依稀见到石柱上深嵌的字样，但已经被风模糊，根本辨不清字迹。想来，民间质朴的故事传奇历来是口口相传，表达出人们对造福百姓的人的尊敬与爱戴，特别耗时耗力、又极具波折而建的造桥工程，令先民们感恩戴德，因此，总是赋予传说善的美好，弥补人的力量之不足，起到压胜的作用。如今，故事依旧流传，给当地留下了津津乐道的人文景观。

清朝曾有一种说法：“桥自宋以来率六十年一成毁，若有数焉。”说明宋以来桥梁能 60 年安然无恙的实属少数。宁海桥也似乎逃不过此箴言。自元至清，宁海桥 300 多年间 6 建 6 圮，每次重建工程都历经艰辛。第 7 次修建是在清雍正十年(1732年)，至乾隆十一年（1746年）方才修复，如今所见之旧桥部分，基本保持那次重修之后的原貌。宁海桥为石梁式，仿泉州洛阳桥形制，南北走向，全长225.7米，面宽5.8米，有船形墩14座，高10米，两墩之间的净跨径8.8～11.8米，比福建著名的洛阳桥和五里桥的跨径还大。桥面用75块长13米，宽、厚各1.2米的巨石架设而成，仿佛是古桥墩中的巨人。每一块石梁上均刻有捐施者的姓名和捐款数额。如今还能看到许多方正有力的镶嵌石中的字体，显得弥足珍贵。此外，宁海桥的桥墩虽然也是船形桥墩，但分水尖特别锐，特别翘，而且还带有一道道优美的弧度，仿佛是一把把锋利无比的巨型弯刀插在水中，劈波斩浪，分担着桥洞的水流压力，更可以看出当时的波涛汹涌。而巨大的石梁从何而来，又如何把它架设到桥墩上呢？相传在大蚶山开山凿石时，人们先把石头按规格加工成石梁，再用巨绳把石梁沿斜坡滑道拖运到海边，然后把它横缚在两只海船之间，乘涨潮时海船出海，在海水浮力下，石梁的重量大为减轻，船借风力行驶到桥址工地，逐步靠近桥墩，等潮涨船高时，巨石就很容易架上桥墩了。古代劳动人民凭借着勤劳、勇敢和聪明才智，创造了人间许多精湛的技艺奇迹。

桥面两旁有石扶栏，望柱头立雕着姿态各异、线条简朴的石狮，狮子两两相望，似乎侧身在倾听着海浪。桥的北端，立着高约3米、戴盔披甲、双目圆睁、唇须微翘、手执长剑的护桥将军石像两尊，系明代雕造，虽经几百年风雨沧桑，风采依旧，年轻的显得谦恭儒雅，年老的威武雄壮，体现了古代能工巧匠高超的雕刻艺术。桥的南端本来一样立有两尊护桥石将军，但在抗日战争时被炸弹击中，后又有损毁，如今有部分存放于桥边的寺庙中，现系依样重新雕造。北端的石像由于桥北镇前村的陈瑞金老人守护，才得以完整地保存下来。

宁海桥的建成，使得人们难以逾越的天堑变通途，明代邑人陈经邦在《宁海桥记》中形容该桥“跨溪海之吭喉，束潮汐之吞吐”。它的建立，不仅方便了交通，促进两岸的文化发达和经济繁荣，也造就了壮美的旅游景观。每年端午节在桥上观日出，一丸红日，倒映桥下，万道金光直射，犹如金龙逐波，仪态万千，令人心动不已。据说由于太阳的轨道，在端午节时直射宁海桥下游的海面，不会被两边的海堤遮住，这段时间，太阳照上海水全部反射到桥上，同时初五前后是退潮，宁海桥整个海面被阳光照得如万条金龙翻滚，波浸乾坤，蔚为大观，故有“宁海初日”之誉。端午节前后数天都能看到这个奇观，前人有诗句赞曰："天鸡催落潮，澎湃撼桥石；破门涌金轮，洗出海天赤。"也有诗云："朝唏朗映吉祥前，影射长虹破晓烟。紫曜高悬初出海，红轮几跳始经天。三千浪涌金光烁，十五门通彩色连。岂是烛龙含远照，羲和命驾浴甘泉。"美丽的景致令慕名而来的人流连忘返，赞叹不已。因此，它被列为"二十四景"之一。我还见到一幅"宁海初日"的扇面画，桥型俊美，船帆倚岸，四周树石掩映，一轮红日高挂天空，真是美轮美奂，秀丽宏俊。

而宁海桥也给兴化民俗文化增添了不少色彩，过去大人训示孩子"走桥要念志"，为的是不忘前人缔造之功。后来就成为俗语。与宁海桥有直接联系的莆田俗语有"皮比桥兜石还厚"；"像桥兜的水，流入无声音，流出哗哗响"。前者形容某人不知羞耻，后者形容某人喜欢占便宜。从这两者中都可以看出宁海桥在人们心目中的分量，桥兜石数百年来沉甸甸的，承载着古往今来人们对它的敬重与对德行的衡量，后者的俗语则是人们对溪海交汇的宁海桥的潮汐现象认真观察得出的结论。

基于宁海桥珍贵的文物价值，1961 年就被福建省政府列为第一批文物保护单位。但桥归桥，路归路，偏偏宁海桥就遇到崎岖的过程，自 20 世纪 80 年代起，由于交通的需要，有关部门在宁海古桥上加高墩台身，架设空心水泥板梁，宁海桥被隔空设计成公路桥，从此它顶着"桥上桥"难言的忍辱负重为新时代的人们贡献着自己的力量。由于古桥基础处于兴化冲积淤泥极软层的地基中，桥梁初建时就不是按照承载现代大型载重汽车的标准设计的，而这 30 年来，桥上川流不息，车来车往，宁海桥已不堪重负，至此，桥底下出现多处裂痕，桥基严重下陷，靠近涵江方向古桥端的两只元代古狮子，已经顶到了新桥上，而且穿破了新桥板，泥土浆流在古石狮的头部，受到严重的毁坏！虽然其间也进行加固改造，但都无济于事；加上村民长期在旧桥面上设置捕鱼网点，湍急的水流使渔网产生巨大的拉力，造成桥上石栏杆掉落而残缺不齐。每每看到古桥沧桑不尽，鞠躬尽瘁，又濒临被严重破坏的模样，许多有识之士心痛不已，奔走相告，加之这座古桥也无法满足日益发展的交通需要，政府决定在距离古桥 110 米的下游处，投资建设一座宁海新桥，如今正在如火如荼的建设中，这让人们不禁松了口气。更令人欣喜的是，宁海桥已于 2013 年被列为国家第 7 批文物保护单位，到时，新桥通车之日，就是古桥焕发新颜之时。它该光荣地退休了，掀掉逼仄的头顶桥，重新呼吸天地溪河精华，继续默默守护着这方水土，阅尽她的繁华沧桑。期待着这座风雨古桥从此安逸，与另一处相距不远的24景之一“白塘秋月”相互辉映，到时“端午桥头赏宁海红日，中秋塘边品圆月流辉”，这一日一月，该有多么美好的情愫与希冀激荡其中呢！而惊鸿翩翩，喜梅才情，娴静坚贞的江梅妃故居也位于此处，真是，三五美景，如醇酒般充裕着神奇的人文腹地，古香古韵，又流光溢彩。

桥，总是寓意着生活的通途与难关，经过无数双接力的手，造福于民，无私奉献，才承载起厚重、绵延不息的形象。不久的将来，新桥，旧桥，穿梭着，点缀着，在一轮波光盈盈的红日映照中，将为这个时代书写新的传奇，莆阳大地将会生发出更为璀璨的笑颜。

萩芦春声 ▷▶▷

萩芦，光是轻轻念着这个地名，口齿中就带有林木苇草的清香，加上秀美的萩芦溪环绕而来，迂徐而去，这就更增添了它的飘逸与静谧。

三月，我踏踩着桃花水涨、春笋拔节的声响，特意来到这里。

一座看上去色泽有些斑驳但却有着历史厚度的萩芦溪大桥，雄峙在山垭。桥上碑亭与古老的护桥将军，无不彰显着乡贤三代人以及更久远的人与自然共处和融合的经历。当我靠近桥身，不由得想象当年嫁接天堑的艰险，以及那些无私捐赠并修缮的人们，他们对跨越激流、接通人脉的渴盼；而今，旧桥与新桥并行，书写着时光照影的流转，连接对岸的早已不是桨声船篷，而乡人们淳朴的莆仙方言，仍在延续着这块土地从未改变的对幸福生活的追寻。

泱泱缓阔的萩芦溪，从高处看，或呈条状，或呈环状，溶溶滟滟，盘出更远的视线。若循着大桥下到溪边，便见裸露滩石棋布溪上，溪水如玻璃般透明，浅者可现泥苔包裹着坚石，它们或紧挨，或零散；而稍大的石砾，有的方形，有的卵石状，它们不知何时随着潮水聚拢在这里，微风徐振，相处静安。深者则幽邈无穷，掩苒摇飏。寻一滩石坐下，远眺逶迤的山体，虽说不上高峻，却慈爱地环绕几座村庄。突然，澹然而清深的水在阳光与轻风作用下，晃过一道道如鱼鳞般的色彩，又似金丝曲折着、拨弹着，向前方漾去；若隐若现的溪石仿似跟着舞蹈，水中央一两块露出水面的石头则光滑亮闪，如调皮的幼儿探头外面的世界，光滑澄净的肌肤恣意地接受着雨露风华……大自然处事不惊的美流经多少光年，才变得如此涵虚若空游，我不禁陷入深思。

我静静地凝望着澴然的水，倒映着婆娑的树、蓝滢的天，发觉连云朵飘动的姿势也随着水纹摇晃，溪水两岸时而传出鸡鸣喔喔，掠水而过的鸟儿轻轻的叽叽声，在空际中传荡着飘远；溪畔连片的果树包裹着一簇簇娇羞的果实，远远望去，如一片片雪白的梨花开遍丛林，岸畔人家田畦菜地间夹着花圃，郁郁葱葱，空气中涤荡蓊勃的清香。回眸间，我发现水边石堆夹缝里长出挺立的苇草，它们总是默默扎根，而今清秀丰盈，飞扬朴素高洁的羽翼。

离开溪畔，沿村踏行，我发现富裕起来的人们都盖起了气派的独栋三四层楼，那敞亮的窗户像一扇扇眼睛，守护着这里的一草一木。更令我惊羡的是——此处“瓜果之乡”，每家每户都在门前空地种植枇杷果树，未成熟的枇杷都被人们用厚纸扎成袋状，每个果实似乎都像他们的宝贝。更有细心讲究的农户用光滑的银纸扎成三角形状，一丝间缝都不让其泄露，银光闪闪呈现出吉祥色彩。而大多普通人家，或用报纸，或用牛皮纸袋顺势一扎，任由天地精华在植物自身的抵御能力中，天然去粉饰，而成熟后一样甘甜无比。好奇心使我走到树下，仔细窥视躲在枝叶中修养身心的果子，它们静静地安享着成长的光阴。有一些性急的早已钻出袋袋的枇杷们，大多三、四、五颗聚拢在一起，它们都长着密密麻麻的绒毛，青色的身姿如成长中的青少年。有的茎上共结有十一二个枇杷，分枝中两两独立，三三成群，大都伸展成花瓣奔放的模样，还有的偎在一起，如雏鸟、雏鸡们怯生生地迎迓自然天光，它们都用绒毛羞涩地遮挡身子，喜盈盈地互挨着，像团结的一个家族的人，又各自汲取空气、阳光、水分，不久后即脱落成水灵灵、圆润润的姑娘小伙了。我察觉，枝叶稍高的枇杷树精神倍爽，它们迎着春的色彩冲天而起，似乎在紧锣密鼓地迎接五月成熟期的到来！早闻“萩芦牌”枇杷果实硕大，外观艳丽，耐贮运，品种多样，是福建省著名商标，还获得农业部批准的绿色食品使用标志，真是名不虚传啊！

出果林，沿着大江线可通往深山。此行，我还有一个心愿，就是用脚丈量这片土地，看看这儿当年贫瘠、泥泞、充满荆棘的山路如何走出一个个坚毅的山里叔、山里嫂，他们护卫着青山，筚路蓝缕地从蜿蜒盘曲的山里走到山外，肩挑的重负，脚上的老茧，闯荡收获的何止是财富，回馈给儿孙的依然是勤劳朴素的家风美德。入口处的一户农屋前，大红灯笼仍宣告节气的喜瑞安详，一个白发老人心满意足地坐在自家门前的竹凳上，邻里乡亲或抱着孩子互致问候，或提着农具准备干活。路已经修成柏油，踱步而上，远山如黛，清气苒生。萩芦确实兼具山区与平原的优势，山道绵长宛如环绕的线，坡度顺势渐升，常见乡屋间杂于山下丛林，时而露出红顶房砖，偶尔一两辆车飞驰而上。道旁还见包菜包裹着紧实的衣裳，叶脉分明，躺在碧翠衬托的五叶瓣中，显得悠然自得。自由的芦苇伸向路径，簌簌之声陪伴我沓沓的脚步回荡山中……此时，太阳如圆盘，悬挂我牵念的心事，不知走了多少路，我开始微微喘气并出汗，影子在道上拉得很长……

忽地，眼前豁然一亮，前方右侧山坳下，竟出现了一派田园风光，一个村落端坐于盆地中，上百户洋房老屋错落有致，村中建设井井有条；房在树林中，屋在山水里，美景如画，尽览眼底！惊叹之余，心生欣慰：桃源之境皆僻于隐隐之所，萩芦果真有福啃！又走数百米，眼见前方仍是盘山之道，我停歇了下来，在路边一处阴凉的草丛中坐下，山脚下鸡鸣虫聊，犬吠鸟啼顿时声更明晰，而周遭那些无人眷顾的野枝野草，此刻它们都与我亲近起来，如贴心的知己。疲惫中，我倚靠着它们，有一两株我叫不出名的褐色的植物，它的枝干清硕如归隐的高人，叶子焦脆卷曲似快掉落，斜枝却倔强地长出白色的花瓣，有的裂成像细绒，轻轻触碰它，似有细小的刺疼；有一株躲在我身畔，花叶如此细小，枝干却挺直有力，尽显卓然身姿；还有一株植物特别美，皮肤黝黑如异域的公主，花瓣从根部使劲长，依次攀爬错开排列，细数竟开了十几朵。我轻抚它们，闻着山中沁人心脾的清味，此处“隐居”山坡，石子横亘，裸露的土地花草自长，不为物喜不为己悲，它们映刻于我内心的光芒，带有清香、粗粝，有着人世间最善解人意的体贴与温柔，我多想与它们倾诉……许久，我伸出手一一与它们道别。

路仍在盘旋，深山的村落如潭井，只能暂隔我的梦中，我决定下山了，这座山给予我所有的想象，曾经：它烟火旷渺飘荡着男人女人农活时喘咳的声响，土墙矮墩闪烁着灯火昏暗，如今都化为漫天的星斗，映耀着未来更光明之旅；曾经：它对山外世界的向往遥不可及，激流横亘，船荡如叶……如今，苍凉渐向繁华。与土地的每一份亲近，它都将回馈你安稳，回馈你素朴至真的岁华。下山的转角，芦花丛中，闪过一个挑着柴火的阿伯，戴着斗笠，厚重的干柴压在他肩上，很快，他细碎的脚步就隐没于前方……

萩芦的三月，天蓝蓝，山冉冉，水脆脆，果盈盈。

灵山探秘 ▷▶▷

世称灵山者，必具灵秀之气，其俊雅身姿，婀娜体态，以及清新面庞，总使人们慕名中欢跃前往，并一再仰望流连；而我走近灵山，却发现天下灵山，与“灵鹫山” 竟都有一些渊源，宗教神灵，又添加朝圣者无限景仰。由此，许多人游山探水，心有所寄，一路攀缘中便掬取它的芬芳幽谧，使之灵气一传十，十传百，以致名声斐然，实属实至名归。

我曾无数次登上大大小小的山峰，去俯瞰苍茫大地，在晨曦或炽烈的阳光下，或倚在傍晚柔媚的夕光中，体悟着山的伟岸，人间烟火的璀璨；光阴的刻痕，在山之巅，云之端，玄妙着它的神思；放眼阡陌纵横，草木莺翠，那些细小的风尘将自己的长发撩起，心胸随之舒放自然之子无比的惬意，似乎忘却曾经的苦痛。

事实上，江西上饶的这座“灵山”， 的确与众不同。它横亘于上饶县北部，跨越茗洋、湖村、清水、汪村、石人、望仙、郑坊、华坛山等乡镇，有 72 峰，峰峰挺立，山体巍峨，主峰海拔 1496 米，峰洞坡壁相连，奇观山色辉映；特别是狭长迂回的奇石陡崖，气势磅礴绵延成 50 余公里的环状花岗岩，孤悬于峭地，簇拥于山谷层林，矗立于湍急溪流，组成一组国内罕见的“龙脊形环状花岗岩峰林地貌”，令人叹为观止。而在卫星图上看灵山，则像一轮镰刀弯月，镶嵌于富饶的土地；又因山体连绵起伏犹如一位侧躺的江南美女，被世人赞誉为“睡美人”。

灵山最早为人所熟知，是由于它是道佛二教并存的圣地。灵山是全国著名的道家洞天福地之一，道家曾书列为“天下第三十三福地”，名噪一时的道教真人胡昭等均隐居于此精研道学，结庐修真。唐宋元道教极为兴盛，先后建有宫观殿宇 99 座，如今仅存的灵山石人殿有 1800 多年的历史；而灵山历史上寺庵规模宏大，高僧辈出，法运鼎盛，这不能不说是灵山独特的奇迹。其钟灵毓秀，沉静脱俗，吸引了自汉唐以来历代文人墨客涉足咏吟，留下三百余篇佳作。辛弃疾赞灵山："叠嶂西驰，万马回旋，众山欲东。"明朝夏言诗叹"雄深雅健，如对文章太史公"……灵山因其自然环境独特，地质构造复杂，地貌类型多样，2009 年成为国家级风景名胜区，拥有"世间无双胜景，天下第一灵山"之称。

真是身未动，心先行。"翠霭多姿、千山嵯峨、人文荟萃"的灵山令多少人为之神往！

地球漫步亿万年的行程，经历漫长的生命演化过程，其幽、险、俊、秀、奇，地质奇观，无不令人赞叹。大自然的鬼斧神工，同样造就灵山的千姿百态，它历经发展保存完好的细节铸造着独特的品格。看，灵山上古松数以千计，或卓立绝顶傲霜斗雪，或植根悬崖凌空倒挂，有的依附绝壁横空出世，有的隐于怪石丛中翠绿如玉。古树名木、琼花瑶草、鸟兽珍稀遍布灵山，动植物竟达到几百种；它还拥有槠溪、茗洋河等 8 条溪涧，以及龙泉、珍珠泉等上百处名泉，萌生玉树，滋润幽兰；怪不得清朝诗人方洋由衷地发出"万山深处见飞泉，直泻河流下九天。乱石惊冲珠佩碎，轻云高拥玉龙悬。雨花晴洒苍苔润，冰溜寒重碧涧连。袒褐纵观情自乐，水晶帘外坐神仙"的诗句。灵山由于在约 8 亿年前的震旦纪早期，就开始沉降，形成了多层重要的含矿建造，矿藏有花岗石、萤石、水晶等诸多品种，其中花岗石储量约 5 亿立方米，以水晶最为珍贵，且开发历史悠久，汉《神龙本草经》有"上饶水晶"记载，北宋因过量开采而破坏山林，引起当朝首辅王安石重视，并作诗对此现象加以批评。风光绮丽，物产丰富，人文富丽，这些都为灵山增添无尽的神韵。

为了寻觅那动人心魄的美，我曾如饥似渴地欣赏关于灵山的点滴。说实话，令我最为心动的是：当晨光掀开新的一天的生机，太阳即将破晓，灵山上通天深蓝，霞光先是深红，后渐渐露出浅馨微笑，然后随蓝渐渐变浅变淡，直至日出瞬间，绽放万丈红光，顿时，天地明亮，万物生辉。

而圣灵的山在日复一日与天地共融中，宠辱不惊，迎接着每一个目光的巡礼，每一个脚步的探询。"水作青罗带，山如碧玉簪"，灵山山水玲珑，皆具灵性，尽显妩媚。

到了傍晚，只见山体云雾缭绕，秾绿掩映，湖碧波倾，恍如仙境。有时，晚霞映天，似温柔的仙女，轻披面纱；有时烟雨迷蒙，美人羞涩遮隐她的睡姿，却将她的风韵映衬得更加迷人；山下一两间农屋炊烟轻袅，梯田蜿蜒错落，溪水潺潺，荡开无尽的涟漪。而当北斗斜时，携一壶美酒来就松风，那是一幅多么和谐的图景。

多美的灵山呀！

而一群热爱家乡、不辞辛苦、跋山涉水只为体悟多姿灵山而徒步穿越的旅人，着实令人敬佩。他们最爱探险的是登临海拔千米的灵山雄峻精华，即“夹层灵山”，史称东台，或叫山外灵山。因灵山山脉向西至甑峰分成两个走向，看似平行的连续山脊之间竟形成长约2000米、宽500余米的峡谷地带，这里多飞鸟走兽，人迹罕见，风光奇特；四周青峰数以百计，似城垛将台地紧围，大小青峰各有其形，峰峰如琢如削，直指蓝天。名字也颇具诗意，如“猫儿翻甑峰”，显得顽皮野趣；“天女散花峰”，飘逸俊美；而“华表峰”最是雄伟壮观，高达百余米，峰壁平削，人不可登，仰视至帽落才能见其顶；“猫鹰峰”，威风神勇……诸峰可谓惟妙惟肖，栩栩如生。

探险者总是不畏艰险，一路攀枝滑越，爬撑劈丛；他们钻石缝，跨峡沟，在岩缝间，用简易坚实的木杆横嵌天梯，如空中栈道；更狭小的山缝间则在粗的树干上再横钉若干小枝利于攀爬；悬崖边，只有一根连接陡峭岩体的细钢条，脚下稍不注意，险象环生！他们互助互帮，以天为被，以地为铺，克服重重困难，从不轻言放弃，挑战着大自然生存与身体的极限，并用他们积极乐观的精神点燃灵山深处的热情，聆听大自然的天籁之声。当大汗淋漓登临顶峰之后，只见云天清澈，峰峦逶迤，花木怡然，百鸟和鸣，不禁生发出“指点江山”的激情，欢欣雀跃，纷纷合影留念。

夹层灵山果真名不虚传，台地上横卧、斜出、卓立、倒挂着万千颗奇石，令人眼花缭乱！有的倒石如门屋，硕大宽敞；有的如仙鹤，独立天野；有的石头似天鹅，正伸长脖颈，似在聆听清水飘荡出美丽的音符；还有的似思考着的哲人，轻抚蓄须；两块相依的石头似小鸟依人的美人。石人、石佛，类兽类禽无不形神兼备，惟妙惟肖；器物者，仿如丹炉、棋盘、菠萝等，如巧匠打造，物者可以乱真。石头的颜色与纹路也是各具特色，有的石头洁白如刚出生的婴儿肌肤，通体晶莹；有的石头如沧桑的老人，缀满风霜皱纹，身材佝偻，但却充满人生的张力与生命不屈，呈现厚重感。雨后的石头如玉，有的被冲刷成平板，有的呈水流澹澹，盈漾着迷幻的色彩。有块神石令我伫立良久，她高贵忧郁，挽髻侧身，身着长裙，倚在崖边，长久地面向远方，似在等待着久久未归的人儿，整个石状惆怅依依，令人感慨不已。相邻不远的两处岩石，面对面，空气中凝固着紧张的气息，如战场上对峙的两位将军，英气凛然，他们似乎时刻在瞄准战机，以静制动……

灵山之石，真是美不胜收。岩或耸，或立，或卧，或依，如上天的神物，组成美丽的画卷。最神奇的是一个看过去并不起眼的石缝，竟能容纳几十人还绰绰有余。夹层灵山上，听说峰峰有泉，怪石下也处处有泉。其中的天瓢泉有很高的药用价值，饮用可生津止渴，防暑降火，外用清洗还能消炎化瘀，活血生肌。这里还经常可以看见百鸟离窝、归巢的壮观景象，山羊在绝壁处纵跳，群猴嬉戏等场景，生态保持得如此和谐安逸静谧，十分让人惊叹。

灵山的名胜古迹很多，诸如石人、南峰塘、水晶山、茗洋湖、金鸡潭、东山岩画、太极岩、茗洋、东台等，说不尽的灵山，道不尽的睡美人。我不禁吟咏起以下的诗句——

山之伟岸，在于俯瞰天地万物，看光阴流转，依旧屹立挺峰，给予人刚强；

山之绮丽，在于历经风霜雨雪，依旧绽放笑靥，灵山脚下的山茄花开得正艳，而山果子也已成形，正等待着挂满枝头的日子；

山之梦幻，在于古道、森林、峻崖、飞流，远离尘世的行旅中，哪个是行走中的你，哪个是立世中的你，这恍惚的虚实相生，如人生眷恋与别离，绚烂而精彩；

山之神灵，在于乾坤朗朗，斗转星移，在时岁更替中，而慈悲的道义随清露而升，随暮鼓而鸣……

此时，一层层长满青苔的石板正一级级向灵山深处延伸，小道跌落于满山翠色中，那里有花草林木在绵密的阳光里悄然绽放，有无数祈福的梦在灵俊的地方，低吟浅唱。

七境茶缘

饮茶是近两年的事，福鼎白茶、安溪铁观音、武夷岩茶、永春佛手等，每日随心境与口味不同而选择适宜的茶，饮之，总能神清气爽，使生活充满无尽的趣味。

而茶与人一样，讲究一个“茶缘”。福建为产茶大省，唐代起各种名茶就享誉天下，加之其他省份诸如西湖龙井、云南普洱等诸多好茶，若想一一打交道，或成为你一生不可或缺的挚友，则要看与此茶的境遇。

而七境茶，却是在一个秋风滢滢的季节，无意中以一股古韵质朴的清香闯进我的生活，这是我没有想到的；但与相遇心相知的人极为相似，喜欢上他就会在意他的一举一动，一颦一笑，于是，除了每日啜饮它独特的芳香，我便开始关注它的每一个细节，包括历史发展及工艺制作。不看不知道，一看吓一跳，七境茶在《中国茶经》记录里，早在明代就留下“罗源茶品第一”的口碑，并标以“罗源之明绿”字号远销北京、天津等地茶庄；清光绪年间，每100斤七境茶价值可达到70两白银，比其他绿茶价格要高15%左右，在古时被称为香高、味爽、色翠、耐泡——“四绝”茶品，以其独特优点广受赞誉，还多次荣获省名茶优质奖，列入《中国名茶录》。

可为何如今琳琅满目的茶品市场上却鲜见它的踪影，或者很多人并不知七境茶呢？我细看罗源县志，以及探究它的前世今生，发觉七境茶有一股藏在深山不为人知的隐士气韵，它虽历经曲折但始终养精蓄锐，有一种淡定高雅的品质，亦可谓“养在深闺人未知”，只要轻拨雾纱，赋予它人间品茗与自然社会相融合的契机，它就如俊秀的梅花，在寒冬中会焕发出别致的光彩！

罗源县别号罗川，位于福建省东北部沿海，东端与霞浦县东冲半岛相望，西端与闽侯县接壤，南邻连江县，北连宁德县，东北、西北、东南、西南分别与宁德、古田、连江诸县及福州市郊区为界，地势自西向东，高低起伏；四季分明，夏长无酷暑，冬短无严寒，年平均气温 19℃，年降水量 1652 毫米，气候温暖湿润。又因境内三面环山，一面临海，东部的罗源湾为福建省六大天然深水良港之一，诸多的条件非常适宜茶叶的生产。在《明崇祯县志》里就曾记载："茶诸山皆有"，可见罗川不仅产茶历史悠久，且家家户户种茶覆盖面极广。

而让七境茶走出深闺，成为天下众人皆晓的名茶，不得不说到"七境"这个词的由来。其实，光咀嚼"境"这个字眼，就让人心生好感，还由此想到境界、心境、佳境、无人之境等令人回味的美好词意。后得知，过去中国是以"境"来划分自然村，境在古风蔚然的时代，属村与村山清水秀之间彼此分隔又依存的疆界、区域，每一个境地处偏远且静谧，相互接壤犹如一双双温情互助的手，你称兄来我呼友，拼接成美丽淳朴如画的大地。而"七境"分别为罗源西兰乡的"程洋境、长弯境、施灞境、西竹境、延洋境、洪洋境、寿桥境"。当时七境的村民们募资合建了一座泰山庙，即"七境堂"，由于"七境堂"四面环山，海拔 400 ~ 500 米，受海风影响，春、夏二季晓雾蒙蒙，雨量充足，土壤又多为红壤，茶树在此生长犹如找到世外的家园，再加上一条梅溪自东向西回绕七境，形成溪流、雨雾、海风、山林等共同眷顾、呵护的得天独厚的地理条件。村民们利用天然资源，齐心协力，发挥古时手工制茶的精髓，经过"凉青、杀青、手揉、明火初焙、毛炒、筛簸、定炒"等几道工序，制成"条索匀整壮实，色泽绿润光泽，茶香嫩润持久，形如炮弹引心"的七境炒青绿茶，为七境茶走出大山、名满天下立下汗马功劳！相传唐人吕洞宾经此地还留下赞茶之诗："玉蕊一枪称绝品，僧家造法极功夫。兔毛瓯浅香云白，虾眼盆中细浪俱。断送睡魂离几席，增添清气入肌肤。自身只在溪岩外，不肯移根向上都。"真是好茶深山藏，古韵逸今传！

而关于七境茶能推广与流传的种种说法，较为著名的是明中叶时，西兰村沈厝沈氏村民，因从事海运，常贩七境茶往京津地区销售，并从中发家，他感德太尉宋滨南迁时教七境乡民种茶与制茶新技术，后建西兰七境太尉宫，并于每年农历正月初九前往供奉香火，此俗沿袭至今；而七境茶的另一推广功臣则是清光绪二十二年西兰村"八品耆宾"——兰凤定之子兰新才，他于 1920 年至1930年在福州安泰桥同人合开“何同泰”茶行，由他负责在西兰村收购七境茶，将收购来的茶叶挑拣后分等装袋，印上字号，再雇专人挑送福州茶行，每百斤挑运工钱4块银圆，年收购茶叶达500担左右。当时，西兰村每户种茶2 ~ 5亩，茶园满山坡，户户摘种忙，层层叠耀着七境茶过往的辉煌历史。

然而，茶的境遇轮回，竟会与整个中国历史时代经历的风雨紧紧联结在一起，使它成为饱受风霜的民族缩影，在困苦与历经艰辛的过程中，始终保持隐忍坚毅精神的七境茶，它骨子里清纯与名士的气韵既穿越了历史，又经凤凰涅槃的重生，其精神品质在今天更显得弥足珍贵！

抗日战争时期，由于交通闭塞，外销无门，内销萧条，民不聊生，大片茶园荒芜，厂庄倒闭，产量大减，至民国三十年仅输出19万公斤；抗日战争结束后，曾一度恢复生产，但不久又因通货膨胀，茶价惨跌而陷入绝境；1949年前夕，全县茶园只剩下0.67万亩，产茶仅8.5万公斤，七境茶濒临绝境！仅在天津老茶庄尚有“七境茶”品名留存。1949年后，在政府和有关部门的重视下，七境茶改制烘青绿茶，但仍未得到发展，直到1974年这个古老名茶终于得到重新挖掘与开发……

经过几十年的发展，如今，罗源县种茶面积为4.01万亩，涉及茶农达到2万余人，拥有茶叶初制加工厂57家，年产茶叶5800吨，产值达到1.32亿元。近年来，罗源县政府部门还专门出台扶持政策，一年投入2000万元专项资金补助提升茶叶质量，把茶叶纳入六大农业产业之一，2012年，罗源县还以“七境茶”为主打品牌，上报国家地理标志证明商标，并通过。2014年4月份，七境茶通过农业部国家地理标志登记保护农产品。

世间一切曲折求进的过程，都锤炼与铸造人与物弥坚的性格，七境茶在困难重重中，始终没有茫然与顾盼，而在静待时机；它从没放弃对自身质量与市场潜在价值的思考，如今更具胆识与发展眼光。前些年，由于受技术、大型公司介入等条件制约，七境茶在产能较大的情况下，茶农的经济效益却一直并不明显。外地茶商来到罗源以每公斤30元价格收购茶青，只要贴上自己的知名商标，价格则一下子提升到几百元乃至上千元。“我们不能再走靠‘量’挣钱的老路了，要走品牌兴茶之路，是发展罗源茶叶的当务之急！”这是罗源县有识之士的铮铮良言。他们说干就干，通过引进大型茶企业“抱团”闯市场，以七境茶悠久的历史文化为契机，精工艺，植良种，开发研新“罗川·七境”春尖绿名茶、“罗湖云雾”明前绿茶等品牌，让贡茶的复兴之路逐渐拉开序幕……

秋风习习中，我们驱车参观了多家生态茶园建设基地，只见每一座茶园倚靠着青山叠翠，空气清新舒张，植被繁茂葱郁，密密连缀的茶芽似张开的小手，尽情抒发着内心的愉悦与美好。制茶的乡民们以茶园为家，他们热情、淳朴、敦厚，一心为家乡的发展献策献力，所到之处无不呈现出一派生机盎然的景象。而山路在蜿蜒盘旋中，似乎将我们绕进几百年七境茶崎岖而光荣的发展路途。

清梁章钜在《楹联丛话》中曾留下一副名联：四大皆空，坐片刻无分你我；两头是路，吃一盏各自东西。而我分明在云雾缭绕的罗川土地上，闻见了七境茶萦绕周身的迷人气息，我知道，它将成为我茶桌上——另一个离不开的挚友。

幽境中的龙兴禅寺

沿着黄昏蜿蜒的山脉，穿过发出阵阵幽香的山木，我迈入一个远离尘埃的山坳。一座经年的小寺显现眼前，它幽静、安详，让四周毫无修饰的山野恣意地围绕它，凸现出一副拙朴天成、宠辱不惊的模样。

这是哪呢？原来它是龙兴禅寺，原名雕龙，始建于唐元和十四年（819年），距今已有近1100年历史。

记忆滑落三年前的渡口，卵石洁白天然地躺卧在霍童溪，机船掠过碧绿溪流，惊飞点水的白鹭，舱前，风一阵阵扬起长发，噗噗噗的柴油机声将思绪拉得很远。

上岸，小径的落叶轻轻巧巧，金黄的麦田晃闪秋天特有的光彩，农人们三三两两合作割麦，或独自亲昵如亲人的土地，麦子一垄一垄，扎捆硕长，泛呈青绿，竹筐盈耀着收成的汗水与喜悦。路旁，一座早已远离孩子们笑声与书声的学校，操场晾展着谷物，一间间空荡的教室将寄托的目光送至山外。

木屋、泥墙、长着杂草的门楣，以及黄昏中尚存柔媚的飞檐，旁挨，或错落。斑驳石亭中缕缕白发的老人，他们眼中对世事的淡然，刻印着宁静、浓重与沧桑，沿巷回旋，镜头中人间烟火的碎片，让我记下这个村落的名字：水漈。

水漈村位于宁德八都镇，遇见了它，也遇见了位于水漈村山上的这座古寺。渡口处，恰巧的相逢，相遇从来不会太迟。

师父点点我的背：你身上背负得太多，因此痛。似电光，一下子击中生活，我点了点头。当目光巡落在山坳，那民国重修保存至今的零落的山门、经历无数风霜身已陈旧却仍笑盈盈的菩萨，我在迦蓝尊前，慎重地抽了一根签……

转眼就是三年。

时间的境遇，让许多等待与生活的容颜被触击得摇荡陆离，心常措手不及。而离别之后的某个夜里，写下了《霍童溪的渡口》：

每个故乡都有它的影长
青杉的绿，稻穗的黄
尘世的浮浪，静幽绵延
大自然卸下所有的浓妆
透过密密匝匝的树影
留恋最深的山峦

充盈的水珠，静谧的质感
轻掠没有欲望的卵石
潮湿的鸥鸟披晒阳光的黄橙
将发隙流淌成，一条溪流
缓缓，长长

渡口甩去鞋子的重量
衡量乡土的别绪
水际村的歌谣，唱了一季又一季
慈爱的眼，专注白云的梦
攀枝一节节，虔诚的山果

漫山遍野的野菊
浸漫古渡烟尘
秋天一声叹息
丢在若有所思的微笑
母亲河，掖下思念
将渡轮荡起花的样式

重新踏上这片土地时，初秋的味道再次披载远行的车程。

山道蜿蜒中仍有些崎岖，台风过后碎石任性地在路边躺靠。两只灵性的狗一前一后，跟着车跑，欢快虔诚的样子，早脱离了尘世不必要的纷扰。

路过水漈村的村口，晃过恍惚的记忆。那时太阳浓烈，一路登上几千米的山道，才寻到世外幽静的修身之地。而步行的痕迹，以及泪痕的心事，早已被时光拂去，轻落为尘埃。

似幻似真的景致，穿越着历史。

此时，夕暮的阳光懒散地涂抹在山头，云天洁净，四周苍松环绕，进山口有一涧流水洼，澄净清澈，山下斜拉的电线杆上，停留着三三两两的雀儿。远远望去，端坐在众山林木中的古殿，似启蒙众生的长者，亲和有度，慈爱有法；又似归隐田园的诗者，将一山的清风朗月收罗于云享青衫、茶烹田趣的知足常乐中。意外且惊叹的是，位于殿左侧，原先荒草丛生、荆棘遍布的荒地中竟矗立起一座素雅的三层精舍，名曰“望月楼”。青瓦、红柱、窗格，点缀延伸，在深山中，尽显亮堂庄穆之气宇。而古殿正前方，已奠基的大殿莲花底墩，纵横交错，只待有缘人，一砖一瓦，一梁一柱，助其宏力鼎升。日头耀耀，已至中天，殿右侧耕种的齐整沙土，被晒得干干实实。劳作者奉行禅宗的“一日不作，一日不食”的祖训，锄起铁落，须耗好几倍的功力，汗湿衣襟。而寺后苍翠欲滴的瓜果，以及山边小径栽种的竹笋早就期盼着勤劳的手，奉献如初。

“青青松杉朝古寺，淼淼云水绕青山”，举目远眺，老殿、老瓦、老墙、老像，穿透历史的语默安然，不畏悲喜，更加清寂寥远。在通往新建的九曲放生池的丝丝瞩目中，一份传承与祈愿，与草木风声共融，与人来人去的安然同渡。当每一条路都是荒径吧，在心之上耕耘，在泥土中重生，跟随着云窝静壑。

迦蓝仍寂静祥和地望着红尘中人，顶礼膜拜，心绪喃喃，但此地有别于其他山寺的60道签文，手写中不知流转了多少年月。声声抖甩，简朴竹筒中下落的一道轨迹，当当一声，如手擎着天机不可倾露的一生，迦蓝三声问真切：是？否！判断的准确与神奇，将世人的贪、嗔、痴淋漓中叩问……

晨钟暮鼓，三个师徒的梵音飘绕于静寂的山间，不远处，层层错落的茶山，芽儿正发出嫩绿，敦厚的水漈村，福祥渐渐苒升……

遁从溪流一路的欢畅，人生婆娑的光影，谁是此生留恋的星辰。而花开的季节，留一盏青灯，看如烟轻舞，缜万事缪了。夜色中，我关上了窗，将雅细通灵的月色与自由奔放的虫鸣，深深装入心灵的行囊。

贰

第二辑

岁月如歌

-SUIYUERUGE-

风华绝唱冷红生

三月，正是翠色满眼的季节，流经福州的闽江，一如既往地轻轻击撞，浅唱流淌。位于南台的苍霞洲，白鹭依旧卿卿点点，上下翩飞。这是翻译家、古文大师林纾生活并记载过的地方："余家洲之北……屋五楹，前轩种竹数十杆，微飔略振。" 一个多世纪过去了，如今的白鹭们，可曾听见百年前那一场场呼啸而过的风起浪卷，大地云烟?

江面，早已拂去忧伤，在距离闽江大桥不远的莲宅社区，更隐有一方朴厚的天地，一个中国近代史上耀满芬华、才气鼎硕的名人故居。穿过路边的乡道，沿街的小店熙熙攘攘，步行十几米，就可望见一个素简的红亭，亭后坐落着一座白墙黛瓦的闽地传统民厝。四周古榕苍郁，居民或下棋，或健身，怡然自得。民厝拱形小门正对亭不到两米，似乎主人每天可随时拉开门扉，与乡人卿卿聊谈。靠亭右拐，可看到豁然的正门，上面写着"林纾故居"。

这是我心目中的一座精神家园。上中学时，我只模糊地记得林纾先生是翻译《茶花女》的第一人，但对先生的身世一无所知。从家乡梅花古镇到榕城工作数年后，一次偶然的机会路过莲宅，想一探究竟，但故居之门时常关闭。直到有一天，看到边门开了，踱步入内，发现民居呈清代风格，正座面宽3间，前后有天井，进深5柱，柱上写着浑然大气的林纾书法。大厝为穿斗式的木构架，左右披榭，厅堂中摆放着林纾儒雅的画像；左厢房则陈列着林纾与妻儿照片、书橱、衣橱，以及生前用过的笔筒、墨盒及床和衣架。

游人无几，庭院里静悄悄的，无人打搅我探寻的脚步，连天井上方的天空，似也凝固一种庄重。我步入右厢房，但见柔和的灯光照耀着一张张珍贵的老照片，在简蕴的文字里，我首次与先生默默远隔时空对话。而后沿着木梯转角而上，那噗噗声，仿佛轻踩传荡百年的历程。二楼，列有林纾造诣很高的真迹字画，以及珍稀原版的“林译小说”及罕见的文物百多件，我惊叹于先生竟有如此丰实的著述，文论、选评、散文、诗词、传奇、剧本、琐记、小说等，无不涉足，如一幅时代巨章。而他的“读书而生，不则入棺”的座右铭，更是可觅见他从小就有的高瞻立志；移步细看，我时而被先生托孤的义举、扶危济困的柔情侠骨所打动，时而又被他凛然大义地状告钦差、严词劝进等清耿气节所感佩，心中油然升起敬崇，深为闽省能出如此大家而倍感自豪。

林纾先生1852年1月8日出生于闽县玉尺山（今福州市光禄坊）。初名群玉，字琴南，年长后号畏庐。后以所居多枫树，取“枫落吴江冷”诗意，又别署冷红生。祖籍金陵，入闽已十代。1856年，林纾5岁时，因父亲租两条船运盐建宁，不幸遇风浪船触礁而破，资财殆尽，只好远客台湾谋求生计。窘迫中，仅靠母亲和姐姐做针线度日，林纾一度寄食于外祖母太孺人处。“孺子不患无美食，而患无大志”，对他影响至深。11岁时，林纾师从当地塾师薛则柯学古文辞，薛先生极喜欧阳修文与杜甫、岑参的诗歌，对他说：“若熟此，可增广胸次。”给他启开学识与修养的一扇窗。他将零用钱一分一厘积攒，用于购买旧书摊残破的《汉书》、子史，“杂收断简零篇用自磨治”到痴迷的地步。至20余岁，已校阅古籍不下2000余卷。

1874年起，林纾随石颠山人学画达26年，初学得翎毛用墨法，后变之以山水画中，石颠山人从林纾诗气遒劲，声远而响，赞其“孺子而不局于成法”，断定他日后将大有作为。林纾北上之后，画品、画艺名震京城。他还擅长拳、剑术，在著名拳师方先生指导下，学会了“纵鹤”的运气方法，常佩戴先生赠予的青露长剑，状若游侠，笔下曾有许多出神入化的武术描写。曾豪言：“一支笔靠在南门城楼没人搬得动！”被乡人目为“狂生”。

如同当时的许多文人学子一样，林纾尝试以科举求取功名。1879年，成为一名秀才。1882年为人生的转折期，受吏部侍郎宝廷赏识，他乡试后中举，自此，林家寒门小族里的“文魁”，举人匾额被高高悬挂在莲塘林家大门口，成为族里的荣耀。然而此后，林纾“七上春官，屡试屡败”。1895年春，林纾入京应试，而此时，甲午战争正历惨败之际，北洋海军全军覆没。同在北京的1000多人发动了轰轰烈烈的“公车上书”。林纾悲愤不已，国难当头，他愈发对端坐读书、设帐授徒的生活意义产生怀疑，从此看淡仕途，终身写作、画画、教书。

清朝末年，满身伤痕、劣迹斑斑的国土，内忧外患，民心涣散。八国联军、义和团、军阀混战……无数叠加的浊浪一道道冲刷着人心。林纾痛感人生悲怆，而自己又报国无门！他一次次叩问着自己的灵魂，奋笔疾书《闽中新乐府》，32首“愤念国仇、亢激之音”，在南洋各地广为流传，这也是近世最早的一本白话诗集。而生命的契机确实为有铮铮铁骨之人储备，犹如万千种黑暗流波之中，终会冲出一道霞光，映照着苍茫海域，林纾不失时机地以笔蘸彩，继续抒写中国近代史恢宏磅礴的篇章。

1897年的一个夏日，马江画舫，精通法语的王寿昌手捧小仲马《茶花女》原著，抑扬顿挫地口述，林纾铺纸几案，凝神倾听，心潮难抑，终于，他长舒一气，以“信、达、雅”的文言文，随情节或婉丽或苍郁或悱恻，一挥而就，一时千言……几个月后，“可怜一卷《茶花女》，断尽支那荡子肠”，西洋的第一部小说《巴黎茶花女遗事》“以华人之典料，写欧人之性情，曲曲以赴，煞费匠心，好语穿珠，哀感顽艳”，轰然问世了。这部书，开启了林纾此后二十多年翻译救国的道路，留下“译才并世数严林”的佳话，并被公认为中国近代文坛的开山祖师及译界泰斗。

后来，他与魏易、曾宗巩、王庆骥、陈家麟等合作，翻译了163种（不包括未刊印的18种）11个国家98个作家的作品，其中许多著名作家如巴尔扎克、狄更斯等，都是由他首次推介到中国。不审西文的他以“译笔清腴圆润，有如宋人小令”，风靡海内外，其赤子之心与挚烈的救国改良热情，激荡神州。《黑奴吁天录》《不如归》《孝女耐儿传》《爱国二童子记》《吟边燕语》等，每出一本，洛阳纸贵。“余老矣，报国无日，故日为叫旦之鸡，冀吾同胞惊醒。恒于小说序中摅其胸臆，非敢妄肆嗥吠，尚祈鉴我血诚！”有许多堪称血泪篇章的佳制，艺术上博采众长，情感上细腻真挚，鲁迅、郭沫若、矛盾、冰心、庐隐等著名作家，青少年都是受过林译小说的熏陶。

林纾由于涵读《史记》《左传》、韩柳文章多年，具有极高的文学素养，遣词、布局、设色、谋篇，心手相应，能将各个作家的风格恰如其分地表现出来，他用清丽婉约、驯雅飞扬的古文，兼容并收，打开一扇世界交流之窗。

但时局裂变，瞬息沉浮，作为中西文化引桥的他，以史学家锐利谨慎的目光穿过风霜动荡的时局，恨国不争，怒其不振。纷纷扰扰中，在崇陵下，他痛哭的是一颗忧国忧民之心，并以这种决绝的方式护卫着千年儒学传统的贞志，其寂情与孤立，在漫天雪地中怆然无痕。

当看到西化风潮日益汹涌猛进，中华文化传统濒临边缘，为了“力延古文之一线”，已六七十岁高龄的林纾，每日仍奋笔疾书，编撰了《修身讲义》《韩柳文研究法》《春觉斋论文》《〈古文辞类〉选本》《左孟庄骚精华录》《中学国文读本》等几十部作品，笔力之深邃，思想之精广，道路之曲折，跌宕起伏，却每一步都以拳拳之心，融毕生所学，润泽后世，留下了弥足珍贵的文化遗产。

林纾先生一生成就非凡，但他最在意的是中国语言之光，桐城派大师吴汝纶曾赞他：“是抑遏掩蔽，能伏其光气者。”他也颇为自负地认为：“六百年中，震川外无一人敢当我者。”为了维护中华民族文化的根基，他呕心沥血，直至临终已不能言，犹以指在琮儿手掌上写道：“古文万无灭亡之理，其忽怠尔修！”……

流连半日，摩挲着历史几多泪痕，在福州莲宅这处全国唯一留存的林纾故居中，我仿佛听到一种眷恋的声音始终没有离开故土：“莲塘有客作田居，临水垂柳画不知。”“遥想故园春半后，轻烟焙出女儿茶。”……

“悠悠百年，自有能辨之者”，一曲绝唱从天野掠过！

高文雄笔论天演 ▷▶▷

一

阳岐，因了一个光辉的名字——严复，近代著名的思想家、教育家、翻译家，而日益为人所知。那日午后，当我抵达这个距离福州市区将近10公里的阳岐时，因村路弯曲，不禁想到严复当年由乡到城，须从田畦莽苍之地跋涉的艰难；据说这里还有一条水路，曾是福州西郊的交通要道，溪流的出口直接注入南台岛的乌龙江，当年，行人和货物要乘船摆渡至阳岐洲边，从上阳岐过宋午桥，经下阳岐等村去往福州，坐船摇荡至天黑才可抵达。

但今日的阳岐，房屋林林总总、挤挤密密，老街高高低低、曲曲折折，无论外围环城高速如何运转，它仍以一种苍老始终贮存着清宁，当桨声百舸已成为过去的记忆，古老的阳岐甚至散发着一种令人惋惜的气味。我沿着狭小的巷道穿梭，偶尔熟悉的乡音会倏地从某处拐角传来……当一座宋代石桥出现在眼前时，我惊觉它条石纵横，斑驳之身似承受了太多沧桑变迁。走着，看着，“门前一泓水，潮至势迟迟”，“水鸟飞来还经去，黄梅香远最难忘。”严复回忆家乡的诗中的句子又一度涌上心来，但渔歌潇潇、瓜果飘绿的旧时模样却不复再见了。

离开石桥，我默默踏寻到了不远处的严复故居“大夫第”。严氏先祖严怀英，系河南光州固始县人，唐末迁入闽，见阳岐为人文荟萃之乡，遂卜居于此，修筑了一座坐北朝南、占地面积745平方米的两进老宅。严氏宗祠中有碑云：闽之有严，阳岐始也。故居门楣上挂有“大夫第”一方直匾；现存建筑为明末重建，系全国重点文物保护单位。进门，是门廊、两侧披榭和主座合围成的一进院落，主座面阔 3 间，进深 5 柱，穿斗式木构架；一二进间隔院落，中开石框门；二进布局与一进略同，可见当年诗书之家的风貌。但因年久失修，故居内外墙有许多已剥落，大厅的梁顶有道道漏光透下。走在经年木板上，竟有一种身陷其中之感；我怅惘地望着马鞍墙上杂草在摇曳，后厅长势旺盛的藤蔓，将厚重的历史掩藏得紧紧实实……

严复于（清咸丰三年十二月初十）1854 年 1 月 8 日出生于南台苍霞洲，乳名体乾，谱名传初；入船政学堂改名宗光，字又陵：后又改名为复，字几道，晚年号瘉壄老人。因父亲严振先是著名的中医师，设严氏医寓于钓龙台附近，严复从小就在这里生活。1861 年，严复 8 岁，父亲将他送回故乡阳岐，跟随他五叔严厚甫读书，私塾就设在“大夫第”前座，当时严复住在后座西披榭里。由于五叔性孤介，默不语，虽雅擅诗赋，泛览渊博，但《大学》《中庸》之类的课程严复不感兴趣，他一边执书，一边心绪早已飞出大夫第的门槛，或与小伙伴溪边逗趣，或爬至榕树上，远眺码头闽水潸潸……1863 年，严复 10 岁，父亲又将他接回，后聘请闽省名儒黄宗彝来家教书，其学识汉宋并重，胸襟博广开阔，严复由此打下扎实的传统学术与治学方法，并受其影响，培养一身清正气节。

但命运的大船时时如闽江风浪，常将人事颠覆得怆然无措。一个半世纪后我来此叩访，严复故居庭落中仍寂寥无声，但我的耳边却仿佛传来一阵悲吟：“我生十四龄，阿父即见背。家贫有质券，赙钱不充债。陟冈则无兄，同谷歌有妹。慈母于此时，十指作耕耒。上掩先人骸，下养儿女大。富贵生死间，饱阅亲知态。门户支已难，往往遭无赖。五更寡妇哭，闻者隳心肺。”这是 1866 年严复再度回到故乡阳岐时悲凉世事的真实写照，此时顶梁柱的父亲染疾而去，家无积蓄，母亲在困苦中买船移家，颠簸中严复伏篷底呕吐晕船，天深黑，才抵达阳岐老屋。但大夫第已容纳不下，只有南面尚有 3 间原是堆放杂物的小房，叔伯临时整理两间给他一家 5 口人居住，上可见星下可见土！母亲含泪对他说：“幸祖宗留此百余年屋，粗为吾朝盖庇，不然何所托足乎？”严复与妹妹年龄尚小，听罢，皆悲不自胜。如今，这两间房，20 世纪已被宗亲修建成两层红色的砖楼，依稀中，我仍见那立着一个倔强的身影……

二

清朝末年，英法各国恃有轮船航海的便利和枪炮的精良屡次侵犯中国国门，肩不能挑，手不能执，全靠母亲和妻子替人绣花缝纫得些工钱过日子的严复，以一篇《大孝终生慕父母论》至情之文遂考取马尾船政第一名。之后，与首批105名“求是堂艺局”艺童，窥西学“精微之奥”，苦学西方先进科学技术。毕业后，随“建威”“扬武”号沿海巡航，成为我国最早的航海人才。1877年3月31日，严复与船政学堂第一批出洋留学的28名品学兼优的学子搭上马尾“济安”号轮船起程，开启了中国探索自强之路的历程。

国病久疴，载不动许多愁。青年的严复，留学中总是倍感珍惜每一次的经历，除了学习海军专业知识外，他特别留意考察西方社会制度，大量研读社会科学等典章文物，亚当·斯密、孟德斯鸠、卢梭和达尔文等西方学者的文论，令他大开眼界。由于他能探本溯源，思想观念深切，深得驻英公使郭嵩焘的赏识，在格林尼茨海军学院多学习一个学期，于1879年7月，以“考课屡列优等”的成绩毕业，奉电召回国，任马尾船政学堂教习。一年后被举荐调任天津北洋水师学堂，至1900年，历任驾驶学堂总教习、会办、北洋水师学堂总办，20年的光阴，培养了数百名海军栋梁之材。他素怀着“桃李端须著意栽，饱闻强国视人才”的教育救国之志，后参与创办复旦公学，于1906年任校长；出任安徽省师范学堂监督；1912年3月接任京师大学堂（北京大学），为首任校长，力挽因经费困难而停办的狂澜，倾注心血，保全为功！

饱读西学，立志寻求国家出路的严复，深深地明白中国革新方亟，迫在眉睫，他无数次徘徊，并希望通过科考实现人生理想。但国难当头，山河破碎。面对1884年的中法甲申海战，马江上血雨横飞！10年后，中日甲午战争，更是海天同哭，舰沉军毁！严复心之惨痛，比任何人更深，作为一名“国士”自任的海军军人，他每每“中夜起而痛哭”，哭家园，哭民族，哭同胞，哭朋友，哭子弟，战争中牺牲的不仅有他那么多意气风发的同窗好友，还有那么多英年聪慧的学生！邓世昌、林永升、丁汝昌、刘步蟾、杨用霖、黄建勋、林履中……他彻底清醒过来了，旗帜鲜明地投入救亡图存运动中，反思战争失败的教训，总结洋务运动的不足和弊病，自1895年起，接连发表《论世变之亟》《救亡决论》

等政论文，倡导“鼓民力、开民智、新民德”；在天津创办《国闻报》，通中外之情，全面阐述救国理论。其超人的见识，炽烈的爱国之情，如巨石激起轩然大波。

1896年的夏天是一个历史性的季节，严复怀着孤愤的心情，着手开始翻译英国赫胥黎的《进化论与伦理学》，将平生所思所想倾注一身，殚思竭虑，以优雅、深蕴、简洁、传神的传统古文，夜以继日，借他山之石以攻玉，“未数月而脱稿”，不足90000字的译文破纸而出，取名《天演论》，其中“物竞天择，适者生存”，以石破天惊、振聋发聩之势，冲决了儒家用求善代替求真又阻碍求真的传统局限，开启了一扇真理之门，引发熊熊烈火，映红漫漫长空！他首创的“信、达、雅”翻译准则，影响深远。《天演论》出版后10多年，发行了30多种不同的版本。

之后，他自觉担当时势所赋予的重任，克服着译著“步步如上水船，用尽气力，不离旧处；遇理解奥衍之处，非三易稿，殆不可读”及“一名之立，旬月踟蹰”的艰辛，经过多年耘耕，翻译出大量的西方学术著作，其中《原富》《群学肄言》《群己权界论》《名学》《社会通诠》《法意》《名学浅说》等，译文和按语合计170多万字，与《天演论》一起，由商务印书馆于1931年合订出版，被后人称之为“严译八大名著”，对中国近代思想和文化建设，传播真理，产生重大影响。梁启超、胡适、陈独秀、李大钊、鲁迅等，均都受过严译名著的熏陶，严复由此被誉为“学贯中西”的译界泰斗，孙中山先生赞其“君为思想家，鄙人乃实行家也”。

三

1909年，严复被授予海军协都统，1910年，赐文科进士，以“硕学通儒”身份证为资政院议员……消息传来，远在南方故乡阳岐的乡亲们无不欢欣鼓舞，特别是严氏宗族中，已有150多年未中举进士，当钦赐进士牌匾到达阳岐时，严氏宗祠举行隆重的挂匾仪式。但严复对功名早已“泊然无所动”。此时的中国，内外忧患丛生。清帝退位，民国来临。此时作为思想家的严复，高瞻远瞩地从世界大势看中国，坚信中国是“无不有之国”，中国人是“无不能之民”，但剥除现实的屏障与历史局限后，他清醒地看到“中国人民的气质和环境将需要至少30年的变异和同化，才能使他们适合于建立共和国”。

1918年12月9日，饱受病痛与精神折磨的他，乘船抵达离别几十年的故土，为三儿筹备婚礼，再次入住大夫第老屋，阳岐清冽的水，炽浓的乡情，抚慰着他南北奔徙漂泊的心。1919年1月11日正逢严复生日，在阳岐三儿典当的玉屏山庄婚房前搭了个戏台，演戏3天，闽音锣鼓锵锵，他清瘦的身躯一直立在门前，一一向前来道喜的乡亲拱手作揖。回乡期间，严复时常在河边散步，和父老们谈家常，叙农事，乡人求墨从不推辞。“世事了如春梦过，夜潮还与故乡通”，他还花巨力，带头捐资2000元并四处募捐修建“尚书祖庙”，纪念民族英雄陈文龙，并亲自题写牌匾与对联：“更何兮苍鹘参军粉墨千场皆假面，莫但看乌纱牙笏衣冠一代几完人”；“入我门来总须纳手扪心细检生平墨籍，莫言神远任汝穷奸极巧难瞒头上青天”。字字句句表达了他坦荡真诚、追求真理但不是“完人”的一生。所幸尚书祖庙至今保存完好，远近乡人皆以此为精神与乡土膜拜的纽带。

1921年10月27日，带着满腔对家国的忧深虑远，严复终老于福州三坊七巷郎官巷的另一处故居，从此在故乡阳岐的鳌头山长眠。“怒生之草，交加之藤，势如争长相雄……夏与畏日争，冬与严霜争，四时之内，飘风怒飞，或西发西洋，或东起北海，旁午交扇，无时而息……”妙笔雄文的《天演论》，伴其“文章光气长垂虹”。

盘桓了半日，午后的阳光正斜打在大夫第的门前，使这座经年的古厝隐隐闪烁出一种庄重智慧的光影。“震旦方沉陆，何年得解悬？太平如有象，莫忘告黄泉。”我不禁默对远方的天际，遥对先生深深一鞠躬：中华民族站起来了！“须知中国不灭，旧法可损益，必不可叛”，历史掀开新的一页，天演之境，肖天而生，自强不息，佑护中华！

挺笔荷枪　清风傲骨

蜿蜒秀丽的闽江，东流而下，孕育了“谋天下永福，开风气之先”的东南沿海都市——福州。因城内多山阜，此地自古有所谓“三山藏、三山现”之说。“三山现”说的是城东的于山、城北的屏山和城西的乌山。三山鼎足而驻，其中尤以乌山风景最佳，素有“蓬莱仙境”的美称。

家住福州，每次来到乌山，穿行在一片修长茂盛的翠竹间，我都会向乌山北麓天皇岭东北坡的“第一山房”投去崇仰的目光。这个第一山房，得名自房后据说为米芾手迹的“第一山”题刻。院门白墙上，嵌着一块开国上将萧克将军题写的“邓拓故居”牌匾，这就是新中国新闻界的泰斗、史学家、杂文家、诗人，曾任人民日报社社长兼总编辑、全国新闻工作者协会主席的邓拓，出生和青少年时期的居住地。

邓拓故居的门牌号是“第一山 7 号”，这里曾是历代几位名士的居住地。走进门头房，迎面是一座绿意葱茏的小山，曲径环绕，巨石当空，竹影婆娑，芭蕉摇曳，虽小而仄，却巧且雅，给人一种“柳暗花明又一村”的感觉。故居倚山而建，推窗望去，山、房、石、树融于一隅，体现了中国古代建筑的奇妙构思。在山前的摩崖石刻上，镌刻着邓拓的一首诗：“当年风雨读书声，血火文章意不平。生欲济人应碌碌，心为革命自明明。艰辛化作他山石，赴蹈从知壮志情。岁月有穷愿无尽，四时检点听鸡鸣。”这是邓拓 1963 年写给北京市委的一首诗，诗中充溢着邓拓对革命事业不懈的追求。

主楼是一座三间排双层木构小楼房，坐北朝南，悬山顶，为清末民初福州旧民居风格建筑。1912 年 2 月 26 日，邓拓便出生在左厢房，父亲给他取了个乳名叫“旭初”。主楼西侧有一间书房，即邓拓卧室。现辟作展室，陈列“邓拓生平展”，按他跌宕光辉的一生脉络分为“邓拓生平”、“邓拓著作”、“怀念邓拓”三部分，丝丝缕缕体现着邓拓刚直清正、无私无畏、博学传奇的一生。

对于我这个20世纪70年代出生的人来说，与邓拓的“相遇”，是通过深入阅读他诸多著作得以实现的。我也算他的小“同乡”，因崇仰名人、学文习作的缘故，常徜徉在他跌宕起伏的人生经历与篇篇精彩诗文中，或叹息，或击掌，或吟咏，或共鸣，许多的日月光华都谨记着他所言的要珍惜“生命的三分之一”。每当抚摩着典雅的《邓拓诗集》，以及流传至今仍为读者喜爱、老舍赞“用大手笔写小文章”的《燕山夜话》，我的心情总是久久不能平静。特别是《燕山夜话》，天文地理、史实掌故、农桑医术、哲学历史、书画读书、风情习俗等，邓拓仿佛信手拈来，旁征博引，娓娓谈吐，或针砭时弊，或解答生活疑难，将思想与知识熔为一炉，让人仿佛沐浴在历史、实践与科学的海洋中。

1919年的夏天，邓拓入“闽侯小学”读书，学名邓子健。4年后升入福州三牧坊中学（现为福建省立第一中学）。读书期间，年仅16岁的邓拓就与后来成为中国著名经济史学家的傅衣凌等同学共同创立了“野草社”，并自费出版了他们自己编著的刊物《野草》。1929年，邓拓高中毕业，考入光华大学。

在一个秋风萧瑟的下午，邓拓离开家，从闽江口乘船赴上海。夕阳晚照，他触景生情，写下《别家》：“空林方落照，残色染寒枝。血泪斑斑湿，杜鹃夜夜啼。家山何郁郁，白日亦凄凄。忽动壮游志，昂首天柱低。”这首诗记录了他人生的一次重大抉择。次年，18岁的邓拓秘密加入中国共产党。1932年冬，在纪念广州起义的一次活动中，邓拓被捕送往南京，后押至苏州军人反省院。当时，三哥邓叔群已是著名的科学家，经他多方奔走，后由蔡元培、褚民谊等人保释，邓拓终于于1933年秋出狱回闽。同一年，应同学李拓之之邀，邓拓避居上海，又一次离开故乡。从此，就再也没有回来过。

1937年7月卢沟桥事变爆发，“少年执笔复从戎，不为虚名不为功；独念万众梯航苦，欲看坦荡九州同”的邓拓，给双亲写下这首诗后，就直奔晋察冀抗日根据地，开始他一生为之奋斗且激情四溢的“战史编成三千页”的新闻报业生涯。

在边区10年间，他带领《晋察冀日报》的同志们跋山涉水，在敌人的一次次清剿围合、扫荡袭扰中坚持出报，及时把前线的消息传向四方，鼓舞士气，成为边区党和人民革命斗争的喉舌。在一次反扫荡转移中，邓拓的马中弹，他死里逃生。“挺笔荷枪笑去来，巍巍恒岳岂能摧。”这是邓拓在那个艰苦的年月里写下的诗句。《晋察冀日报》从创办到终刊，共出版了2800多期，恶劣的物质条件与生活上的困难，以及交通的不便，使印刷报纸所需的油墨、纸张甚至铅字等，都难以为继，邓拓发动大家自力更生，用铅坯翻铸成字模，再铸成铅字，报纸用的油墨，也是用老乡家里锅底的烟灰制成的……当时报社内流传着“八头骡子办报”和“三千字内做文章”的佳话。他还在极端艰难的条件下主编出版了《毛泽东选集》。

新中国成立后，邓拓受命担任人民日报社社长兼总编辑，兼任北京市委宣传部部长。1956年5月2日，毛泽东提出“百花齐放，百家争鸣”的“双百”方针，在中央指导下，邓拓主持《人民日报》改版，他身先士卒，亲临一线，不仅为报纸写了大量的社论，同时也撰写了大量积极书写现实生活的署名文章。

1958年8月，邓拓被任命为北京市委书记处书记，离开了战斗近10年的岗位。1959年2月12日下午，邓拓怀着依依惜别的心情参加报社全体工作人员为他举行的欢送会，他百感交集，写下了“笔走龙蛇二十年，分明非梦亦非烟。文章满纸书生累，风雨同舟战友贤。屈指当知功与过，关心最是后争先。平生赢得豪情在，举国高潮望接天”的诗句。在国家经济困难时期，邓拓又把思考的目光投向现实生活，并以直达人心的笔触给人们留下了以马南邨为笔名的《燕山夜话》，以及和吴晗、廖沫沙合作的《三家村札记》这两本闪耀着哲理和诗情的杂文随笔。

今年4月的清明时节，我又走进这座山房。沿着木质的楼梯走上二楼，转角处仿佛听见了时光的一声叹息，而留在古都榕城的这座小楼，依旧是儒雅的笑容。门廊的两扇木门虚掩着，扇形的拱窗正似邓拓先生一直喜欢的折扇题画的样子，迎面正对山坡的迎春花，垂着漫涌的翠绿枝丫，一盏红灯笼轻盈地挂在门廊处。倚着小楼，我望见了在春天里盛开的山茶花、三角梅、蔷薇花、紫藤花……似乎看见邓拓在远离故土的京城写下他对山茶花、梅花高洁秉性的喜爱，听见了他儿时的琅琅读书声。透过高高的苹婆树，乌塔的葫芦顶塔刹仿佛又传来他的诗句：“风送塔铃遥自语，月沉乌静梦初圆。”

时空交错的印痕，鲜明且战栗地再一次击中我的心怀。转身处，又见一楼右侧厅中立着邓拓在北京家中书屋的立体像，以及他身着中山装凝思的影像。远远地望去，先生清风傲骨，遥看人间……

那些远去的斑驳背影

很少有一座村落会与唐代一段恢宏、别致、光彩、特异、开放的历史结合得如此紧密，并以丰功伟绩得以代代相传，在闽越大地上书写下令人侧目的传奇。当我觅见它从古至今的延脉传承，并从中窥见其博广深邃的内涵，内心中便一直激荡着释之不去的情怀，并深为之感到骄傲；然而斗转星移、沧海桑田之后，它的变化，又使人为之叹息……这一切，犹如时而平缓、时而湍急的漳江之水，交汇不已又幽思绵长。这个村落，就是位于漳州市元霄县火田镇的西林古村。

不知为何，抵达它时，雨会下得如此凌烈，天空也黑沉一片，也许在某种契机下还原了这片土地曾经的荒蛮与刀光剑影，以及关山重重、密林狭道丛生的背景下，先人开疆拓土的种种艰难；懵懂的我只隐隐约约地陷于它厚重的历史色彩与底蕴中，怀思着：这到底是一座藏有怎样印迹的古城，它为何会牵连世人众多的目光?

脚步从踏上它的那一刻，便一缕缕、一寸寸地勘行。最终，我虽不敢说已全然窥见或掀开了这座漳州故郡经年的风霜，但我仍从它沉淀在时光背后的辉煌里，看到了这里无数先贤以睿智与胆识、勤耕与坚韧铸就的漫漫文明之路。作为故郡，因特殊缘由它前后虽只历经 30 年，却由此开启了“八闽”及闽南历史的新纪元，儒家的中原文化从千山万里外传播至“背山面海”、“榛莽如是”的东南边陲，实现了汉越和融，促进了福建农耕文明和经济文化得到开拓性的发展进步。

据《云霄县志》云：“西林城在西林，旧有石城……考其由来，实建自唐高宗年间。”又据《云霄县志·建置沿革》载：“唐垂拱二年，元光请于泉潮间建一州，以抗岭表。朝廷以元光父子人牧兹土，令其兼秩领州，并给告身，即屯所建漳州。故城在梁山脚下，今云霄西林村。”

光阴的日历翻到了唐总章二年（669 年），一封急电文书惊醒深宫人，泉潮间发生“蛮獠啸乱”，居民苦之。当时的东北边境，唐王朝与高句丽交战数年，仍处于重兵屯守紧张时期；西北边境，唐军接连受挫，良军强将均在外受命，而东南此时又起狂澜……谁能担此重任？唐高宗体弱多病，他焦虑不已，皇后武则天在身后摄政掌管。身负重任的“归德将军”陈政，因为处事刚毅果断，谋划策略谨慎持重，得以举荐，受诏即率领将校 123 员，府兵 3600 名，千里迢迢顺着淮河进入大运河，再沿运河进入浙江，从仙霞岭入闽，沿途马蹄声声，尘土飞扬，从汉口、柴桑、庐山、鄱阳湖、东湖岛、临川……瑞金，直至汀江归化，绕行了千山万水，之后连克数座强悍的少数民族盘踞的峒寨，抵达陇西县北侧今漳平与华安交界的九龙山地界……经过 3 个月艰难的凭险据守，等来后续接应的唐府兵及军眷 5000 余名，两军会合，重整旗鼓，击退 18 峒联军，进抵九龙山北岸（今龙海角美镇江东桥一带），被汹涌的江水阻隔，只得就地插柳为营，屯兵镇守。他恩威并著，斩荆棘，垦良田，兴村落，安置因战乱流离失所的民众，由此辟建对后世影响深远的“唐化里”。休整一阵后，又智取娘仔寨，越过蒲葵关，进屯于火田厚埔一带的故绥安县地，建立起大本营……

从唐总章二年（669 年）到仪凤二年（677 年），陈政带领着年幼的儿子陈元光与年迈的母亲魏敬，在东南边陲艰苦征战 8 年后，病逝于这块他曾对着漳江之水发出“此水如上党之清漳”的“抛热血、行大爱”的热土。而陈元光从 13 岁起跟随父亲，临危披阵，经历了重重艰难的生死攸关考验，少年磨志，肩挑大任，接续父亲未尽的事业，由此开启了“开漳大业”的宏伟之路。

随着陈政及随军的 87 姓中原唐兵与军眷一路迁徙，我仿佛看到了一条威武不屈又绵长不息的安疆拓疆之途，其间，无论遇到怎样的风起潮涌，流离颠沛，总是凝聚着坚固、紧牢的华夏之心。

为了确保闽南一带的长治久安，唐永淳二年（683 年），陈元光上呈《请建州县表》，提出“其本则在创州县，其要则在兴庠序”的定国安边方略，因为他明白，如果仅用武力，不从根本上摘除顽痼，只能让未开化的百姓表面屈服；只有实行礼教，才能匡正他们的内心。他的定边之策，打动了远在长安已成为武周的政权，垂拱二年（686 年）十二月九日，武则天颁诏《敕陈元光建州县》，批准在泉州与潮州之间的云霄建立漳州治所，管辖霞浦、怀恩两个县，任命陈元光为刺史。父亲当年与他率兵进驻云霄之后，就设三营进行有效的防护，中营的西林以其独特的“东倚梁山而临海，西有大峰山、乌山山脉为障，北有盘陀岭、蒲葵山为护”的地理特征，置于军事力量的保护之下。考虑西林能确保安全和政令畅通，且它在漳江上游四五公里处，有一块宽敞的冲积平原地带，因此将它设为漳州治所是较理想的选择。“漳江”之名寓意怀乡，州又鉴其名，取名“漳州”，慰藉着游子们的心。

眼看多年的辛苦，使民心有所依归，陈元光欣然抚笔：“三军歌按堵，万骑驰鸣镖”“云霄开岳镇，日月列衙瞻”。将士们与庶民纷纷投入开屯建堡、设立官署等新城的建设中，喜悦之情在翠林、江河中映照、跳跃；之后数年，逐渐形成以西林为中心，呈放射状分布的聚居群，西林也成为千家烟火的村集。据明编纂的《漳浦县志》里记载，西林周长3000米，基石三合土结构。城堤宽4米，其上墙厚60厘米，高4米，墙外西护城河，东临江，设四城门。村中至今仍保存着古指挥台、军营山、演兵坛、古水井、将士喂马石槽等遗址和文物，并保留“军营巷”“粮仓”“盐馆”“五街厝”“总兵寨”“尚书府”等古地名。而陈元光率领将士兴建的拦水坝堰工程，民称“将军陂”，至今还灌溉着千亩良田，成为中原文化在闽南传播的历史见证。

新城落成，陈元光暂时卸下连年的奔劳与激战，全城庆宴。在《漳州新城秋宴》这首诗中，他满怀激情的笔下，浮现出西林古城美丽的景致：“地险行台壮，天清景幕新。鸿飞青嶂杳，鹭点碧波真……东涌沧溟玉，西呈翠巘珍。画船拖素练，朱榭映红云。”《落成会咏》中，更是豪气满怀：“泉潮天万里，一镇屹天中……环堂巍岳秀，带砺大江雄。”而“山畲遥猎虎，海舶近通盐”的诗句也让我们仿佛见到漳江古码头熙熙攘攘的通商景致。通过绥靖与开发，他奖掖农耕，通商惠工，任用贤士，兴办学校，和亲通婚，传播中原先进文化与生产技术，改变了“火田畲种无耕读”的刀耕火种的原始生产生活方式；并奏立行台于四境，四时躬自巡逻，“由北距泉兴，南逾潮惠，西抵汀赣，东接诸岛屿，方数千里无烽火之惊，号称乐土”。

令人称道的是，他在《示珦》诗中教育他的孩子：“载笔沿儒习，持弓缵祖风……日阅书开士，星言驾劝农。”声声切切都是对这片圣土的热爱与殷切之心，由此深受百姓拥戴。但将军却在景云二年（711年），于出巡途中闻粤东流寇复起，率轻骑讨之，竟身殉岳山……历史终将他推向人神共瞻的悲壮境界。

从这些简约但又力透纸背的点滴史迹中，我终于了解了这个古老村落流淌在它身上的庄严、荣耀而又饱含血泪的历程。

此时，雨越下越大，空气中似弥漫着一种莫名的忧伤，环绕着古村落寂寥的巷道。我来到西南面的一个颇为雄伟的古建筑面前，村里的老人自豪地告诉我，这就是千余年前陈元光将军治理军机及办公的漳州故郡府衙。这座府衙原来有三开间，有大堂、大埕、仪门，还有吏、户、礼、兵、刑、工六科分列的耳室，以及狱司监房、内衙等，占地大约1200平方米。呈现在眼前的古建筑为四方形，墙体为夯土筑就。历经千年的时光侵蚀，房间都已经倒塌，孤零零地伫立着，尽是满目的杂草与残墙，底部经受不住时光与风霜雪雨的侵袭，不同程度地被剥落，顶部的墙面爬满一些蕨类植物，一砖一瓦无不感叹着历史的变迁。而大门的墙体更是触目地排列着已毁蚀成大小不一的诸多洞孔，穿越了多少尘埃与人间沧桑。瞻望着它们残破的身体，我摩挲着岁月的演变，无情的云烟。却突然看见一只母鸡，窝在府衙内青苔遍布的墙角，此时，早已失去瓦顶遮蔽的雨水，唰唰唰地顺延着往内撒泼，而母鸡正艰难地等待新生命的降临。傍在它身后的主墙依然屹立着，曾经的恢宏和威武竟以如此画景入目，我的心中不禁生出一种惘惜。

从侧门进入，缀满草叶的厅堂，倒映着早已改变容颜的景物，只有坚实高贵的石条，它们仍铺在厚实的土地下，默默吟唱西林村的变迁：唐、宋、元、明、清……1340多年呀，有多少场的烟雨、炮火，有多少如蚁的人群，从它的视线中来了又去，去了又来。直至今日，它们如入定的禅人，褪尽了一切的喧嚣，与尚存的古屋静默相依。一堵如雕塑般残缺的墙立在眼前，老人们冒雨指点着，这里就是曾经雷厉风行的监房……

穿行于深一脚浅一脚的古老街巷，时而掠过一两个挑着菜篮、戴着斗笠的村民，四周静穆，且有些萧凉，路边不时可见到斑斑的西林旧城墙的基底层砌石痕迹。不久，便到了传说中的演兵坛，它坐落于西林城西北，原分三层，由原始土夯筑，周围壕沟环绕；而风雨中我只见到残存的一堵墙约5米高，1米厚，被丛生的杂草包围着，以及依稀可辨的宽厚硕长的土基石墩……面对着满目苍痕，落满积叶的演兵坛，我肃然无言，这里曾经排兵布阵，战马嘶嘶，盾矛挺立，军纪严明；将军儒姿翩翩，他目光炯炯地遥望着指挥台的正前方百米之外，有一座形似覆锅的山丘，当时的唐军中营就安驻在这座山上，现被称为军营山，在城外保护着整个西林城……

我怀着怅惘的心情继续参观了尚存的粮仓遗址，厚重精致的石门仿佛诉说着当时粮食进仓出仓的道道严格程序与重兵把守的地位；而北大门的护城河早已消失，被后代填为水田……

雨雾中，四周缥缈，当我转到古渡码头时，见到漳江水依旧缓缓流淌，两岸自由生长的林木宠辱不惊，带着自由的姿态，仿佛对我说：不惊！不惊！生命的历程从来都是如此。溪边停靠着一两只简易的木筏，有两个纯朴的大姐靠在岸边洗衣服，溪水倒映着她们勤劳的身姿，而衣物漂浮在溪中，晃动着安逸、与世无争。码头的对面即著名的五通庙，据《平和县志》《云霄县厅志》记载："查此庙石栓镌有盘、蓝、雷字样。"可谓"云霄宫庙唯此最古"。庙中祀着汉将周亚夫，即广平尊王，传为陈政、陈元光父子南征时从中原包"香火"分灵于此，为开漳将士保驾护航；元朝时陈君用修城时增祀"五方之神"五显帝于此，谓称"五通庙"。一株千年古榕守护庙前，仿佛依旧迎迓着将军归来……

《春秋左传》云："国之大事，在祀与戎。"村中遗存重修的上林圣宫，庙柱上印刻着一副著名的对联"唐史无人修列传，漳江有庙祀将军"。是啊，在长达 150 年的时间里，自陈政为开漳先驱以来，经其子陈元光为之奠定基业，继由其孙王向、曾孙酆、玄孙谟蝉联刺史。五代相继，领袖一州，率众启土，遗爱万民。可惜新旧唐史均略而无传，以致元人张翥曾发出"功名不到凌烟阁，读尽丰碑泪欲流"的悲叹。这应该与当时唐王朝关于"正朔"的宫廷讳忌有关，陈政、陈元光等开漳圣土的功勋卓著，却与"无字碑"这段历史有着惊人的吻合，无论是有意或无意抹去史迹，却幸凭百姓的口碑得以永垂后世。

"西林村大都姓张，这个张姓就是唐朝府兵 87 姓中的一大姓。"采访中的西林村张主任与另两位陪同的老人都是姓张，他们的话语中无不充满一种自豪感。岁月更迭，府兵们的后裔后来移居东南亚以及欧美各地，均以"唐人"自称，并把当时的大唐江山称为"唐山"。由此"唐山"成了海外侨胞对祖国或故乡的一种习惯称呼。

时光渐渐剥离过去斑驳的光影，"开漳圣王"的精神却一代接着一代，延续着中华寻根、正义、仁爱之梦；西林村的故事也一个接着一个，抒发着对开漳先贤们无比崇敬的心思。

“十八坂”的前世今生

在我国的广大农村，有数天一次的集市贸易，人们把这一天上集买卖称为赶集、赶街、上圩等。福建省则叫作“赶墟”、“趁墟”。这种乡村市集起源很早，唐代柳宗元即有“绿荷包饭趁墟人”之诗句。至明清以来，社会经济快速发展，墟市已成为整个社会经济生活的一个重要组成部分，各地均有不同类型的墟市与墟期存在。福建省诸县大体雷同，墟期一般都按农历旬月，每旬两次为主要形式，还设有一些特殊墟市，如武平与邵武的牛市，仙游的柴墟，闽东北的茶市，崇洛的棉花、纱布集等。在历史的发展进程中，赶墟使人们从最初的物品交换所需，到后来发展成繁荣地区经济贸易，创造商业奇迹的目的，其中蕴含了十分深刻的社会内容，也是人类发展至今社会经济生活一种规律性的反映。

而如今，随着中国经济日益发展，农村小城镇建设也日趋完善，人们再也不必为温饱，肩挑背扛，爬山涉水，以农具、手工物件换取盐巴等生活物品而赶墟。当中国古老墟市随着多种原因逐渐淡出历史舞台时，而福州名邑闽清县的“十八坂”传统商贸节却如火如荼，从源自清乾隆五年（1740 年），或说道光初年（1821 年）延续至今，已近 200 年的时间，从未间断，实属罕见。

小小坂东，大大六都洋

刚看到“十八坂”这个名词时，心中不禁有些疑惑，它是地名吗？还是犹如“胡笳十八拍”那样有着苍茫婉转的故事传奇，抑或是“山路十八弯”，弯出道道不同的弧线与音符；而它与传统商贸节之间又存在怎样上下相承、密不可分的联系呢？……我慢慢走近它，才豁然开朗，甚至有了对它不同的释义与理解。

坂东镇，原名为闽清县永宁乡居仁里。这里因北宋嘉佑八年（1063年）出了福建本土第一个状元许将，而名声鹊起。宋代皇帝依例为闽清县设都，分24都，居仁里位列第六，故称为闽清六都。六都位于闽清县境南部，东邻三溪，西毗百中，南接塔庄，北连白樟，历来是闽清县腹地交通枢纽中心，现有省道从坂东直达莆田秀屿深水良港，又位于闽清、永泰、尤溪三县交界，四面群山环绕，中央形成长6公里、宽4公里的县内最宽阔平坦盆地，一条梅溪横贯其境，风景旖旎。定居于此的百姓，或耕读，或渔樵，或商贾，民风淳朴，人杰地灵，自古以来就是闽中地区商贸、文化的重镇。中国现存最大的古民居宏琳厝和书香深宅四乐轩就坐落于此，此间还有八闽最大的宗祠六叶祠，以及福建省仅存的寨堡式建筑精品歧庐；这里还是爱国华侨领袖、民族革命家、教育家及马来西亚"诗巫港主"黄乃裳与其三弟，随北洋舰队协助邓世昌指挥"致远"舰而壮烈牺牲的民族英雄黄乃模的故乡。

1987年，考古人员在闽清六都坂东、任溪、朱厝、杨坂、坂西等地，继福建省昙石山遗址发掘后，惊喜地发现又一处新石器时代遗址。从采自遗址的陶片、植物孢粉、生产工具等，无不证实，早在4000多年前，闽清六都就有古人类聚居，从事狩猎和原始农耕，这就更为六都增添了无尽的人文底蕴。据《闽清县志》记载：宋时，闽清六都一马平川，土壤肥沃，为邑内官道上最大的水路驿站，南北冠盖必憩此。当时，闽清永泰运往福州的重要商业物资，都要从周边地区集中闽清六都，然后外运，经演溪（梅溪）下闽江，扬帆而去者，不计其数。闽清六都还是"福建丝绸之路"（福州西驿道）上的繁华驿站之一，是当时为福州地区进京必经之官路。1900年始，黄乃裳为了解决家乡民生困难，招募大量的坂东乡亲分三批追随其前往南洋开发"新福州垦场"，自此坂东成为重要的侨乡。如今，旅外的侨胞达到5万多人，这些华侨，心系家乡发展，无论在文化教育还是在建设资金方面，都寄回可观的侨汇，拉大了它与其他镇的差距位置。

坂东富有如此深蕴独特的地理位置，涵养深厚的人文环境，积聚富饶的六都平原，一跃成为梅邑首镇，自古享誉"小小闽清县，大大六都洋"的美称，也就不足为怪了。

而"十八坂"传统墟日，诞生形成于此，也就找到了最初的根源。

不可抹去的浓彩一笔——芝田宫

闽清，别称为“梅”，当年闽清县令何琬曾留下诗句：“中秋载酒到梅溪，水色山光白露凄；风雨欲来人尽醉，诗成反棹月明西。”除诗中表达了对梅邑山水如诗如画情致依恋之外，此地人民淳朴重义、知恩图报、爱憎分明的品行给历史留下诸多珍贵的痕迹。诸如，在闽清，至今还保留着为纪念二千二百多年前，闽越王无诸的功绩而建筑的宫庙，在坂东镇朱厝村有一座“汉闽越王庙”，历史悠久，庙中的香火是从福州茶亭的汉闽越王祖庙迎续而来，人们对汉闽越王的功绩和崇拜没有因为时间的流逝而终止。而此后，“开闽之王”王审知，在治理闽国的29年中，实行保境息民、轻徭薄赋、奖励工商、任用贤才、兴学干政、鼓励垦荒等一系列的政策，并把中原地区先进的生产方式融入闽国建设中，使得闽国的经济、文化得以快速发展，人民也因此安邦兴业，更是得到闽清人民的世代奉祀。从古至今，在闽清境内就建有许多“将军庙”“昭显侯”庙，皆为纪念王审知与其四位爱民如子的爱将，并传播到相邻的闽侯、古田、长乐等县。

而“十八坂”与此有什么关联吗？原来，“十八坂”形成的雏形与民间信仰闽王有极大的关系。位于六都墘上村，有一座“芝田宫”，俗称“车墘宫”，始建年代不详。相传，唐朝末年，黄巢率领起义大军，攻占长安后，建立大齐政权，因其部将朱温（后梁开国皇帝）叛变，黄巢被迫率部于884年退出长安，转战河南。在黄巢兵败牺牲后，亲随陈雪城、陈天晴、陈树茂、陈兴焱，投奔王审知部，并自告奋勇担任南征大军先锋，渡黄河，过长江，一路南下，所向披靡。难能可贵的是这四位将军攻城掠寨从不滥杀，行军打仗从不扰民，893年王审知建立闽国后，即“受封爵曰翊惠，曰显惠，曰威远，曰怀远”。闽国建立后，王审知大肆封建田亩，让南征将士获田躬耕，结庐安居。后四位陈姓将军去世后，闽清坂东镇建起了将军庙，史称昭显庙，供奉四将军及其手下的陈、蔡两名总管。随着四方游人、八方香客纷至沓来，吸引了各处商贩每年正月云集于此，交易春耕物资和生活用品，并在周边村落形成集市，这便是闽清“十八坂”的雏形。明末清初，坂东百姓又将闽清县历史上最有名的两名清官：元朝至顺年间县尹董祯、明朝洪武年间县尹沈源也供奉其间，改庙名为“芝田宫”。其占地面积有300多平方米，其间戏台藻井花雕精美，壁上泥塑栩栩如生，面墙上方“敕封昭显侯”五字苍劲有力。现存建筑为清咸丰六年（1856年）所建，1989年重修，已列为县级文物保护单位。

另外，相传清嘉庆年间，当地有一户人家听信江湖术士谶测断言，把祖冢迁到被术士称为“龙穴”的芝田宫附近，以图子孙发达，不料搅了芝田宫的神力与清净，在多次托梦警告无效的情况下，芝田宫六将分别托梦给梅邑十里八乡数万群众，要他们次年农历正月十八日齐聚芝田宫闹春、举办庙会和摆摊设墟，以祈国泰民安、农事丰收，借此也让这户人家明白不能占领该龙穴，迫使冢主迁冢。次年农历正月十八日，远近十里八乡群众纷纷到芝田宫赶庙会和摆摊设墟，人山人海，热闹非凡，冢主见状只好迁走祖冢，于是每年正月十八日到坂东墘上村芝田宫赶庙会，成了传统会节被固定下来。

传说归传说，由于百姓知恩感德闽王及部将，芝田宫香火长年旺盛，而在周边逐渐形成集市，每年正月十八后延续为传统赶墟日，这点是极有信服力。按我个人的理解，“坂”在汉语词典中，有坡岸、斜坡、地势较高等解释，“十八坂”是否可理解为，每年正月十八这天，十里八乡的民众沿着古驿道等荒草土坡，千里迢迢从四面八方赶到墘上村，而此时已至开春，各家各户须马上投入春耕，开始新一年的生产，除了敬供将军，为新年祈福，十八乡的乡民们顺带着手工农具或须交换买卖的物品，同时满足精神与简易物质的要求，久而久之，就沿袭至今，并且由于墟日定为每年正月十八，因此，约定俗成，就简称为“十八坂”了。

其实，掀开历史神秘的面纱，透过留存记忆深处的种种故事和遗迹，总会看到一种珍贵的民族文化品质积蓄其中，淳朴的百姓在朝代更迭、贫瘠流离的生存历程中，对于执政者的期盼与评价的价值观，一代代、一年年流传至今，无论历史条件如何转变，百姓对于开明盛世及安居乐业的希望却从未改变，并祈求心中的神灵佑护安平等美好的祝愿千百年来总是相随；这不能不给现代人许多启迪与思考。随着时间流逝，由“芝田宫”发源地留存下来的“十八坂”，越发显得别具深刻的涵义。

湖头街的繁华与商贸发展

至公元1911年，“十八坂”交易会规模已十分壮观，闽清县各种商人游客都来参加，且波及永泰、尤溪等地老百姓，交易场地已由芝田宫附近发展到邻近一里左右的官道及田坪上，邵武、南平、古田、闽侯、永泰、尤溪、泉州、福州等地客商也赶来做生意，参加人数达上万人。商品交易范围发展到竹木农具、铁器、农家具、陶器瓷器、中草药材、外地土特产、糕点小食、日用杂品、百货小商品等。准备在交易会出售的商品大部分都能当天销完，这样更激发了商人的积极性和购买者的兴趣，促进了交易规模的进一步扩大。

民国间，移至垅上松柏林下。1949 年后，人民政府把“十八坂”改为物资交流会。此后，县城至湖头全长 25 公里的梅湖公路也建成通车，开始有客货车源源不断往来，由此南通永泰，东达福州，与县内各乡镇和本镇各村连成公路网，为“十八坂”进一步发展创造了极好的条件。墟日时间也由原来的正月十八一天，改为正月十七、十八、十九三天。“十八坂”物资交流会由县政府接手组织举办后，开始形成有组织、有领导的空前规模的物资交流活动，全县所有物资部门都为交流会提供货源，准备物资，直接为交流会服务。随着国营、集体商业的发展，周围福州、南平、永泰、古田、尤溪等地商业供销部门也组织大量货源在此摆摊设点，上市的商品和各种土特产达万余种。

改革开放以来，人民生活水平得到大幅度提升，乡镇也日益繁华，百姓们的生活日常所需也可自给自足，“十八坂”正月赶墟也面临着新的转型机遇。农具备耕、物质交流的主题，也随着时代的变化做着相应的调整。然而，这个积蕴深厚的传统赶墟日始终保持着经久的生命力。

到了 21 世纪，社会更加开放，经济的步伐迈得更加坚实，坂东镇为构建“侨乡新镇、商贸旺镇、文化名镇、旅游重镇”的工作思路，积极发挥商贸、文化、侨乡三大优势，更加重视“十八坂”传统物资交流会的影响力。闽清县政府为进一步促进县域对外交流，发挥“十八坂”品牌效应，更好地服务于农村经济建设和社会发展，组织筹办了“2000 年闽清县十八坂商品交易会暨首届古民居文化旅游节”活动，会节由 3 天改为 5 天。从此，坂东“十八坂”提升为闽清“十八坂”；2008 年调整突出传统商贸内容，更名为闽清“十八坂”传统商贸节，活动时间 5 天不变。通过政府搭台，企业唱戏，群众参与，创造了无限商机。十几年来，每年商贸节活动都吸引了省内外大批商家前来摆摊设点，赶集群众超过了 20 万人次，无论是参加人数，还是商品成交额、交易范围等都达到了前所未有的规模，交易会也从单纯的商品交易向科教、文化、信息传播发展。“十八坂”已成为福州市开春第一场农村规模最大的商品交易会，和饱览民俗风情的综合性赶集盛会。

传统、现实与未来叩击的回声

我很好奇在经济日益发展的今天，何以传统的节日仍能保持如此鲜活的生命力，于是在采访中翻阅了近年“十八坂”赶墟日的情况报道，发现“年年有新意，岁岁精主题”。例如，2004年“十八坂”商品交易会暨第五届古民居文化旅游节，别开生面地增加新内容，举办“首届瓷都十大陶瓷品牌评选”活动，展示了闽清“东南瓷都”的风采；2008年则在发源地“芝田宫”举办闽剧清唱活动，不但具有还原“十八坂”本来面目的意义，也表达坂东镇百姓对清官良吏的渴望，格外引人注目；到了2011年，全国各地的客商，纷纷携带商品尤其是农产品到“十八坂”墟市叫卖，“狗不理”包子、蒙古“奶酒”、西藏牦牛肉、北京烤鸭、新疆羊肉串、九寨沟烤山鸡等，在墟市上备受欢迎。还有各种适合农家使用的时尚工业商品，如光波炉灶具、数码相机、数码摄像机、笔记本电脑、电视棒、锅碗瓢盆，也是极其热卖。平时鲜见的农民自制的各种农具，继续在墟市上受捧。而闽清县劳动局还别出心裁地在“十八坂”墟市开展“劳务对接平台、帮你尽早实现就业”活动，许多农民朋友在这一活动中获得就业岗位，受到好评。之后在2013年 “十八坂”文化商贸节上，设置了两个展销区，分别位于乃裳街与宏琳古街。乃裳街展区以农副产品、各地特色商品小吃为主，其中60个展位免费提供给当地农民，还在“十八坂”文化节开幕式上，共签约21个项目，总投资达40.25亿元；而2014年继续呈现红火的商业气势，虽连日下着细雨，但村民们与外地赶来的游客热情不减，各色帐篷鼎立，摩肩接踵……

为了见识传统墟日真正的场景，我还特意去镇里网上搜集赶墟的图片，一幕幕色彩缤纷的画面让我仿佛身临其境，仿佛簇拥于熙熙攘攘的人流中，体悟着那份热闹与快乐。镇上的人也向我介绍了墟市各种令人生动的场景：一位站在板凳上的大哥是服装店的员工，为了宣传，将各种款式的女装都挂在身上，大声地冲路人吆喝着，估计担心以后走在街上被别人认出，特地还戴了一副酷酷的墨镜，将庐山真面目隐藏起来；另有一家店的“西部牛仔先生”一边吹着口哨一边摇摆着身体，不管客人有没有进店，自己嗨得不行；还有新疆来的姑娘，在卖一串串诱人的烤羊肉串，扎着头巾显得特别有味道；有一个“毛毯大叔”的摊子暂时无人问津，却不郁闷，还镇静地哼唱起小调；有一个长相极其标致的“豆花西施”摊前的生意特别好，用三张板凳立着一个豆花桶，大人小孩儿都争相排队购买；还有叼着香烟的货郎，身着军色衣，斜挎着一个简陋的包，他的面前摆着无数原始的细小的货品；最好玩的当属蒙古来的商人，估计被一堆大妈大爷的“闽清话”折腾得不行，无奈之下在摊铺前挂出硕大的广告牌：“请讲普通话，感谢您的支持！”……在照片上，我还看见有一位老伯身处闹市，却仿若置身事外，不紧不慢地修着他的手表；而另一位白眉白发的老人，似乎带着孙子逛庙会，从衣着看像一位落叶归根的华侨，他手持相机，眼神中泛着淡淡的思乡忧伤，他似乎在想着什么，欣赏着眼前一幕幕似曾熟悉又显陌生的流动风景……真是无所不有，似乎天下所有好吃、好玩、好用的东西一下子都堆砌在这如长龙般水泄不通的街道上……

我不禁深思，“十八坂”从最初的民间庙会，发展到百货墟市，到如今已成为集商贸、文化、旅游、经济全面开花的一个综合性集贸节，完全似一个乡村版的城市综合体模式，其间跨越了漫长的光阴，对坂东镇乃至整个闽清县产生深远的影响。但如何把承载着更多传统文化因素，从更广更深的内涵去挖掘与保留“十八坂”原生态的东西，防止因过度商业化引起开发的误区，使此类“活”的文化遗产不至于遭到破坏，并得到良性的可持续发展，已引起决策者全方位的思考与规划。针对一些民众反映的现状及未来的发展趋势，在开发农副产品，尤其是闽清特有的山珍、奇石、药材等带有乡村特色的货品为主等方面还将加大力度；他们决心将古镇建筑、历史文化街区与墟市交易、选址等作为总体系，造成视觉、听觉与感觉的冲击，以传统商贸节为引线，将古民居、温泉、体验生态人文之游等紧密结合，既注重传统，又接纳四方，着力形成原汁原味、与众不同的“十八坂”专有墟节韵味，从而使其源源不断地流向更为宽阔的天地。

那日采访完，我立在湖头街黄乃裳塑像前，天上的太阳正放射着冬日舒适的暖意，把撩人思绪的“十八坂”，也照射得闪闪发光。

光明港之歌 ▷▶▷

一

“芳草垂杨荫碧流，雪衣公子立芳洲”，行走于秋风滢滢的光明港沿江栈道上，我竟不经意吟起了唐代诗人刘羽《鹭图》中的诗句。

眼前河道蜿蜒，小桥俊秀，荫蔽浓翠的景象使人思绪纷呈。在我朝着河堤想凝视白鹭卓立的身姿时，它们三三两两，或一唱一和，振翅飞掠着，朝河流的前方飞去……

福州地处闽江下游，城中内河纵横交错，湖塘相连，古来素有“人烟绣错，舟楫相连”的江南水乡神韵，丰盈的河水滋润着这座曾被马可·波罗称之为“桥最多的绮丽水城”。其实，自汉代闽越王无诸筑冶城开始，福州城有过六次大规模扩建，历经汉冶城、晋子城、唐罗城、梁夹城、宋外城、明府城……每次扩城，都有许多原在城壕以外的河流被揽入城中，进而成为内河。光阴流转，如今，福州共有 107 条内河，形成光明港、晋安河、磨洋河、白马河、新店、南台岛 6 大水系，总长度达到 244 千米，汇水面积有 300 平方公里。水资源的得天独厚，赋予福州这座 2200 多年的古城一种特殊的气质。也形成了“枕山、面海、襟江”的包容雄阔胸襟。

不用说，历史上福州凭借闽江之利，以城促港、以港兴市而成为八闽之都。然而福州既得江之利，也屡受江之苦。据《福州府志》等史志记载，屡次闽江大洪水中，福州城均受淹，水深达 1 ~ 5 米。清光绪三年（1877 年）五月初五至初八日，接连四昼夜大雨，街道水深丈余，水势汹涌，冲坏万寿桥桥墩，沿江瓦屋漂没无数；光绪二十八年(1902年)六月初三，上游溪洪暴发，平地水深数尺至丈余不等，漂没田园庐舍甚多；民国八年八月二十五日晚，飓风大作，房屋、桥梁倒塌，堤岸冲缺，居民损失甚多，灾情惨重。

由于连年洪涝，灾情惨重，1935年2月，福州设立了水利工程处，由鳌峰洲开凿河道至新港，即今光明港。当时由于机械化程度不高，开凿光明港的工作大多以工人肩扛人挑的方式进行，工程难度之大可想而知。成百上千的工人每天艰辛地开挖河道，工程一直持续了好几年。经过长时间的开凿疏浚，最终光明港顺利完工。光明港西起新港水闸，东至魁岐九门闸，全长6545.8米，宽50～140米，流经台江及晋安区，沿线有新港水闸、八间排水闸、连潘水闸、风坂水闸、远洋水闸、远东水闸、上岐水闸、九孔闸和3座桥梁，而后成为晋安河、新港河、瀛洲河流入闽江的重要河道，对解决福州市区内涝，及当时对外通商口岸经济贸易起到了不可替代的重要作用。

二

光明港见证了福州内河水系的变迁。前人曾说过“买田要买远洋鼓山边”，因为这里土地广阔肥沃，水源充足，即使旱涝，也易丰收。光明港就像一条长长的珍珠链，从福州城里的河汊、湖泊串连到鼓山。年纪稍大的人都清晰地记得，港深宽阔，那时的河水多清呀，鱼、虾、蟛蜞、蚬子，甚至河蚌都极多，大人小孩儿一边下水游泳，一边潜到河底，都能收获满满的一木盆渔利。20世纪50年代，河水淘米洗菜，60年代洗衣灌溉，70年代河水仍能保持清澈本色，河面也比现在宽多了……老人们每每忆起涨潮时，从闽江外进来的船只数不胜数，各路小商贩来这里盘货，有些船就泊在桥边，叫买叫卖声煞是热闹。如果货未清出，船家一般会继续等歇着，等下一次潮涨起后再走。若是逢夜里涨潮，船家间相互的吆喝、问候声就在星光下、渔火中此起彼伏，不绝于耳。

改革开放的大潮打开了国门，日新月异的道路拓宽、高楼林立替代了诸多的农田耕地，也牵动着内河的变迁。福州的住宅有两个特色：亲水性和朝向选择，出门见水是福州人的习惯，所以好宅子一定是依江傍湖，并且一律选择南北向，鲜有东西走向的尝试，这点几乎成为福州住宅开发的行规。由于光明港沿岸以其优越的依江傍湖地理优势，加之当时内河繁荣的商贸往来，自然成为福州人建房的首选地。越来越多的福州人在光明港沿岸安家落户，不论商贸还是生产生活，光明港渐渐地占据了榕城福州经济文化发展不可替代的地位。然而，随着城市建设和工业发展，进城务工人员的不断增加，光明港沿线随意违章搭盖的建房越来越多，又加人们对内河环境保护意识的缺失，居民常将生活污水排入内河，沿岸的工厂也将管道埋入地下，每天排放污水，致使污染源急剧增多，而管网建设的发展跟不上沿岸居民的聚集，久而久之，致使河道堵塞，水体自净能力差，让美丽的内河一度失去了光彩。

闽江的潮汐通常为一天两个周期，平均涨潮历时约 5 个小时，落潮历时约 7 个小时。本来涨潮时大江向城内灌入新鲜活水，退潮时则把污秽杂物一并带走，所谓“进以钟其美，退以流其恶”。但是河道日渐狭窄，河床遭淤积后，闽江水就越来越难进难退了。

事实上，内河的整治问题，一直以来备受政府的重视，民众的关注。水质的优劣直接影响经济发展与社会生活，为了实现环境自然化、生态化、人文化、景观化的滨水城市综合目标，内河整治项目的开展，并非一朝一夕所能促就，也非一人一力所能完成，因为这是一个长期而又浩大的工程。

三

从前，福州市的污水一直是直接排入内河里，内河实际上成了排污沟。1995 年底祥坂污水厂建成投产，这对于福州来说是破天荒的。当时根据地形和排水区划分，福州的内河以八一七路为界分为西区和东区两大部分。祥坂污水处理厂建成后，西区日趋处理量 5 万吨的污水集中到污水厂中处理，这就使白马河以及西湖的水质得以改善。而东区，于 2002 年也兴建了日处理量 20 万吨的洋里污水处理厂，同时开展了以引水工程为核心的综合整治工程，通过引用闽江水至内河上游加大内河水流流量，提高河道水流流速，使得稀释后浓度较低的水及时排入闽江。引水补水的冲污工程的实施，增强了内河水循环动力，改变了内河原有的衰退条件，冲污区内流量加大、流速提高、水位升高，比较好地改善了内河水环境；后来还通过雨污分流等管网系统方式，进一步治理内河。不过，从历史上屡治屡淤的情况看，由于福州地区属于软土地基，且分布不均，易造成管道沉降，二三十年陆续建成的污水管道损坏严重；而大量旧棚屋的存在，将河拓宽疏浚只是治标，而不能治本。更有效的方法就是主动把污染源截除掉，进行统筹规划，分配长期任务，实现科学有效的整治——由此，最大的内河“保护攻坚战”，自 2011 年开始打响！

早在 20 世纪末，为了纪念福州建城 2200 年，福州政府特地在位于晋安区长乐南路的光明港内河河畔辟地 25 亩，建成北光明港公园。东起国货路东路口，西至九档新村，全长 3.1 公里，种植特色观赏树木 10 余种，共 2200 株，还有紫薇、杜鹃、迎春、扶桑等 150 多种植物，形成了棕榈园、碧桃园、海枣园、芒果园及南洋杉纪念园等诸多美丽的园林，沿河修建了光明湖、双子湖、光明阁、紫霞苑、光明雅舍等优美的游览景点。经过初步整治，河的北岸已显得有几分灵动，每天有无数市民到公园边游玩散步；1998 年 5 月，国际龙舟赛成功地在此光明港河段进行。

随着社会经济发展，及高速道路的延伸拓宽，使得光明港地处福州东大门的显眼位置越来越重要，许多外地客人从长乐机场或者从厦门方向进入福州城区，大部分人选择走机场高速公路与鼓山大桥，而位于国货路互通立交下的光明港，无疑成为福州重要的“门面”。但南北岸已然形成鲜明的对比，北岸沿河郁郁葱葱，景致幽静；而南岸却是一片低矮的民房，许多城中村毫无章法地搭盖于河边，河堤上搭着木梯子，河面上漂着几十艘破旧的连家船，船边还漂着油污、塑料袋、易拉罐等生活垃圾；旧屋区高度密集，堵塞着消防通道，还混杂着大量的作坊式小型加工业、养殖业、洗车场、餐饮店等，第三产业的排污管源源不断地向光明港排出污水；河道上的管线多且杂乱，严重影响河道排洪排涝的功能和河道景观；且沿线又缺乏统一的交通组织，这段河面刚好处于光明港闽江入口处，接纳了晋安河、新港河、瀛洲河很多上游的垃圾，护河工每天工作 8 个小时，一天两三艘船一起清理有时都清理不完……

为早日实现“水清、河畅、路通、景美”的目标，改善城市人居环境，重现闽都山水历史风貌，把福州打造成和谐宜居的山水城市，2011 年，福州市启动了有史以来最大规模的内河整治工程，对城区 75 条内河进行截污工作，光明港被纳入内河整治的重中之重。无论是拆迁量还是绿化量，都可以算是福州最大的治河项目。

这是一场内河保卫战！任务重，时间紧，是考验政府向心力与执政能力的时候。从部署工作，到丈量、发单、核对、签协议、付款、拆迁……其间经历的种种困难，以及言不尽的辛苦，新光明港已然为这些深明大义的干部与支持国家建设事业的群众都深深记上一笔大功德。

2014 年底，光明港全面完成征收拆除工作，北岸长乐路至福光桥头景观、南岸亚峰公园等主要景区已建成并对外开放。而今，安置房建设的“三远佳园”、“六一佳园”等已陆续开展百姓的回迁工作……

四

怀着一种莫名的情思，连续两天，我走访了解了诸多光明港的过去与现在，并难以自禁地在心中展望着它的未来。

白露的节气给初秋的榕城披载了几许凉意与萧静的诗意，我行走于这条贯通着南北岸，集水陆观光、健身、竞赛等功能为一体的休闲公园。一路走，一路撷取着它历经沧桑之后悄然呈现的恬静与风华。

由于我在前一天特意用脚步丈量过晋安河是如何与光明港汇织，探寻过紫阳段至北光明港的通行绿道，两岸的景致已经给予自己太多的惊喜。而这一天，我想从闽江入口处的五孔水闸位置往回踱量，看看气势绵延的光明港经历怎样的历程归并闽江。在一个老福州司机地指引下，绕行至五孔水闸，他告知这即是原来的九龙闸。只见水闸横亘着，如庄严的战士，护卫着江河的安宁；而沿线新建的鳌港路两边贯通着飞驰的车辆，分车带中栽种的蓝花楹等植物耀眼生辉；鼓山大桥如长虹，横跨于滨水之上，眼前天幕朗阔，云堆山间，静水长流，植株繁茂，桥倒映于水中，划成一条弧线，岸体湿地丛林遍依，好一幅美轮美奂的现代江南图景。

往远东村段步行，即到了慕名已久的凤洋将军庙，相传此庙始建于明嘉靖年间，清康熙十八年 (1679 年) 凤洋林氏族谱已有图载，历经光绪元年 (1875 年) 重建，现在的庙于 1990 年重修。在车水马龙的鼓山大桥引桥边，它以独有的历史积蕴与古朴精美的建筑，被远近村民久久护持，现已成为福建省级文物保护单位。瞻仰中，发现庙为砖木石结构，由门楼、戏台、走楼、钟鼓楼、祖殿组成，占地面积为 665 平方米。门墙为牌楼式，设门亭，亭为重檐歇山顶，檐下斗拱出跳三层；中间戏台为木构，台沿镌刻着花鸟浮雕，栩栩如生，沿角置垂柱，柱头为兽头形；戏台顶设藻井，斗拱叠涩，雕工精巧，呈螺旋状。历经岁月更迭，造型保持如此完整，令人叹服！走楼分为上、中、下 3 层，每层面阔 16.7 米，进深 3.6 米，檐下吊柱饰垂莲，栏板还绘有 38 幅《三国演义》故事图……大殿面阔 5 间，进深 6 间，穿斗式木构架，双坡顶，两边设风火墙，祀玉封灵显靖远金将军。

将军庙记录了一段尘封的历史。金将军来自琉球国（今日本冲绳县），唐营（俗称久米村）人，字伯通，其先世金瑛为侯官县壁团洲（今闽侯新洲）人。明洪武二十五年（1392 年），明太祖朱元璋为扶持琉球国前来朝贡、贸易，在福州选派陈、林、王、郑、金、蔡等 36 姓中善于驾驶船舶者，赐予琉球国，壁团洲的金瑛也在其中，成为琉球国金姓始祖之一。金伯通为其第六世，勇武善拳击。嘉靖三十四年（1555 年），因海上不宁，金伯通将军奉命负责护航，冲破倭寇的截劫，在福州登陆，等待该国上京的使者返航。两年后（1557 年），金将军又奉命护航前来中国朝贡，船于闽江口忽遇暴风雨袭击，金将军不幸落水……远洋当地人从其腰牌得知是琉球国金将军，就塑像建庙奉祀。嘉靖四十四年（1565 年），因金伯通护航抗倭有功，敕封为安东侯。从此，地方官员出使海外，乡人水上行旅，纷纷到该庙行香，祈求旅途一帆风顺，声名更加远播；每年水部河口琉球馆都派人前来瞻仰朝拜，直到抗战爆发为止。

凤洋将军庙已列为光明港重点修复项目，庙宇周边正有工人们在忙碌着，有几位村民则在庙前门埕两侧的 3 株古榕下休憩，树荫覆盖，一座古桥在不远处静待巧匠，秋风吹拂，幽静中彰显古意。

因河边部分驳岸工程仍在建设中，我须重新走出马路，又信步边进一间正筹建的舍人庙，只见精致的木雕以牌楼立于墙体，龙柱雕工粗犷富有张力；中间古典的戏台秀巧端庄，已描花画凤；而乡人的龙舟则刚刚塑木成型，在边房架起待漆；马鞍墙，翘檐曲线，起伏着动感疏密。我的心中思索着：这是一方怎样的土地，在潮起潮落的千年河畔繁衍生息，演绎着一代代平凡而又真实的故事。

五

再往前走，嵌入左边的路径，依河的栈道终于显露在眼前。

我漫步于青石铺就的小道，眼前的光明港依山傍水的景致豁然如画卷展开，两岸最显眼的就是迎风浮动的杨柳，走一段都可看见一座座的新桥旧桥镶嵌着，连缀起这条河流的前世今生。园中时而传来清脆的鸟叫声，叽叽喳喳，河边的白鹭也扬扬飞翅，闪烁过我的镜头；而右侧相隔不远的马路，则是车流飞啸的繁忙景象，与幽静的绿道形成不同的节奏与韵致，这样的体验令人有一种恍惚，却又真切的喜悦感。梅园国际大酒店，靓丽地鼎立园中，它也是光明港整治工程中唯一配套的五星级酒店，最富创意特色的是，光明港的画舫游。画舫停靠于酒店的码头，长 18 米，宽 4.5 米，高 4.3 米，船体外观金碧辉煌，两侧雕饰有腾云的金龙“护航”。走进船舱，古棕色的花窗古色古香，内设有 35 张单人座椅，8 张茶几，中间还摆设了一张“福”字木雕屏风。该航线全程约 2.3 公里，自梅园国际大酒店码头行驶至红星苑码头后返航，沿途还将经过茉莉飘香、冀然亭、紫霞苑等景点，行程大约需要 2 个小时。

听工作人员介绍，画舫还可接受个人定制，游客们除了听讲解员沿途介绍光明港周边风土人情，可以在船上品尝地道的福州风味小吃，此外，船上还推出伬唱、品茶、古筝等表演。画舫缓缓航行，游客一抬头便能看到远处的鼓山，而岸边的光明港公园，坡道整洁，绿意盎然，河水轻漾，使人们可以时时感受到“山在城中，城在水中”的意境，闽都风情跃然而升。

我继续往前溯源，寻找着这条绿色生态和休闲廊道的新鲜创意。

来之前，查阅资料，得知光明港公园邀请了国内具有丰富水环境景观设计的杭州园林设计院、深圳北林院、南京园林设计院和福州规划设计研究院 4 家单位进行景观设计方案征集工作。这里将建起水幕文化广场，通过独特的地形打造出高低平台，有 40 多米长的文化浮雕墙，内容以福州与海外通商为主题，通过涌泉、灯光、音乐三者结合，形成集文化体验、休憩、娱乐、健身于一体的开放性广场；建设水运码头，运用台阶式的空间手法以及曲桥，设计成港湾式的文化码头；以及突出光明港作为龙舟赛道的功能，在光明港靠近九孔闸附近的光明港河道上，设置 1000 多米长的国际标准龙舟赛道，还建设曲线优美的钢结构造型的龙舟看台……而这些都是归属于“一轴八区”的宏伟规划，如“琴亭乐荫”区、“金鸡乐泉”区、“榕荫乐舟”区、“滨江乐享”区等。

整整漫步半日，沿着公园内安全、舒适、通畅，或彩道，或木栈道的人车分流的步行空间，从闽江入口处，直至完整地走到了北光明港。途中时见行人或独行，或慢跑，自行车的铃铛声欢快地迎面而来，轻盈而过，池中的莲花轻沾秋露，盈盈而舞……多么吸引人的景致呀！据介绍，光明港也是作为“光明港—晋安河—森林公园”绿道的起点，可连接金鸡山、温泉公园、琴亭湖、新店溪、儿童公园、动物园等10几个景区景点，单向全长达25公里，将成为全国城市内最长的滨河休闲廊道。它的绿化带可达909亩，相当于再建一个闽江南北园。这是多么令人心动且向往的滨水绿城啊！

六

呐喊声、锣鼓声、鞭炮声……返回途中，我的耳畔仿佛传来端午节沸腾的龙舟竞渡声，宽阔的碧波之上，近30艘龙舟，在河道内你争我赶，富有乡风民俗的本境本庙的神祗吉祥的龙舟龙头造型，一一亮相，加之身强力壮的“船人”齐心协力地搏浪击力，使光明港充满着无尽的活力。龙舟精神代代相传，也成为中华民族传统文化绵延不息的图腾与珍贵财富。

水，是一曲灵性委婉之歌。爱它，尊它，它就会洋溢起明媚的笑脸，扬桨呼号，给予人们前进的动力；水，蹒跚的步履，流淌着一季季的春华秋实。善待它，就如同善待伟大的母亲！

谁家渔排风波里

一

我坐在船舷，看远山含黛，碧波盈盈，任阵阵海风缭绕着长发，似在盘旋追问心中的思索：何为人类的家园？是陆上人来人往的缤纷集市，高楼大厦的霓虹闪烁；是海上风波涤荡，橹桨桅杆马达声声的渔家生活；抑或远离都市的田园农耕……万物踪痕，只要有人的地方，总是演绎着饶有风姿且充满艰辛苦乐的故事，漾万千流波，诉繁复烟尘。

人类所居住的地球，在宇宙太阳系中是唯一拥有大量液态水的星系。俯视它，就会发现它是一个淡蓝色的水球，而陆地只不过是浩瀚大洋中的一个个岛屿。海洋，对人类文明社会的发展有着巨大的影响，早在100多万年前，旧石器时期，我们的祖先就依赖采集、渔猎维持生计，繁衍着华夏子孙。古老的大海，从古至今，总是给予人类广阔无私的帮助；特别是在沿海地区，人们总是"以海为田""藉海为活""以鱼为粮"，依靠着大海丰富的生物资源，视海水为神灵的母亲，对之无限感恩与膜拜，并将敬畏的目光投向深深的海洋，千百年来轮转不息。

福建省作为历史上"海上丝绸之路"的起点，地处东海之滨，与台湾海峡隔海相望，自古就对海洋的经济发展起着举足轻重的作用，孕育了独具人文精神魅力的海洋文明。

令人高兴的是，近些年来，一个叫"霞浦"的鱼米之乡，它伸出海面的一个个半岛围出的一片片"内海"，美丽的滩涂上折射出的劳动场景，丰收的渔船，飘舞的海带，浅水湾中三五成群的渔民讨小海、走海马，推网、围缣、放帘所突现的海域自然风光等场景，一次次通过世界的眼光，向人们展示了闽东这个在晋太康年间（280—289 年）就设古邑县的“海上明珠”如诗如画的魅力盛景。

二

此时，我的耳边似乎传来一阵歌声：排对排，串对串，排排串串，串串排排，都连着梦和盼，哟……没有这排对排，就不能质朴朴地表情谊，没有这串对串，就不能缠绵绵地表爱恋。这不是“山路十八弯”的歌词吗？怎会浮现于海中央。

其实无须疑惑，我在这一片东安岛海域，眼前掠过的就是一个个壮观的排排相连、框框相串的场景，而渔家人的表情意、诉衷肠，则是对着无数跃动的鱼群、海参，及一片片浸润海中、铺展晾晒的清香海带与味道鲜美的紫菜、海蛎等而唱响的。

东安岛，位于霞浦溪南镇，是霞浦县的第二大岛，东靠被人们公认“小金库”的蓝色牧场东吾洋，西连东海海域著名的渔场官井洋，东吾、官井二洋，均为中国罕见的近海内湾。

如果说，海是催发生命的摇篮，那么，岸就是哺育生命的温床；如果说，海是冶炼精魂的居所，那么，岸就是铸造骨骼的故乡。

东吾洋四周群山葱郁，形似葫芦，口小腰大，风平浪静，水质肥沃，水产生物丰富，是得天独厚的“天然鱼床”，又是全国养殖对虾和贝类的试验基地，也是发展海带、紫菜、罗非鱼等水产类养殖的优良场所，最为壮观的洋面的“海带田”，面积达两万多亩，在养殖与收获季节，人们架着小舢板穿梭其间，到处呈现出一片繁忙的景象。

官井洋较东吾洋稍窄，水也较深，浮游生物多，饵料丰富，是大黄鱼洄游、栖息、产卵的好场所，目前是世界上唯一保存下来的大黄鱼产卵场。官井洋中最惊叹人心的场面，就是每年立夏到夏至大潮这段时间，正是黄鱼鱼汛，闽浙两地数千船只云集这里，捕捞黄鱼，张曲楼在《官井捕鱼说》记此盛况：“橹声四起，当瓜鱼中水，数千艘汹汹飞桨，浪花交舞，瓜声、橹声、人声、涛声，渺绕杂沓，奔腾澎湃，万艘穿织，海为震动。日影衔山，灯光灿烂，若万点流星浮光水上；月轮满天，鱼帜飘扬，若万军旌旆耀影云中。”生动形象地记载了捕鱼的盛况。在清代，我国就在官井洋渔场积累了丰富的利用大黄鱼产卵发声和探捕鱼群的技术方法。

而扬名在外的东安渔排，就是诞生于如此富饶的两洋之间。拥有得天独厚的富足条件，给养殖业带来天然避风港的良好环境，因而形成了一幅难以复制的“牧海耕田”的动人画面，也被称之为“中国最美滩涂与风光摄影胜地”。

三

我是在初夏季节来到这里的，沿途到处都是海带洋溢的欢笑，路边、田边、滩涂上，处处悬挂晾晒着已经收获的海带，令人仿佛进入铺着层层电影幕布的道具场，却又那么真实，那么充满潮汐的香味。

驱车来到溪南镇的台江渡口，刚好遇到当地进行一场海上渔排防台风演练，只见边防干警们全副武装，码头的广播里紧急播报着台风抗险的注意事项，警戒线内应急通信车、指挥帐篷、接送客车等一应俱有，不一会儿工夫，海上快艇、渔船就分批将身着救生衣的渔民接送归岸……看见这么正规且秩序井然的演习，我不禁对这方水土心生崇敬之感，这是怎样的一片海？人心如此齐集，爱如此汇聚。

坐上一艘当地渔民的渡船，15 分钟左右就抵达一个叫“油菜屿”的小岛，听说这里与东安岛都可以见到海上乐园的全景。果不其然，居高临下，举目望去，蔚蓝色的海平面上俨然出现由数十万个网箱和数百个小木屋组成漂浮在海面上的“浮城”，蔚为大观。渔排绵延数里，水上房屋鳞次栉比，错落有致；规整方齐的网箱肩并肩，排对排，组成一幅奇特的风景。曲折 S 形的水道，线条优美，常见快艇犁浪，渔船穿梭，浮标点点，鸥鸟盘旋，整个海湾呈现出一片忙碌的景象。正是收获的季节，海参鲍鱼正在起箱，泛着绸缎般光泽的海带飘舞着、捆绑着，渔排上不时有大写的人影在蓝天碧海下操劳着，组成了充满活力的海上田园画卷。

我站在屿上，望着这奇异的景象，不禁浮想联翩，仿佛看到：无论春夏秋冬，竿影竹排，网箱木屋，万种风情，在大海这个似梦似幻的家园中，在每一个日子里，演绎着生动而坚毅的海上生活。你看，美丽的云朵睁开眼，时而是晨光的序曲，时而是彩霞的奏鸣，时而呈现春色的呢喃，时而弹奏月光的倾诉，俯视着大地。海水划出一条条如金丝的波纹，与零星独立或连排成阵的渔排相互依属，又若即若离；而浮标捆绑着支撑着成片的竹排，顶着主人交予它神圣的职责，如一队队卫兵，坚实守护着这一方纵横的家；池里方寸下雀跃着成千上万只鱼，是渔家生计的保障，也是人类食物丰盈的营养池，同样肩负着传承的责任。人立渔排上，身子虽摇晃，而希望却是那样坚定。

雾起时，东安岛笼罩在一片朦朦胧胧中，海水湛蓝，翻滚着千层万幻的波浪，轻轻涌动着水中的浮标，而竹排依旧依偎着船屋，随潮生随岛安，外来的一切纷涌景象似乎对它并无太大的干扰，安逸中劳作，满足中进取。海水的每一次涌动，船帆的每一次划行，在我看来，都摇曳着律动的美，劳动的美，健康的美，人与自然相融相生，物与生产相辅相成。勤劳而质朴的渔人们哟，他们是最懂得大海的人，在日出而作、日落而息的流水中打开大地的镜子，看见岁月里珍藏珠贝的光彩，聆听着海洋深处生生不息的净化人心的梵音。

厚朴、灵秀、氤氲的人间图景一下子铺展在我的眼前，充溢着国画的简洁，油画的斑斓，水彩的通透，襟山带海的雄浑与伟岸，一切都浑然天成，自成风景。而迷离的东安海域，充溢着芳馨雅静与喜悦，阵阵的渔排辗转牢固犹含情，因此此地也被众人惊叹为“海上的香格里拉”“东方的威尼斯”。

四

走访中，我不禁对这一方方渔排充满了好奇之心。当淳朴的船工将船靠在一家渔排边上，下了船，我便小心地踩着细窄的木板，仔细探询着水域的一切。近距离看，渔排纵横交叉如城市的巷道，四通八达，板与板之间用铆钉固定支架，底下衬海的即是坚实的塑料浮标，组成悬空的道路。鱼池长宽约 3 米，只见有的工人正在给鱼池里的鱼投放饵料，饵料分颗粒与冰鲜食料，周边的渔船上有人正用机器搅着小鱼等制成鱼粉。天气炎热时，现代科技制成的颗粒饵料用量相应大些，环保且不易感染病菌。我悉心地询问养殖的渔民，脚下的一方池中大概养有多少鱼，听完吓了一跳，竟然多达 3 万只！俯首观望，果然看到无数跃动的鱼儿欢跳起来，争相夺食。一个老伯在船屋的厨房里忙活，厨房很简陋，但必备的厨具都有，过道上狭小且摆满杂物，住宿的木屋更是粗糙，分隔成两三间，一间只能容下一张床铺。老伯告诉我，去年海参收益极佳，虽然海上生活清苦，但他习惯并喜欢这样的生活。说到这儿，只见他黝黑的脸上笑绽出如海浪的波纹。

我又迈向隔壁的一家渔排，没想到更为气派，只见方方正正的排成百来池，主人特别富有创意地设计了轨道式的作业方式，在八方鱼池的木板上形成海上小铁轨，工人们手推着自制的木板车，将饵料与鱼食置于板上，手把是浑圆的铜管，倾斜成 30 度，这样一来给鱼池喂食作业等可方便多了，我不禁大为钦佩渔民的智慧。

正想目睹此家主人的庐山真面目时，只见一个眉目清秀的中年妇女出现在我眼前，她笑盈盈地对我说，应该站在什么角度拍照比较好看，还帮我留影了数张，似乎对我能上她家的渔排感到特别自豪。她还引领我去她的木屋参观，那里干净整洁，还分为里外两间，原来是因为她与丈夫长年累月都在船上生活，既相互照应，晚上看排又互不干扰。此时，我看见渔排上时有进进出出的人员，在搬动与制作着什么，正纳闷哪个是男主人时，没想到一个壮实、朴素，正埋头与一个工人用电钻在干活的男人进入我的视野，我注意到他脚上穿的袜子，脚趾头已经突破，看来已经很久都没空搭理的袜子，自然且笨拙地与渔排一起裸露着，起先我以为他也是工人，没想到他一张口，就知其身份不同，他就是这里的男主人，曾当过东安岛的村主任，带领村民靠海发家致富。当年他极富魄力地在此驻扎渔排进行生产养殖时，东安才 6 户渔排人家。转眼近 20 年了，如今，遍布千来户来自本岛与外省的一些淘金者，纷纷在此驻岛安营，只为能从这片资源丰富的海湾中建设自己的家园。

交谈中，这个男主人感叹并高瞻远瞩地说道：其实养鱼人很辛苦，没赚什么大钱，要看天吃饭，还要注意科学养殖，细心呵护那些海洋珍品；前几年“北参南养”巨大的收益带来发展过快，渔民们遭受了惨痛的经济损失，因此要懂得珍惜保护大海资源，合理安排规划水道，不能过度开发，如渔排太过密集，会造成海洋环境的破坏。他最高兴的是，自己一手培养的三个孩子都是大学生，目前都在省城工作学习。他还拥有全村唯一的一个游艇，专门负责东安岛的居民与游客的出行，每人每次仅收 10 元，属亏本的状态。问他为何要继续坚持，他说因为自己的母亲从前就是摆渡人，为了完成母亲的心愿，他愿意为家乡人继续服务。看着这个凡事亲力亲为的主人，他上过电视，大笔挥点过全村的事业，在这已经生活了几十年，却依旧痴心如故地爱着这片海洋、这方岛屿。他说年纪慢慢大了，也想上岸歇歇了……

五

我又坐上了返程的渔船，游游晃晃地行驶于东安这片海洋，心中却久久不能平静。此时，眼前不停掠过一排排竹排，海参的养殖桶整整齐齐地排列在坚实的排上，一格格、一列列铺展的大网，横七竖八地罩在竹排上，船屋开着几个方窗，渗着风里来雨里去的艰辛。此时，暮色沉沉，远山寂寥，一艘连家船模样从我身边划过，又开始了路上的行程，唯一不同的就是脚下涤荡着不知流转了多少光年的海水。

浸润着这方水土特殊的意蕴，汲取它的一丝仙气、神气、道气，我不禁吟咏起一首心中的诗——

蓝是海的衣裳
波是舟的祈盼
雾里相连 云中相牵
渔家儿女的朴实勤奋
联结成
鱼儿欢欣 网儿欢悦
东安啊
这说不尽的海藻细语
这道不完的海上家园……

悠悠古韵话浮桥

千山沟壑，江河海潮，多少风雨烟云中，只付与桥听。

——题记

自古以来，人类就与艰难的生存环境做着坚毅的抗争，逢山开路，逢河建桥，披荆斩棘，从原始的混沌状态一路奔行探寻，走到文明发展的今天。其间经历的种种，叠加成历史烟云，与矗立于天地间宏伟深邃的文物遗迹，给予今人无限的怀思。

桥是其中一种动人心魄的建筑。

《说文解字》中对“桥”有如下解释：“桥，水梁也。从木，乔声，高而曲也。”中国桥梁建筑历史悠久，不仅材质各异，形式各样，以美轮美奂的各种姿势架设于河流、沟壑、峡谷之上，使两岸得以沟通，使天堑变为通途，它是“悬空的道路”，维系着交通、贸易的命脉，也是人类漫长发展历程中珍贵的剪影与驿站，浓缩着劳动人民智慧与勤劳的结晶。

中国古桥，按类型可分为浮桥、梁桥、索桥、拱桥。而浮桥，是中国较早的一种桥梁。在距今三千多年前的《诗经·大雅·大明》中曾吟诵道：周文王为娶妻，“亲迎于渭，造舟为梁”。《左传》又记载：“秦公子针出奔晋……造舟于河。”浮桥作为简便易搭、经济实用的临时桥梁，成为受欢迎的建筑桥型。隋唐时代是中国古桥发展史上的里程碑时代重要的浮桥有：蒲津、太阳、河阳、孝义四座。而浮桥在宋代则修筑最多，人们不但在黄河上先后建造不少浮桥，而且在其他地方的河流上也修建了很多浮桥，包括“闽中桥梁甲天下”的洛阳桥、虎渡桥，它们最初的建筑形式都是浮桥，后才改为石桥。事实上，很多地方在建造桥梁之前，会先造浮桥来试探水情，然后才正式开工，以确保实际桥梁的稳固。后来，随着公路桥的发展，浮桥渐渐被取代，从而逐渐退出人们的生活。

而今，随着历史文化名城的保护与可延续发展的记忆，古朴庄重，仅存不多的浮桥就这样如画卷般，豁然展现在人们的视线中，勾勒出美好情感的回忆，并久久徜徉于它的晃晃荡荡、绵延不绝的气韵中。

赣州，史称庐陵郡、南康郡、虔州等，这座有着2200多年的历史古城，据五岭之咽喉，扼赣闽粤湘之要冲，东有武夷山脉，南有南岭山脉，西倚罗霄山脉，宛如一颗璀璨的明珠镶嵌在千里赣江的起点。当年这里“商贾如云，货物如雨”，有着“南方丝绸之路”的美名。这里有我国八景文化的发祥地“八镜台”，全国保存最完整、蜿蜒3600多米的宋城墙，数以万计的“铭文城砖”，在全国独一无二；及 “郁结古今气，孤悬天地心”的千年郁孤台，江南最大的石窟艺术瑰宝“通天岩”等，名胜古迹斐然，文化底蕴深厚，被海内外专家誉为“宋城博物馆”。

当一个地方，它令你向往自然美景独特的丰韵：“山如翠浪涌，水作玉虹流”；令你钦佩远谋先知的卓见，留下“千年不涝，排水纵横”的福寿沟；令你景仰人文荟萃，历史名臣如闪耀的星，一一在此驻足泼墨：苏东坡、孟浩然、周敦颐、黄庭坚、汤显祖、杨万里……他们与赣州有知交之缘；而曾在此任职的辛弃疾、洪迈、文天祥、孔宗翰、王阳明等，又借着章、贡二水之灵气，演绎了多少动人的故事与传说，这样汇灵气与智慧之地是多么令人心驰神往！

而“执政清廉、爱民如子、知识渊博”的三个名字也与赣州的三座古浮桥一样永远镌刻于赣州人民心中。

史料记载，赣州共有三座浮桥，均始建于宋代。赣州地形三面环山，一面环水，山峦叠嶂，河流纵横，境内的章、贡二江，在老城区的北端汇合成赣江，形成“掰开章贡江流去，分得崆峒山色来”的美丽景致。南边原来还有护城河，是一个“浮州”。这样的地理环境同时也造成百姓来往和货物交通的不便，于是，赣州自宋起开始在章、贡二江之上架设浮桥。第一座浮桥，即西津桥，又称西河浮桥，建于北宋熙宁年间（1068—1077年），由赣州知军刘瑾主持建造，刘瑾素以操守高尚、精明能干著称。他认识到赣州城自唐代张九龄开通大庾岭陆上驿道，即形成对外贸易的重要通道。至宋代，赣州已成为全国兴盛繁荣的三十名城之一，属于长江、珠江、闽江三大流域的交通枢纽。当时的西津桥与西大街相连，是古时的盐运码头，不管是从会昌县筠门岭或广东南雄运来的粤盐（俗称篓子盐），还是通过赣江溯流过来的安徽淮盐都从这里上岸。昔日西津桥和西大街一带货物流行，商贾繁忙，加上咫尺之远便是皇城、郁孤台这些人文胜地。要想适应江城环境，沟通两岸，解决民生，洪流滔滔的章、贡二江上建桥是迫在眉睫的事。当时的生产力尚不允许修建永久性固定桥梁，因此，刘瑾鼓励百姓就地取材，将原料丰富的赣南地区盛产的栎木、杉木派上用场，制舟制桥板，用铁锚铁链沉入江底固定，桥面之间用粗大的竹缆套合，浮桥就这样架设起来。与许多地方修建战时浮桥的军用功能不同，西津浮桥的建成完全是水文地理与富有远见的开拓思想，在很大程度上促进了赣州经贸的发展。只可惜这座浮桥在 1985 年西河人行桥建成后被拆除，我们只有在尘封的历史档案和赣州老市民的记忆里重温它的风采。

同样面临被拆除命运的，是赣州的第三座浮桥。它建于南宋淳熙年间（1174—1189 年），由知军周必正在南门外的章江上架设，称为南河浮桥。民国蒋经国委办曾记载：南河浮桥长 60 余丈，宽 1 丈 1 尺，船 57 只。除运送普通物质外，主要供应赣州城内的木竹等材料。1991 年南河大桥通车后，浮桥即被拆除。随着古城景观建设，百姓日益怀念古浮桥，赣州政府也将此事摆上议程，于 2007 年投资 400 多万元重建一条新的南河浮桥，如今再现“舟移码头前，惊起江鸥眠；绿荫停泊处，夕照人欢喧”的场面，勾起许多老赣州人对往日浮桥的回忆，也给古城增添无限的生机。

而历史重彩泼墨，将穿越千年的古浮桥光辉，披落在至今仍伫立于赣州这片神奇富饶的土地上的东河浮桥，它是赣州的第二座浮桥，始建于南宋乾道年间（1165—1173 年），学名叫惠民桥，又称东津桥、建春门浮桥，由时任赣州知军洪迈架设。洪迈，江西鄱阳人氏，历史文化名人，学识博洽，熟悉典故，一生写了大量涉及历史、文学、哲学、艺术等方面的著作，其中最为著名的是《容斋随笔》，共 1219 卷，是唐宋笔记中规模最大、影响极深的一部著作。洪迈主政其间，重教育，兴学馆，造浮桥，办事果断。当时赣州年年有洪水，贡江水流急，河岸阔，建造一座桥十分困难，他以过人的胆识完成这项工程。当时的赣州，“人人读其书，家家供其像”，表达了对洪迈无尽的崇敬与感恩，由于做出了功在当代、泽被后世的无量功德，而被后世人念念不忘。

这座浮桥从南宋至今，历经修葺。现在的浮桥全长429.5米，共用113只木船，每三只为一节，整座浮桥分为33节，宽5米，船高1.2米，另外还有一些木船作为预备，随水位升降以调整航道。1577年，一个葡萄牙人自中国回国，曾对赣州的浮桥倍加赞赏："全世界建筑工人，应数中国第一！"由此可见赣州浮桥带给人们的惊艳与喜悦。作为全国历史文化名城的保护景观，这座建春门浮桥，幸运地保存了下来，成为赣州市的"国宝"级文物。

"建春门浮桥"名称由来，主要是桥之西端与建春门相连，是沟通赣州城东一带城乡最重要的关门在东河大桥建成之前，它是赣州城与东外的唯一连接纽带。由于贡江河道在这一区段形成天然的深水港，所有商船都在此停泊，因此，这一带遍布码头，货物吞吐如云，贡江上桅杆如林，是个繁忙的港口。上了岸，古代以街为市，建春门中山路段便是以建春门为中心，向中山路东、西、南段扩散，到达涌金门、小坛前、皂儿巷等，这里是古赣州最繁华热闹的集市。如今，建春门一带仍是赣州城区繁华的商业区。正因为东津桥与赣州城内百姓生活息息相关，这也是此浮桥一直沿用至今的重要原因。

古浮桥靠近建春门一端是赣州市最著名的古城墙，始建于汉代，城墙平均高7米，从东门到西门长3.6公里，垛墙、炮城、马面、城门都保存完好。浮桥历经900多年不断修缮加固，它斑驳的身姿依旧庇护着熙熙攘攘的潮汐。时代的变迁，建春门与东河浮桥，成了赣州新八景中"城堞桥浮"的载体。当年用来御敌与防洪的城墙和用来沟通城乡民众的浮桥，今日竟成了赣州古文化的活化石，深刻展示了赣州历史精粹的风景线，成了吸引世界各地人们前来旅游观光的一张名片。

三座古浮桥，历经沧桑，也见证了赣州古城辉煌的历史。在以水运交通为主的年代，它们不仅发挥了沟通城乡的巨大作用，同时还起到"锁江"的作用。古代在赣州城外的东、西二桥征收关税，西桥税口位于西津门，可以控制来往西河的船只，"东关则为广之潮州、闽之汀漳商贩必经之地"。"商贾大贾挟重赀，以邀厚利走番舶，而通百蛮，必先经赣关"，设立"赣关"的目的就是对过往商船进行收税，浮桥定时开启，过往商船要查验税票后才能放行。经过"赣关"流通的商品，种类多达355种，主要商品有茶、丝、粤盐、木材、粮食、糖、桂圆、夏布、烟叶和纸张等。在清代，"赣关"是户部著名的24关之一，又是江西仅有的两个户部关之一。当地丰富的木材资源，又使赣州成为当时国家的造船中心，船厂有役卒数百人，每厂自成一舟，并能制造海船。清代初年，荷兰派遣公使约翰·刘霍夫，他在《朝华公使录》中写道："该城是中国最有名的城市之一……站在城墙上向北望去，可以看见来自数省的船只多得数不清。"经济大动脉的每一步跳动，都伴生着赣州的发展，使之成为全国南方的重要城市之一。

古浮桥给两岸市民的生活提供了诸多便利，但它也有自身的缺点，桥面切断了江面航道的交通。因此，航运繁忙季节，浮桥每天在上午9时、下午4时要定时"开桥"。开桥时，管桥人解开几组桥面的竹缆结，撑开航道上的桥面，让桥两侧的船只通过。而来往的人们则在岸边静静等候，成为赣州城独特的一景。

在诗人的笔下，乡愁是漾着金波的江河，是延伸至梦里的古桥；乡愁，也如长长的水袖，舞动着秀美绝伦的轻纱古韵，诉不尽缠绵悱恻、悲欢离合。"兰烬落，屏上暗红蕉，闲梦江南梅熟日，夜船吹笛萧萧，人语驿桥边"，我不禁想到，在日新月异的现代发展进程中，如何保护好家园，合理利用得天独厚的历史文化资源，保留原始风貌，用现代文明的包容创新，尊重自然的风格，让百姓安居乐业，以"水为脉、古为魂"。我在赣州就见到了这样一幕幕绝代风华且激荡着生活情趣的画面——

农人们挑着担沿着长长的浮桥鱼贯而入，漫天的夕光投射于贡江之上，彩霞满天，桥舟肩并肩，无须钢筋水泥的撑固，盈盈的水流漾过它们坚毅的身躯，如团结的兄弟，刚强的卫士，每日迎来送往。你看，春天来时，岸边杨柳低垂，晨光中，江波拂绿；暮霭里，桥人点缀成烟雨中的水墨画，渗着淡淡惆怅，说着古城千年既往；一弯弦月升起，如梦如幻的夜色将江桥映衬得一片银白，凝睇之际，不禁吟咏起赣南名家曾巩写下的"早晚抽簪江海去，笑将风月上扁舟"。

而夏天，日光与水光争射，灿成五色飞霞，天际一轮红彤彤的落日，如一块圆饼镶嵌在这片古老的桥头，绚丽夺目。桥上憩凉的人特别多，两边江中都有游泳乘凉的人，小孩儿们还在舟边做各种跳跃的动作，如鱼儿般欢快；身着泳衣泳裤的壮实男神，或叉腰挺立，或蹲立舟头，还有的俯身蹲撑做着下水准备，不经意间来个自由落水式，扑通一声，溅起孩童式顽皮的水花。天色浸染，黄的、蓝的、黑的、粉的色彩，静谧中冲破天机，让这盎然的一动一静充满人间无尽的魅力。

秋天，一个身着长裙的少女骑着轻巧的自行车，在桥上享受着这一刻欢愉，耳边江风习习，翠鸟轻啼，无边无际的蔚蓝在头顶鸣唱歌谣，少女的脸上充满爱的希冀与对生活的向往。有的情侣并肩坐在舟头，亲密依偎着瞭望迷离的江面，或看着手机中两人甜蜜的合影。鱼市上来时，桥岸边渔民摆着红圆盆、方蓝筐，里面有枪条鱼、沙甲子、石斑鱼、河鳗等，游动的鱼，亮白新鲜。买鱼的，参观的，人声鼎沸；浮桥边停靠的渔船上，有的悬挂着细丝网，有的船上晾晒硕大的鱼干，看着极致诱人。连小狗也悠闲地在桥板上散步呢！

冬天，赣州的天气冷而不寒，偶有雨水，桥面湿漉漉的，人们小心翼翼地踩行，还有的护桥工人拿着一个大扫把在清扫水迹；农民挑着刚采摘的蔬菜，细担悠悠，从桥的这一端到对岸的邻村，他们黝黑的脸上写着勤劳致富的安逸，与这座千年浮桥的气韵十分吻合。赣州的天空一年也会下一两场雪，漫天的飞雪落在桥面、舟身，形成一条苍龙白练，竟有几分“孤舟蓑笠翁，独钓寒江雪”的苍茫意境。

古老的赣州城，如今一座座高耸的现代桥宏伟地立于三江边上，川流不息，这个客家先民中原南迁的第一站，著名的“革命老区之城”，在新时代焕发着鲜活律动的生机；而距离不远的千年浮桥，它举重若轻的气定神闲，时而发出晃悠、嘎吱作响的音律，就如同听见母亲的呼喊。“予独爱莲之出淤泥而不染，濯清涟而不妖，中通外直，不蔓不枝，香远益清，亭亭净植……”周敦颐的《爱莲说》就是诞生于这座悠悠古城中，至今仍回荡着独立、自由且圣洁的光辉。

浮桥，如是也。

漈头乡愁 ▷▶▷

入村，一座仿古的木廊亭优雅地端坐，那纯属闽东廊桥独具匠心的建筑风格，给村庄涂抹上一层淳朴又惬意的色泽。不远处，一株经历了数百年风雨的柳杉，正张开清新的眼眸，它的目光穿越了山墙、黑瓦、天井、门楼，穿越诗书礼德的牌匾、楹联，穿越那闽音缭绕的戏曲，沿着鲤鱼溪的寻常巷陌，往田野，往山寨，往漈头这座千年古城的深处走去……

时代的车轮，轰轰滚滚，碾过唐僖宗乾符三年（876 年）的肇基拓荒，形成村镇，繁衍烟火，而后绵延至清前，漈头村一直属古田县二十六都六保恩惠乡新俗里管辖，称为“龙漈上下境”。这个蒲山脚下的小平原，重峦环抱，沟壑纵横，一条长溪穿村而过，溪流发源于兰兜村，蜿蜒出村东，峰回曲折，潭漈交替，著名的有香带潭、契冈潭、光明漈、狮潭漈、二龙漈等。这些瀑漈飞珠溅玉，一路倾泻而下，汇于金造溪。由于村在瀑漈源头，前人爱其雄伟壮丽，故命名为“漈头”。

自然风貌的秀丽，与人文景观的相互辉映，形成了漈头村独具特色的文化丰韵和民俗、民情、民风。自梁姓刀锄犁耙耘耕立足，至最为鼎盛时期的明末清初张氏、黄氏家族繁衍生息后400年间，漈头一直秉承着“以耕为本、以读致仕、耕读传家”的理念，历代科举人士达 200 余人，文风鼎盛，仕臣乡贤不断涌现，出现了“叔侄两进士，父子三贡生”的传奇；当然，最著名的人物，应是胸有满腹经纶被召集入京参与编修《永乐大典》，后弃官还乡的黄童；还有编纂《国音宝典》的同盟会会员张赞等。村里曾有“进士”等牌匾达 160 多面（现保存完好的还有 30 多面）。难怪有诗赞：“路遇十客九青衿，巷南巷北读书声。

茶熟每逢佳客至，清谈还有晋人风。”

古时漈头村陆路不便，但水路顺畅，是屏南县城通往省城及外地的必经之道。商贸经济十分发达，海盐山货、南北干果，随着南来北往的客商在此歇脚、交接，这使漈头拥有越来越开阔的胸襟与不凡的见识。读书出仕与外出经商的阅历，也将村人的审美意趣与人生理想凝固于其毕生身家所建造的房屋中，形成结合徽州、江浙一带的建筑风格，又融入福建沿海民居特色。步入村中，发现至今保存完整的古民居近42幢，鳞次栉比、错落有致。由于对儒家文化的尊崇，无论是在斗拱、雀替、枋托之中，还是两边厢房门窗及天井廊庑的中门两侧……均设计雕饰着历史典故与传说，如“渭水访贤”“范蠡救国”“三顾茅庐”“张良纳履”“巧遇知音”“鲤鱼化龙”等题材，以此教育子孙后代须勤勉治学，也表达了朴素的传统道德观。“弦诵之声，洋洋盈耳；庠序气象，焕然一新”的诗书文化，加之戏剧文化、武术文化、饮食文化等名闻遐迩，漈头古来就有“屏南好漈头”与“四大书香”之首的美誉。

缓移的时光，告别那些早已沉淀于历史深处的人、事、物、景。有一个人的身影，是如此卓立于这座千年古城，时时牵引着我们的目光。他精神矍铄，面带笑容，引领着我们走街串巷，细细捡拾着乡间的每一丝、每一寸的荣耀或沧桑的过往。脚下踩过的泥土，褪换为一块块鲜活的写满记忆的印、盘、灯、壶、杖、石、瓷、画……风，不时吹拂他的白发，在村巷中飘荡，也教我们觅寻那过往的岁月陈迹。正是这个老人，用自觉的担当与背负，全力保护与抢救逐渐消失的耕读文物，完成从最初的一间小饭店展示，到水泥房的搬迁，再到12间古香古色、占地面积达6000多平方米、文物达3万多件的屏南耕读文化博物馆。他以一颗痴心，不断搜罗与连缀不可复制的乡村遗产，让乡民们感知历史，体悟中华文明。满腔的赤诚，加上他对这片土地的热爱，使沉寂多年的古村重新焕发生机。

这个人，就是该县旅游局原局长，已经68岁高龄的张书岩老人，他的讲解，脉络清晰，动人传神。村里习惯了他的话声的老人，或倚窗，或出门，亲切地与我们打着招呼。溪边有村民洗衣，有的三两隔溪在对话，两只小狗安静地倚靠在石板上休憩，而孩童们，则在门后露出调皮的微笑。多么恬静的家园。我发现，无论老张走到哪一家，他迈步进门，都好像回到他的家里。

一路行，一路感知着张书岩老人对家乡挚浓的深情。更不用说，在他的耕读博物馆，面对收集来的每一件文物，他眼睛里的色彩，言语中的珍爱，件件都隐藏他背后不辞劳苦而感人的故事。

老张是2009年退休后，义务为村民送邮件过程中，发现村民经常丢弃或烧毁破旧古物，他看着心疼，便留心将破脸盆架、箱柜、犁耙等旧家具、农具收集起来，并进行修复。起初只是尝试性地进行“农耕文化”和“明清家具”的小展示，没想到引起很多人的关注，并得到了乡亲们的大力支持，纷纷将梳妆台、米粿印模、油灯等赠送给他，有的村民还将家中珍存了200多年的洛阳牡丹树移植于博物馆中。名声传出后，千里之外的不相识之人也捐赠宝贵的图书、邮票过来……他萌发了要创办博物馆的念头。但他没有多余的资金，就通过借、租、赠、购、寄等方式搜集古（文）物。尽管如此，资金仍然入不敷出，于是他向银行贷款……至今，他已投入100多万的资金，难能可贵的是乡亲们特别理解与尊重他，在他自费修缮古民居时，有的人几个月未拿到工钱，也只是朴实地说：没关系，以后留着我娶媳妇就行！

为搜集文物，他甚至达到“走火入魔”的境地。有一次，张书岩在修缮古民宅时，搬动木板楼板时突然发生坍塌，造成腰椎骨骨折，住院达半年之久。而在住院期间，他为征集更多的古物，瞒着医生，拔去吊瓶针头，驱车近200公里到连江县苔菉镇茭南村，与3位健在的高龄老人合影，求售“三寸金莲”鞋……在亲戚一幢久已失修的百年老宅中，他全身挂满蜘蛛网，最终搜到一根古老的“储藏蔬菜种子的竹筒”；某一天，他听说古墓要迁走，征得主人的同意后，入穴寻找，黄土粘满身，寻到一顶旧官帽与一个小银饰……如今他的身上，因那次伤病，仍埋有6根钛合金“椎弓根钉”，但他仍然是老骥伏枥，壮心不已。“办博物馆虽然辛苦，但是很多乡亲信任和支持我，我在住院期间，乡里一位80多岁的老婆婆专程赶来医院看我，说每天都在为我烧香祈福；有几百名乡亲，还有一些领导都来看望我，我已经心满意足了，在我有限的生命里，能发点光献份热，还有什么工夫与力气去想什么值不值、累不累、亏不亏？”

正因如此，而今我们在古老的民居中，幸而浏览那些早已不为人所知的记忆，如石臼、碟盘、烟斗、捕鱼竹篓、蜡烛篓、竹筷、油灯、秤砣……物品琳琅满目，或摆架，或悬挂，或立地。特别令我陌生且好奇的“稻谷印模、米粿印模、米缸印模、糕饼印模”，站在它们面前，似乎一下就可触摸到久远的农耕记忆。只见稻谷印模上刻着“谷”“王”“英”“珍”“大”等各种生动有趣的字体，造型或方或圆，长短不一，古拙精美。米粿上的图案雕有鲤鱼、花儿等形状，刻工精致传神；再看那些糕饼印模多为圆形，也有椭圆形、莲花形、桃形等。在民间，嫦娥、玉兔、桂树等被视为中秋节的象征，其中，嫦娥起舞、玉兔捣药、吴刚伐桂等是中秋糕饼最常见的图案题材；而春兰、夏荷、秋菊、冬梅等花卉纹饰，“福”“禄”“寿”“禧”等文字纹饰，则表达了人们祈求吉祥如意、追求美好生活的愿望。

一件件的文物，堆砌起无数的光阴，饱含着无尽的喜怒哀乐、酸甜苦辣。令人意想不到的是，这里的一间阁房，还挂有收集来的各个时代的结婚证、离婚证、恢复结婚证，甚至典妻契、休书……还有抗战官兵证明书、特殊历史时期庄严的毛主席语录牌和像章……想起刚刚参观过古时的那些精雕木床、罕见的牛皮双面雕屏风，巨型的木链条水车，原始的榨油床，汉代出土的镢头，皇帝圣旨，古币，以及石砻、土砻、脚踏碓、织布机和各种传统工匠老行当……这里，还真是自成一体，包罗万象，应有尽有！这些展馆，分明就是一本厚重且生动的历史教科书，几乎可编纂一部《耕读百科大全》。

事实上，经过积累经验，张书岩已经从最初的零散收集，到如今已合理规范地将藏品分为:“历史文物博览馆”“农耕文化博物馆”“木雕精品陈列馆”“课读杂艺陈列馆”“农耕文化体验馆”等分门别类的 11 个展馆。他还将文物逐一整理、分类、编号、拍照、归档，贴上标签，并聘请了多位专家学者来帮助，真是浩大的工程。他积极与数十所高校和教育机构挂钩，邀请大学生来开展社会实践活动，并为他们提供食宿，报销差旅费。几年来，博物馆累计接待游客量达 30 多万人次，在社会上引起轰动效应！

“暖暖远人村，依依墟里烟。狗吠深巷中，鸡鸣桑树颠。”走访农耕体验馆，我忍不住缓缓地推着经年的石磨，看着那些老祖宗传下的有生命力的物品，听着有故事的圆石，在一圈圈地磨转中传荡来嚓嚓嚓低沉的声音，石头是极具骨骼的灵石，或成桥，或铺路，在人的创造下，默默无闻地发光发热。而此时，它是温柔的，将浓浓的豆水与醇厚的豆渣一起沿着石头的纹路，向磨盘的四面八方蜿蜒流泻；其纯白的身姿，混合着黄豆特有的酸味，使整个院子弥漫着老时光的静朴。我仿似看到年迈的阿妈，她弓着身子，一边往臼中添豆，一边拂去额上的汗水，磨盘一遍遍推推转转，而她从青丝到白发……我不禁停下手中的活儿，用两只手轻轻抚摩着石磨圆润的身体，感受着它的坚硬与温暖。

石头无语，却能穿过时光，让我们看到院中还收藏有400多斤的练功石，那里隐藏着漈头身怀绝技的武术传奇；看到北村头现存的福建省最大规模的石头牌坊群，伫立着冰雪之心、柏舟之操，无数的悲欢离合、黯然神伤浸满衣襟；“春雷响，春耕始，神先祭，犁后开”，又让我仿佛看到祭牛神时，百姓乐道的采茶戏、四平戏、平讲戏，咿咿呀呀，唱响了安居乐业的千年传奇。

“刀耕笔耕两皆优，胸怀家国天下事”——漈头村，这个积淀着历史与文化底蕴的村落，是如此击中我们的乡愁，又给了我们对传统乡韵、桑梓情怀的依恋与慰藉。

腹有诗书气自华

——“书香狮城”的传奇

一

确定要来石狮采访时，心中忽涌起一种特殊的情愫，这缘于距离家乡梅花古镇不远的长乐金峰。20 世纪 80 年代改革开放初期，金峰与石狮同样以“铺天盖地万式装，有街无处不经商；客来四海皆惊异，货去神州尽道洋”的进口洋货，诸如“电子表”“牛仔裤”“丝袜”等的销售，而拾得发展的第一桶金。在那个激情燃烧的岁月，闽南的“东方醒狮”于 1988 年由海隅小镇建市，跨过重重障碍，打破种种陈规，越跑越快，发展成为福建省“综合改革试验区”；先后荣膺“中国十大活力县级城市”“中国大陆最佳商业城市”“中国休闲服装名城”“全国文化先进市”等称号，成为海峡西岸的一颗璀璨明珠。

“迷魂般的服装城，胡同纵横交错，七拐八弯，花花绿绿，无奇不有……”如今，这般景致早已不见，出现在我们眼前的石狮，靛蓝晴空下是一座座现代化的都市高楼，宽敞纵横的通衢大道，高档的商品购物街，精致的创意工业园，以及祥美的人民广场……市容干净整洁，百姓安居乐业，人人彬彬有礼，俨然“小康之城”的淡定与宠辱不惊。更让人感到惊讶的是，掩藏在繁华背后的，竟是全市人拧成一股绳的韧劲。“爱拼才会赢”的闽南特性，骨子里渗有一种温柔，背影中但见悠悠的“闽越文化、中原文化与海洋文化”在其身上的交织。它不仅已经领跑五光十色的经济物欲长空，她还将在神韵飞扬的海丝之港复兴之路，用宏观的胆识，智慧的胸襟，培育——乡土乡思之“醇”，民族国学之“广”，脚踏实地之“勤”，世界视野之“精”，人文地域之“韵”……

“书香狮城”，也由此应运而生！

也许，会有人对这个说法笑笑而过，认为物质文明的大厦、精神品质的塑造超越仅是一种简单的口号，或一时而起的理念罢了！殊不知，走进石狮，深入石狮的文化内涵，就如浏览一幅幅泼墨丹青，处处可体会蕴含“天人合一、顺境而为”的哲学妙思；又如身临泱泱书海，在翻滚聪慧的浪流里，化为一尾尾心甘情愿去贴近大海的小鱼；其“一举一动、一音一律、一颦一笑、一笔一行、一文一武、一痴一迷”，都会如梦幻般闪烁在人的眼前，让人为之惊叹，为之喝彩！

其实，石狮历史悠久，文化源远流长。早在7000年前就有人类生息，春秋战国时期古越人在这里繁衍生息，陆耕海渔。其三面环海、位于泉州湾南端特殊的地理位置，使石狮自古海外交通发达，与世界100多个国家和地区通商贸易，抒写了“缠头赤脚半蕃商，大舶高樯多海宝”的创业历程。在这块热土上，名胜古迹存留众多，闽台“对渡”习俗已入选国家级非物质文化遗产名录，姑嫂塔、六胜塔、林銮渡、虎岫寺、城隍庙、古卫城等，无不阅尽人世间的沧桑变幻。当年，先民们横渡大海，筚路蓝缕，演绎了多少悲欢离合，诸多古迹印记着苦难生活的缩影，如今它们默默与这座生生不息的“倔强之城”共同迎接新时期的繁茂与崛起。加之丰富的闽南民俗文化传统：舞狮、灯谜、南音、泼水节、踩球舞等，一直在这片热土上交融并合，共同构成了光彩夺目的现代化工贸旅游城市！

“包容、共赢”的精神内涵使这座城市吸聚了几十万的外来人来这里共同建立美好的家园，这一群群前后接力的新老石狮人，感受着深刻的石狮文化情怀，也以根的睿智与扎实，融入了对她全身心的爱戴，成为这座新兴的城市最朴素与耀眼的光彩。

二

首先走近我的便是一位端庄靓丽的姑娘，她叫徐丽君。

身为建明国际酒店“行政部总监”的她，来自闽北建阳。自2002年大学毕业后来到石狮就业，转眼已是十几年的光阴。在山区长大的她，第一次来石狮时，坐了十几个小时的火车，来不及对这座城市有任何观赏，晕车的她已经躺在寝室中。第二天调整后，即与同学去参加石狮市首家涉外三星级酒店（振狮酒店）的企业见面会，由于从小受父母的教育与熏陶，她身上带着浓郁的文艺青年气息，被同学推荐上台表演，赢得满堂彩。可想而知，酒店就需要这样多才多艺的人，她就这样留在了这座城市。

她先从一个普通的服务员做起，高强度的体力劳动使她力不从心，每天要清扫10个客房，铺几十张床，细细小小的房间卫生，以及站岗站到双脚肿胀……每天回到宿舍的第一件事就是扑到床铺，一动不动，有时泪水溢满脸颊，但她唯一慰藉的是，书籍是她的精神支柱，在无数寂静而疲惫的夜里，陪她度过了难熬的最初。由于她勤勉的工作态度、良好的知识素养和文艺特长，一年半后她就做到了前台接待领班，再半年晋升为前台主管……正当她积极融入这座富有生机且时时带着机遇的城市，不料转折点却出现在2008年，振狮酒店因为多种因素被全盘卖出，所有的员工被分流了出去。她人生第一次面临现实的残酷，有些悲伤地回到建阳老家，调适了好几个月，正准备另筹工作时，冥冥中，似乎她与石狮有着不解之缘，恰逢建明国际酒店开业招聘员工，有着丰富从业经历的她，很快从近400名的新员工中脱颖而出。

如今的她，集诸多职务于一身：工会主席、团委书记、文艺团长、酒店内刊《明·志》的主编。“敢于尝试才有锻炼的机会。”她完全像个有魄力的闽南人，面带自信的笑容对我说。由于她文笔甚佳，在2010年建明酒店申报五星级评定时，参与拟写参评宣言与报告，成了酒店的功臣。后来进行工会竞选时，以演讲公推，结果她高票当选，至今已连任三届工会主席。随着石狮市政府越来越开放与包容的政策，2009年至今，她帮助解决外来职工子女上学近百名；开办了职工书屋、活动室，开展丰富多彩的文娱活动，并积极把酒店的福利跟社会发展接轨，她早已成为所有酒店职工生活、事业、学习的知心人。

为酒店内刊《明·志》命名时，她取自诸葛亮《诫子书》中“非淡泊无以明志”。她想既要体现企业人文精神，展现社会正能量，又能与“建明”酒店之名相得益彰。作为主编的她鼓励员工积极投稿，由此发掘出许多有文采的职工，把人生的辛劳与精彩都呈现在小小的文字里。她总是汲取着外乡人在石狮成长的经历与学识，乐于与人分享，努力帮助外来员工正确定位自己的职场目标。她，每天都忙忙碌碌，接受我采访时，不时有事务找她……

如今的她越来越喜欢石狮这座城市，她与家乡的爱人已在晋江买了房子，有了一个可爱的女儿。2015年，她与她的家庭被评为石狮市十大“书香家庭”。

三

遇到了苏培枝师傅，并决定采写他，是很偶然的，这也验证了这座城市时时刻刻都会遇到爱读书的人的现实。陪同我前往文林图书馆采访的是石狮日报记者张军璞，起先我们是为了了解图书馆开展的读书活动，以及网络平台及流动图书车的事宜而来。不料单位负责人出差去了。正当我踌躇之时，一个热情厚朴的中年人出现在眼前。

没想到他就是馆前停着的两辆流动图书车的司机。

“师傅，能打开车让我们参观一下吗？”

“好咧！”

他按照特定的程序先检查车身、轮胎、发动机等环节，再打开车载设备，还有电视、电脑、Wi-Fi等，然后请我们上车。车外观图案鲜明亮丽，并在醒目的位置写着触目温馨的“家门口的图书馆”，而车内更是别有洞天。车厢两边齐整的书架上摆满了内容丰富的书籍，历史、文学、科教、书画艺术、家教、国学、哲学……中外名著，无所不含！第一辆是综合类的；而另一辆图书车专属学生借阅，书籍既贴近孩子心理，又内涵俱佳，《探索与发现》《名家汇》《家风》《细说汉字》《名胜趣谈》《开学第一讲》，光看这些名称就知文蕴悠长。孩子们爱看的校园小说等也赫然林立。

看着这清新现代的装置与一辆车上2000余册的图书，我们眼界大开。苏师傅侃侃而谈，流动图书车自2015年12月正式启用以来，已经在龟湖公园、服装城、步行街、宝盖科技园、锦峰学校、灵秀山部队等20多个点巡回开展服务。风雨无阻，走到哪里群众都很欢迎，方便了读者的借阅，更使狮城阅读的风气越来越浓厚。不过，为了安全有序，每次上车借阅的人不能超过30人，苏师傅平时负责分流工作和维持秩序，还兼做上书、读者互动与设备检查工作，车上还有两位工作人员忙着“还借、办退证”等工作。“图书车流动服务群”是交流的平台，每次现场图片等资料，苏师傅都会及时上传，使大家纷纷被涌动的书香氛围所感染。

聊天过程中，苏师傅时常发出爽朗与快乐的笑声，可以看出他真心地喜欢这个职业。他最经常挂在嘴边的两个字就是：自豪！

“能把知识带给读者，把每个需求登记下来，下次服务时再带给读者，我很自豪！”

“能让越来越多的人喜爱读书，能让外来打工的也借到满意的书籍，我自豪！”

“20 年前我在一家德辉公司上班时，那时石狮的建设还是边摸索边起步阶段。你看，现在的建设多好！政策多好！我自豪！”……

苏师傅是南安人，出生于顺昌，20 世纪 90 年代初期到石狮创业，先后开过货车、公交，从小就爱看书，睡前阅读一小时的习惯已经保持几十年，他通过应聘，如愿以偿地将自己的愿望与职业合二为一。

四

临行时，苏培枝师傅拿出了他珍藏 20 多年的“绿洲读书社”社员证，上面编号是 004，而我正好想去采访绿洲读书社的创办人蔡友谋先生，苏师傅又递给我几本名为《书馨》的书籍，一看，也是绿洲读书社与图书馆等一起创办的。

“绿洲”一定是个有故事的地方。

见到蔡友谋先生时，他早已坐在社中等我们，头发杂白，精神干练，人显得朴素和蔼，他招呼我们坐下喝茶。不过，一口浓重的闽南腔普通话，让我怔了好一会儿，有些听不懂。聊了一阵，我起身观察读书社的情况，而他与记者开心地拉着家常。

人文类、古籍类、科技军事类等，数十柜的书籍齐齐满满地陈柜，墙上挂着各种的荣誉与名人的照片，一看就是沉淀着时光香味的场所。正中间摆有十几台电脑，有几个年轻人在电脑前操作；隔间还有一电脑室，一位授课教师正播放多媒体，十几个年轻人埋头在电脑前学着什么，并认真做着笔记……最靠里边有一间阅读室与讲堂。我又重新坐回茶桌，慢慢听蔡先生讲一些他的故事：原来绿洲读书社创办于 1992 年，当经济的大潮瞬间将石狮席卷时，他最初也经营红火的旅馆和服装业生意，当看到物质高度膨胀，社会上一些人的精神品质却一步步下滑，无利不争，不少人把石狮称为“商品的海洋，文化的沙漠”时。只上了3年小学的蔡友谋，心急如焚，他毫不犹豫地放弃了手头的事业，誓要改变人们的看法，办起了绿洲读书社，从最初的创社16人，发展到30多家分社，万名会员；无房，他腾出了自己的房子；资金缺乏，他拿出积蓄，一下子购买了两万多册书……就这样一直坚持了20多年；他独自或与人合作主编了《海内外石狮人著述资料汇编》《闽南地方文献资料丛刊》等珍贵的文本达30多卷80余本，始终坚持以“读有益书，做文明人”为办社宗旨，成为石狮著名的民间文化品牌。提起蔡友谋，石狮人没有谁不识，省市级的历届领导也感佩并支持着他对文化事业的专注与热情。

岁月早已掀去了许多美好的回忆与历经的波折，年已67岁的蔡友谋先生更加淡然地看待过去的成绩，只是默默地做着自己喜欢做的事，他感慨地指着壁上的书对我说：“以前还会办借阅证，现在都不用了，最希望谁看了就拿走。”我好奇地问：“为什么？”“现在专心做学问，爱看书的人少了，他能拿走，说明他爱书，我愿意送给他。”

在电脑前的几位年轻人正交流着什么，我走了过去，想探个究竟。一问，这才明白，他们都是外地来石狮打工的，慕名这里有培训电脑技术，他们学习的是服装设计的标签、吊牌等图案，学费并不高，无时间限制，包会为止。原来读书社结合石狮市广大的就业市场，无私扶助需要帮助的年轻人，让他们学会一技之长。我不禁对豁达有爱心的老人投去敬意的眼光。

蔡友谋先生搬出了他编的一些书籍，很多前言都是他亲笔写的，文字富有张力，思想也有深度。他看书的眼神，仿佛对着他心爱的孩子，令人心中不由得涌出感动。临走时，我们合了影；出门后，他又送了好远……

五

天色渐黑，最后一站往石狮日报社。报社的总编茅罗平先生带着他的“爱徒”吴汉松迎在路旁。我们来到报社的“一品堂艺术馆”刚坐下，话匣子就打开了。这是一个真正以“笔杆子”立足石狮这座城市，并以深邃的影响力参与城市建设与改革的见证者。

现任石狮日报报社时政新闻中心主任的吴汉松，来自湖北省大冶市，2003

年12月，他从济南军区退伍后准备回家乡就业，有感于家乡“慢节奏”的作风，年轻喜欢闯荡的他通过网络发出求职信。因在部队时他就曾获得许多新闻奖，求才若渴的《石狮日报》马上回应，请他立即过来上班，效率之快令人振奋。他清清楚楚地记得，到石狮的日期为2004年1月1日元旦，一年伊始！吴汉松开始了新的生活。

刚到石狮时，他最直接的感受就是：石狮有些忙，人多，节奏快，似乎每个人都有一股儿向上的冲劲。石狮日报社团结互助的环境给了他最贴心的温暖与历练。一切从零开始，他从最基层一线记者做起，经过几个月适应期，他便开始在一些领域打“深水井”。在部队多年养成的习惯，使他具有很强的社会责任感和使命感，他看到石狮区域小，“硬新闻”相对较少，抓“问题性报道”一直是他做新闻的最大动力。关心社会民生疾苦的他，采写了非常多的稿件，诸如《城乡一体的石狮实践》《物业系列报道》《环卫系列报道》等；然而，他不是一味地找问题，而是积极探寻解决问题的方法，推动问题被解决。每涉及一个报道课题，他都要通过网络、期刊、书籍阅读大量的资料。他认为，这是从事新闻的主要营养来源。报社有图书室，这为他创造了很好的条件，《南风窗》《领导文萃》也是他长时间的必读期刊，涉及政治、经济、社会问题，由此及彼，使他对现状的了解与思考逐渐深入。

他深度锐利的新闻报道，引起了政府关注，推进了石狮市先后进行两轮环卫管理体制改革；他提出的小区物业管理三级协调体系，也被采纳并予以实施……善于观察的他，总能从寻常小事中看到其中蕴藏的思想、理念与价值观。通过“新闻干预生活”，使他真切地感受到石狮市政府的公信力。他还积极参与了石狮市“十大文明新风行动”“点滴文明　点亮石狮”等活动的前期策划工作，提出了有益的意见建议，被公认为是一位“有思想的记者”。

我翻看了部分他采写的报道，文字很严谨，观点步步深入，有理有据，而数据又极其准确，富有说服力。写人物通讯时，善于捕捉人的心理特征，完全将人物写活。看着看着，心中不觉赞叹起来。

总编茅罗平对他更是赞赏有加，在旁说：“他不光新闻敏感性强、写作能力强，带队能力也强，时政部记者编辑大都是新人，为了让他们尽快成长为合格记者编辑，从编版到写稿，他总是手把手地教。在他的传帮带下，时政部始终保持着高昂的工作热情，连续3年年度评比都遥遥领先。多位新人的作品获得了福建新闻奖、全国县市报新闻奖等奖项。2015 年底，他还获得中国县市区域报‘百家报人’的荣誉称号。”

“石汉松已经成为真正的石狮人了！”茅罗平笑着说。

“怎么说？”

“这么有才气的人，娶了泉州的新娘，户籍都搬到石狮市宝盖镇了！”

哈哈哈，欢乐的气息传荡于四周……

六

短暂的两三天行程，给我留下了极深的印象，无论采访到的几位主人公，还是积极帮助提供材料的石狮市博物馆李国宏馆长、宣传部林文默、方志办高寒，以及文新局、图书馆等部门同志，还有热心公益、关心广大职工的工会干部，他们身上洋溢着的对石狮这座城市浓挚的爱，以及对知识长久的渴求，都让人久久仰思。

“乡贤讲堂”、“音为你”10 元惠民剧场、农家书屋、青年才艺对对碰……这些细节与举措，无不抒写着“书香狮城”丰韵的底蕴。

“我的城市 · 我的家”，正因为有了千千万万无论是原乡人或是异乡人，他们在这座包罗万象又朝气蓬勃的土地中，书写着智慧的光芒，演绎着传奇的音韵，才让她越来越迷人——东方醒狮，承接着翰墨文章、盛世财源！

闽江边 ▷▶▷

一座城市让人流连，总有令人挥之不去的温暖片段，或人，或景，或所遇之事；它的安宁，足以使自己奔波的心沉静下来，使身心与城融为一体。福州便是这样的城市。

我随即爱上这座城市的桥，特别是坐落于仓山与台江交界处的闽江大桥以及解放大桥，更以它们的体贴与心灵的交流让我视它们为最妥帖的朋友。当立在视野开阔、江面雄浑的闽江大桥上，对着桥下滚滚不息的江水，看着两岸灯火，万千渺小的心也随着江上徐徐的风以及摇曳的浪逐渐平息下来。记得有一年，遇到极大的人生困惑，每每堵塞在内心的伤口抑制不住疼痛时，就来到大桥上，泪如雨下，似乎它懂得我无尽的伤悲，像我至亲的亲人。它用滚烫的江水抚平我的忧伤，并让我深知时光与个人的境遇其实就是那川流不息的水，无论你经历了什么，它始终一如既往地流淌，从未停歇它的脚步。悲欢离合，或者人生大起大落，在它静默的胸怀面前都显得那么微不足道，我们唯有以坚忍的心去容纳生活，它才不会背弃你的理想。此时，桥与江都像个哲人，陪我度过彷徨的光阴。

今夜，我又一个人行走江边，夜一如既往的宁静，桥下那些挥动手臂，舞动步伐，跟着音乐节奏快乐地放松身心的人们，他们放下白日也许端庄、严肃，甚至还夹杂刻板的脸孔，在潺潺的江水前与音乐融为一体，快乐而又有序地诠释“有福之州”的真正涵义。你看！桥下每行几步都有不同的团队进行风格迥异的锻炼。有的团队身着统一的服饰，或红衣黑裤，或黄裙翩翩，沿着江面排成长方形的方正队伍，播放的乐曲为抒情的民族歌曲或流行歌谣，节奏优美缓慢，适合肢体舒展的舞蹈练习。这个团队一般年龄在四五十岁，女性为主力军，她们暂别一日三餐烦琐的家务劳动，放下养儿育女的丝丝挂牵，也解放臃肿的身材，让自己的有生之年能过得饶有趣味些。

而另一群年轻人，他们目睹这里的环境优越，悄然组建了一支街舞爱好者的团队，从最先羞涩不敢舞动的几个人到日益壮大的队伍，男女老少都有。如今，他们每天晚上也按时出现在桥下，播放的音乐风格完全不同，韵律节奏也充满活泼、欢快、变化的气息，只要音乐一起，整体划一而富有个性地旋转、跳跃、踢踏，使灯光迷幻的江水也跟着他们进行最热烈的舞蹈。

还有一群老年人，他们喜欢中华传统的武术，一袭白衣，手上执剑，跟踩缓慢、吐纳养生气息的音乐，在练习太极剑，抬腿、翻掌、弓步、指撩，飘飘欲仙，心神脱俗，给人以极大的感官享受。

自从闽江大桥与解放大桥之间开辟了一条步行街之后，这里每天都热闹非凡。在桥下锻炼的人们，身心徜徉在运动的海洋里；而一些倚在栏杆，观赏桥下运动的人又成了另一处风景。他们三个成群，五个一处，紧盯着舞曲变幻的动作，那份专注的神情似在想象自己成为其中一个多彩的身姿。水、灯、人影，叠加成一幅静美和谐的闽江夜景。

步行街中央则是喜欢快步走一族的乐园，他们昂首阔步，大幅摆动手臂，或双臂在体前体后击掌，或边行边前后左右拍打上臂后背，两座桥之间步行的距离一二百米，来回走上几趟，马上身心充盈，大汗淋漓，达到了很好的健身效果。一群可爱的“滑轮天使”，穿梭其中，飞驶起来速度极快，像一只只快乐的蝴蝶在翩翩起舞。孩子们的欢笑声与大人们积极乐观的运动节奏，形成了这条步行街独特的视觉。

每每这样的夜晚踱步其中，总是心神怡然，也心生感慨，为何不能放下诸多的琐事，像这里天天锻炼的人们一样，过得简单、轻松、愉悦一些呢？我们每个人立于这个尘世，总是背负着太多的责任、担当，让自己学会慢下来，笑对生活的沉重与历练，做个健康安然的自己，坚定而又快乐地生活，这是多么弥足珍贵啊！

很多时候，我感觉只有江水才能使我的心变得湿润柔软，步行在江桥，两岸的天随着豁然开朗的心更透彻了，林立的楼房充满人间家的温馨，我想惜福就是最好的生活装点吧。

云 ▷▶▷

在飞机上，我总喜欢看千奇百怪的云，那些云或凝结，或成流动的形态。有的形似飘逸的仙女，跳着霓裳的舞蹈；有的似卷起千堆浪，仿佛波澜壮阔的大海；有的如棉花细弹着柔绵的肌肤，一层层铺叠开来，连成天际帷幕的一张大床，如躺在上面休憩定是十分惬意的事。云天九重，千姿百态，一段行程几见不同风景。有时，零星的云飘浮于山岭之上，呈薄薄透明的一片，而连绵起伏的山岭在它之下，仿似海底的胜景，一道霞光穿射过来，清澈的“海”衬着山岭若隐若现，甚是好看。而再拐一道弯，却又发现有一大团充满忧伤的云，浓墨重彩，如烟样弥散，似乎想冲破这乌黑的境崖，可怎么挣扎，也仍抹不开这一团乌黑，看着它，心中隐隐作痛，如遇见镜中迷茫的自己。

云，时而画成浓浓的云海，呈现着“美艳”的情致；云，也各自形成独立的空间，它们一团一簇，保持着彼此间烂漫的距离，互不干涉生存之地。广阔的天际，总能见到云外有云，云云相连且相离等各类奇迹。按科学的说法，云是由水蒸气形成的水滴或冰晶，被太阳照射而产生它的外观。我们且不说这行话，只看它带来的美颜。每当天色渐暗，远处夕阳的亮光，总倔强且默默相陪，云日之间朝夕相处，相倚相助，已穿越了多少亿光年。而冥冥中，特别神奇的是，云在夕阳中会聚集成此起彼伏、连绵不绝的沙漠形状，漫无边际，如地球困境般，让人看不到光明前景，然而，此时远方就会蓦然出现美丽的夕光，给人无尽的动力与向往。

浩渺无边的云，总是让人心旷神怡，且遐思无尽。人一旦离开地面，飞翔天空时，往往被现实所围困的心暂时得以解脱，自由驰骋，甚至显得特别豁达。

到了高空，才发觉其实人类是多么渺小，天际宇宙，生生不息的复始，湮没了多少光辉岁月，历史弹指一挥间，个人的哀愁与无助在这高空便会如天女散花般，豁然打开心结。

白天看云与夜晚的景致完全不同。白天，云因为明亮而显得澄净，它可以让你通身也变得洁白，仿佛触手就可以与圣洁的云朵融为一体，通过它也可以看穿人间许多悲喜……此时，云更像一生的知己，让你的心胸随之宽广；而夜晚降临，机舱外只能看见机翼的灯，天就变成黑茫茫一片，人有时疲倦地睡着，有时因为这份黑，进入现实的种种困境似犹生，不禁深叹一口气……

记得曾经写过一首诗——云上仍有云 / 那里雪白一片 / 那里寂清一片 / 用太阳的火热焐暖它的心 / 用彩虹的光亮照彻它的眼 / 用尘间的火焰点燃它舒畅的呼吸 / 飞奔 / 飞奔有云 / 飞奔着跌宕 / 云始终不离不弃……

这，就是我喜欢的云呀！

相遇 ▷▶▷

其实，在冥冥中，上天似乎已经注定谁与谁会在这世间相遇。而且时间、地点、周遭的境遇等，不容许让双方提前知道。为了达到刻骨铭心的效果，事先总要拉上重重幕布，设置各种障碍，让他们在生命密林中七绕八弯，经历许多人生波折，最后才戏剧性地出场。而出场还是没有那么顺利，一般先让两个人有初始相遇的一瞬间，然后又擦肩而过；等机遇再成熟些时，有时又安排一场无意间的再相逢，在推波助澜中，这次短暂的契合心灵的相遇给双方留下很深的印象。但命运并不给予两个人太快的情投意合，这时，身旁仍有其他人在烘托情境，限制着让他们只是点到为止，拥有相见恨晚的亲密感；看着他们互相钦慕的眼睛，每一举手投足都那么合拍，命运有时会不忍心，想让他们结束这场已寻觅多年的长跑，但它最后还是尝试着考验这对有情人，看他们真醇的相恋是否配得上它如此周密与费尽心思的安排？于是，它故意在另一次相同的场合，让其中一人缺席，而另一人在百转千回中，怅惘若失，觉得怎么没有机会再遇见他，那周围的一切对于她（他）是多么无意义……

故事发展至此，幕布似乎已经掀开一角，欲露出精彩情节的“庐山真面目”了，但因远隔时空的距离，加之相互揣摩猜度自己在对方心中的分量，而始终无法突破剧情，让两人畅快淋漓地体悟到爱情真正奇妙的容颜。又搁浅了一段时日，当双方的情绪逐渐冷却下来之时，命运在天上看着却有些急了，它率先而动，终于下定决心，让一切拨云见天！就是这一次的约定，让他们的心沉醉，而不能自持！偶尔若有若无的牵手，心领神会的眼神交流，都让爱的梦幻温润充盈着内心。自此分别之后，两人魂牵梦绕，相思殷殷，每一次情感的潮涌，和越来越深的相互依恋与相知，使舞台上的京鼓敲击得越来越密集、激越、澎湃，最后推向戏剧的高潮，相遇的最后一层幕布，终于缓缓地拉开了……

当生命中终于遇到这辈子都难以忘怀的人时，曾经的过往，历过的苦痛与彷徨，竟都似一场历练，铺成为在茫茫人海中，与他（她）牵成一世情缘的路程。情感上的共鸣，跋涉的艰辛，为光阴披上一层神圣的光环，令爱与坚守显得更加弥足珍惜！因此，对人生各自所走过的弯路，就再也不会去怨恨和回首，甚至去留恋，因为拥有他，一生都知足了！

但风雨总是在转角处随时恭候，甚至以措手不及的雷电交加与强烈的冰雹，让生活在密密匝匝夹缝的人们，左突右闪，并以一再的隐忍与坚强的泪水迎接一次次突袭风暴！平凡的生活中，两个人的相爱旅途并不平坦，时常会出现相互守望、异常艰难的现象。但“执子之手，与子偕老”，清风明月下共守诺言的愿望，让风雨同舟的内心更加坚定！

有时想想，上天让孤独与踯躅的人生路，深深烙刻上一个人的影子，走在哪里都会有他跟随着，爱与知遇所带来的光芒，可以陪伴人的一生。因此，无论再经历怎样戏剧性的历程，等待的心有多么煎熬，想想初始时一颗心的流浪与靠拢，如一支歌中所唱：终能听见花开的声音！因为，两个人从来就没有走远……

闪光的碎片

一

总有一些机缘改变了毕生的道路，譬如三岔路口的选择，左还是右，延伸的道路与未来的境遇就都不同了。有时想想，如果没有 12 岁那年，县城体校下乡选拔运动苗子，也许我早已是未读完学业生了几个孩子的妈，或在家等着丈夫捕鱼归来，或跟随出国风在哪个国度漂泊……

家乡长乐梅花古镇是一个建城达六百多年历史的鱼米之乡，著名作家郁达夫曾写过“梅花出美人”的佳话，诗人蔡其矫有一首诗歌《迎风》：“唯独你不躲闪，迎风站立 / 发光的脸上仿佛有歌声……”也是源自家乡大海的灵感而写就的。这个淳朴的古城因为 20 世纪 70 年代，培养了几个著名的省级篮球与帆船运动员，又被视为体育之乡。

记得那是 1982 年的冬季，我还在梅花中心小学读五年级，某天下午突然来了几个体健硕高的男女，他们挑选了二十来个身材修长的孩子，我也被叫出教室，然后一一量身高、臂长，在操场上让我们做一些简单的跳跑动作。那时的我们没有见过这个阵势，有些不知所措，且害羞、拘谨地按要求完成云作，不知有什么用途。没想到过了几天，就接到体校的通知单，上面写着：“某年某月某日，请带好生活用品，抵达长乐县体校进行为期一周的训练。”

父亲很支持我去，他觉得这是一种荣耀。那时放寒假后，紧接着要过年了，县城在我记忆中是非常遥远的地方。而我小小的年纪第一次离家，心里忐忑不安，父亲帮忙拎着水桶、草席等一些生活用品，清晨即起，走了几十里，到乡镇部队才乘上车。带着懵懂的对外面世界的向往，迈出改变人生的第一旅……

二

那时国家经济刚刚复苏，条件很艰苦，体校也没有固定的场所。我们被安排在长乐师范附属小学的一间教室里，没有床架，只能统一在地下打通铺，水泥地上铺着厚棕垫，上面简单地铺上草席，就是我们暂居的窝。当白天的集训结束之后，夜晚静悄悄的，窗外寂冷的星星眨巴着眼睛，透过微弱的光亮，照着一个个年幼的脸庞，时而还会听见小同伴因为想家而偷偷地抽泣。我用胆怯的眼悄悄地观察周边的一切，生活显得陌生而又充满挑战。因为我的体质弱，特别尴尬的是，第一天摸底测验仰卧起坐，我竟然一下都起不来，呆呆地躺在垫子上，看旁边的同伴一一数着数，她们至少也能做好几下；扔垒球时，别人的垒球就跟燕子一样一下子飞远，而我不懂发力，球扔出去的一瞬，在空中划了一道短短的弧线就落下了……

摸底考察的七天培训很快就结束了，我们根本不知道未来会发生什么，就回家过年了。

真没想到，我还是入选当了一名小小的女排运动员。

三

教练叫陈敏雪，一个高挑的漂亮的女子，刚从省城分配至体校，笑起来眼睛特别好看，特别丰满的体态常引来异性羡慕的目光，我们都很喜欢她。

从没想到，一颗小小白色的球，竟会变化出无穷的技术与运动难关，艰难的训练拉开了序幕。那时，正逢中国女排自 1981 年首夺世界杯后，1982 年世锦赛再度登顶，举国欢庆，“为国争光”的信念激励着无数国人，排球也由此深受大家喜爱，并成为欣欣向荣的体育项目。而排球是一项团体协作要求特别高的项目，个人技术的基本功极其重要，传、垫、发、扣，须样样到位。刚开始时，我们每天都对墙练习传球，看着那些老队员很熟练地托起一颗颗球，随心所欲地“蹬、伸、引”起伏配合，生发着运动韵律之美，我的内心极其羡慕；而新队员只能对墙一遍遍练习手形，体验托球的动作，隔了很长一段时间才离墙半步，让球轻轻弹起。刚开始时，球如调皮的孩子，根本不听你的话，到处溜滚。经过一段时间，当我们幼小的手腕可以使球像粘在手上一样自由迎送时，喜悦感也逐日增加。但每次长时间高强度的练习，总是伴着肩膀、头部、手腕的剧烈酸麻，有时手指也时常不小心被球挫伤……后来，我们暂时也可以脱离墙壁进行自传练习了，每当看见头顶的蓝天伴着白色的球一粒粒升起、弹跃时，心中总有一种激动久久荡漾着，伴随艰苦的童年。

“两臂夹紧，球要稳稳垫在上臂中央，耸肩！注意身体移动！”操场时常出现高昂的提示音，而我们就像笨拙的鸭子，抱着手这里转一下，那里顶一下，到手的球就满场滚，负责捡球的伙伴更是忙得不可开交。训练最苦的是在冬天，寒风凛冽，我们哆哆嗦嗦地穿着棉袄，等热身运动之后才逐渐一件件脱掉，剩下单衣，而后挽起袖子，当冰冷沉重的胶皮球垫在手上时，砸下来的就跟冰块一样，疼得常龇牙，但不敢吱声，总要等肢体垫麻木了，球与身体才逐渐暖和起来，并垫得高，传得远了。每次练习完，白皙的上臂早已是红彤彤的一大片，沉淀下来后，可看到团团的红丝，似乎任何的风雨再也侵袭不进去。

当我们能较好控制球的方向与力度时，教练的要求就提高了，除了往返跑接四面八方抛来的球，她会拿一大箩筐的球，像子弹发射一样不停地扣发给我们。一个人在旁边递球，其他人负责捡球，练球的人在场地中前后左右，一刻不停地在移动，在扑救！而训练场地是水泥铺就的，有些球必须跪地才能接到，那时膝盖上总是套着一副厚厚的护膝，可有什么用，倒地接球的那一刻，总是硬邦邦地听见骨头委屈叫喊的声音……

四

发球是我比较喜欢练习的一个项目，站在发球区，像个指挥千军万马的将军，用眼扫射全场，站定，托球，凝神，上抛，挥臂，球沿空中直线直逼对方场地，过网，成功！然后马上入场站在自己的位置，盯着对方的一举一动。但要想发出有威力与成功率极高的球，却需要不间断地练习臂力与腹肌等素质，最常练习的即俯卧撑。篮球、田径队的男教练会学着“一指禅”的功夫展示力量，有时还用单手或拳头来支撑练习，我们都看呆了。然后也竭尽全力，使身体像个起伏的小金刚，几组练下来，气喘吁吁，两臂发软。当发球能如流星般飞往想去的方向时，身体内储的力量与成长的节奏一样节节高。

说到发球不由得想起一件好玩的事，那时我们刚刚训练没几个月，教练就带上我们几个新队员一起到福州市体校参加一场友谊比赛，对于我们这些小不点儿当然就是坐板凳当候补队员。当比赛进行一半的时候，教练突然点名叫我上场，我的心紧张极了，一上场就轮到我发球，我清清楚楚地记得，我上手竟发了一个令所有人都忍俊不禁的球，球偏了！竟然往主裁判坐的高椅子上飞去，只听乒的一声，球从他的头上直飞而过，幸好躲闪及时，不然就砸到他了，他被吓了一跳。每当想起这一幕，我就想起自己当时惊慌失措、满脸通红，还没上场几分钟就再度被换下场的经历。那时就暗暗发誓：我一定要将球练好，免得再出丑！

基本功的练习到一定阶段后，我们开始热火朝天地学习主攻、副攻、背飞、拦网等协同配合技术，因为我的弹跳能力不够，对于扣球总有些心有余而力不足，球经常出界或落网，每每这个时候就相当沮丧。对于“豆腐弹跳”的调侃与敏感常常使自己感到有些自卑，当看着同伴健步如飞、铿锵有力地扣出一记记漂亮的球时，我只能默默地捡球，继续奔行于踯躅的排球场。

教练善于发掘每个孩子潜在的才能，我终于有了一个合适的位置，当一名二传手。她最常批评我的一句话即是：你的手指又开花了！起先我不知何意，后来才发现我的手指因为天生往上弯翘，因此在传球时，时常不由得像花瓣一样朝四方张开，不能包拢住球使之更有力度向前方出手，有时显得软弱而影响技术动作。教练是个语言天赋极有诗意的人，多年后，我依然被“开花”这个词所感动。一粒粒的球，在水泥地上发出砰砰砰的声音，从清晨到夜晚，只为奔赴单纯的理想，开出一颗颗晶莹的花蕊。

五

犹记得，每天清晨的第一声鸡鸣，天灰蒙蒙的，一个个疲倦的小队员仍在被窝中不知深浅地睡着，总有勤奋的队长或者一两精灵准时起床，互相低呼，敲床沿：赶紧起床，训练了！要迟到了！而我总是睡眼蒙胧中连衣服都来不及穿好，一边背着书包，一边沿着去人民体育场的几百米小巷，闭目瞌睡中一路摸索向前。当时教练与所有的队员都寄居在长乐党校附近一座民房中，每天凌晨四五点的光景，巷中一个人都没有，只有静静的白炽路灯陪着我们朝成长的路途前进。为了防止摔倒，我经常靠着左边的墙壁，走一段再睁开眼睛看看，怕碰到障碍，然后再眯上眼……有时走着走着，都能听到自己轻微的鼾声。到了大马路就不敢睡了，横穿过街就到了训练场。当我揉着眼睛到达场地时，总有三三两两的剪影早已出现在晨雾中……

而敏雪教练总是雷打不动第一个出现的人，她的敬业精神与一丝不苟的执教风格一直激励与感染着年幼的我们，使我们不敢轻易偷懒。当晨曦的第一缕光芒照射到操场上，富有生机的一天又开始了：慢跑、压腿，教练挥汗如雨地不停抛球、掷球、扣球，遇到不够积极与反应迟钝的孩子，她会怒睁着美丽的眼眸，如一道闪电击中你！使你重新擦干泪与汗水……于寒风中，或朝阳下，年复一年，日复一日，挥舞的双臂，跳跃的白色小球，夹杂着我们不停地奔跑、扑救，喘息声、步碎声、球落地的铿锵有力声……成为一幅永难忘怀的画面。

晨练至六点多快七点才结束，我们匆匆忙忙在食堂吃过早餐，三步并作两步火急火燎地赶到学校去上学；下午上完课，又马不停蹄地赶到体育场进行更高强度的训练，拖着疲惫的身躯，吃过晚餐接着晚自修，做学校布置的作业……有时太疲惫了，白天在上学的课堂，听着听着就不自觉地睡着了……13 岁至 17 岁，三年半的体育运动生涯给我留下一生难以磨灭的印迹，少年离家千万里，独自面对人生初始的艰苦及最初的磨炼。

六

我最害怕的项目是野外耐力长跑。教练通常蹬着一个自行车，叫我们凌晨五点在训练场集中，然后男女排球队、田径队、篮球队的全体队员，从现今体育场，即长乐步行街方向，要一直跑到上湖部队路口，然后马上折回跑。十公里左右高强度的训练令我望而生畏，记得第一次练习时，我边跑边哭，好像世界的路永远到不了尽头……每当知道第二天要去野外训练，我一个晚上都睡不好，恐惧的心理会一直伴随梦境。这样的训练一个月基本一次，可想而知，我是所有队员里比较慢到达终点的人。那时腿如灌了铅般沉重，当咬着牙坚持到最后一刻，整个人都虚脱了。现在想起这些，心内还是会怦怦直跳，伴着人生疾苦在体能上的锤炼，也一步步使我迎向人生更加广阔的历程。

为了提高全面素质，夏天来临时，教练也会带着我们去泮野游泳池学游泳，那时我是旱鸭子，虽是海边人，却一点都不会游。看到一些老队员轻松地拍打着水花在游泳池中来回自如地游时，我只能从最先的屏气呼吸开始练习，因为害怕，常呛喝几口水，后来才学会简单的蛙泳动作。但始终不敢仰头……说起游泳，有一件事记忆深刻。因为游泳池离我们住的地方很远，通常都是一个教练带一个不会骑自行车的孩子，我就是其中一个。由于那时性格很内向，不敢与大人说话，一听说要坐在车后行驶那么长的路途，心内一直忐忑不安。那天游泳结束要回家，我坐在一个叫宝明的男教练车后，他平时也挺严肃，我们一路都没交流，只听到静悄悄的自行车踩轮来回转悠的声音，咔哒咔哒。经过一个路口转弯处，一不小心我从座上掉下来，当时男教练没有发觉，还是晃悠悠往前骑，这时我要是张口叫他，他就会停下来，因为离住处还非常远，但是我根本没有勇气，就这样眼睁睁地看着他的车越骑越远，声音似卡住的钥匙……我恨自己，却很无奈地步行了一个多小时才到达宿舍，筋疲力尽地躺着一直任泪直流。第二天，遇到那个教练，他还很奇怪我什么时候跳车走了。

七

时光的碎片晶晶闪闪，闪耀着每一步路途的收获与艰辛，也散发着童年懵懂与清新的味道。训练与学习虽然艰苦，但每当节假日来临，体校都会组织我们进行文娱联欢，那时流行朱明瑛的一首《回娘家》，“左手一只鸡，右手一只鸭，身上还背着一个胖娃娃呀！一呀一得喂”，大家纷纷在旁模仿抱娃娃、带伞、躲雨的动作，笑作一团。离家已经一年多，羞涩的我，逐渐也放开手脚，开朗了许多。

每当体育场迎来社会篮球的赛事时，我们非常兴奋，因为不用参加晚自习了。夜晚的球场人山人海，灯火通明，高音喇叭里循环播放着《雁南飞》的歌曲，各路乡镇的英雄人马纷纷进驻，观众、啦啦队此起彼伏。我们这些队员们在人流中穿梭着，分享热闹与喜悦，而后坐在高高的看台上观看比赛，大多还带着许多零食，仿佛盛大的节日。我喜欢独处，耳边萦绕着略带伤感的《雁南飞》，咀嚼着歌词中对人生模模糊糊的理解：“雁南飞，雁南飞，雁叫声声心欲碎，不等今日去，已盼春来归……莫把心揉碎……”看着人来人往的光景，歌曲的寂寥低洄与女中音悠阔的吟唱，让我小小的心沉浸在一种淡淡的忧伤中。这首歌，很多年一直陪伴着我，走过一个人的旅程。

无论是篮球赛事还是电影放映，20 世纪 80 年代的精神生活简单却易让百姓知足。体育场一年中有数次的电影播映，一束光投射于场地中央一个四方的宽银幕上，黑压压的人群聚集着，他们拖儿带女，兴致勃勃地前来观看，在别人的故事里体验着悲欢离合。而我们总是近水楼台先得月，从靠近球场的食堂搬了好几张凳子，坐在前边，有时训练迟了，前面位置没有了，我们只好在拥堵的人墙背后站在高高的椅凳上，睁着好奇的眼睛，看着黑白的故事。那时最经常播放《戴手铐的旅客》《第二次握手》《冰山上的来客》《知音》等影片，重播了好几次，却每回都挤满人。看着画面，听着银幕中传出的声音，我心中懵懂地痴想：电影中这些故事是真的吗？这些人哪里来的？

八

周末时，野外踏青也是拓展我们视野与征服体力的一种方式。记得教练领着我们在一座陡峭的山下集中，当时山路杂草丛生，荆棘遍布，我们一个跟着一个，似蜿蜒的蚯蚓，摸索着手脚并用爬攀出一条山道，有时一不小心会随着黄土坡滑下来，同伴之间总是互相帮助，你拉我，我跟你。教练们前后夹击，时时保护我们的安全。当我们大汗淋淋地登上最高峰，俯瞰长乐县城全景时，一股自豪感油然而生。教练与小伙伴还发出悠长的“喂——欸——”的声音，在大山回荡。

有一个画面久久难忘，即我们所住的党校后山有一条长长的溪流，一直从山顶贯通山脚，这个无意间的发现使我们满心欢喜，完全找到了一个新天地。溪流绵绵延延，四周青山绿翠，很多人在溪边洗衣服。我们也装模作样带了几桶衣服，各自占领有利位置，这时，你在溪上头，我在溪下头，随着飘荡的溪水，搓起一串串的泡沫；有时衣服一不小心就会随着溪流冲到相隔不远的下方，惊呼中我们相互呼喊，让伙伴截留，然后笑哈哈地沿着溪涧踏石去寻，欢笑声与清澈的激流声相杂着，山花树影婆娑中掩映，心情非常愉悦；我们还在嬉戏中相互调侃，说你弄脏了我的衣服，你再帮我清洗一遍尔尔……

山道边长了许多珍稀植物，我们经常在沿途摘野果吃。起先我不敢，怕吃了会中毒，后来见伙伴们吃得津津有味，我也尝试着，摘下一粒粒带蕊状的红色小山果，饱满的果肉吃到嘴里甜腻腻，有一种酸涩感，令人回味。后来每到后山，我都要一个人到处摘果子吃，果子从苍翠的枝叶上轻轻采摘下来，再细细拂去上面的灰尘，细细咀嚼，一种满足感充溢心中，之后装满口袋，唱着歌儿下山了……

那些逝去的记忆，缀满童年的欢歌，伴随着球场上一粒粒白色的球，记载了年少岁月的艰辛，也点燃着我们热爱生活的品质。离家的孩子，孤独却坚定地爱上了它！

家乡的雨 ▷▶▷

近乡情更怯，这是古人说的话。在临近家乡的那一刻，我突然在脑中跳出这句诗。但是怯什么我却不知，也许是见父母逐日衰老，难过见他们孤独与苍凉的样子。此时，家乡的雨细细梭梭，我带着13的侄女，在雨中飞奔着到达青石巷中的家。母亲在门外打扫着卫生，她转身看到我们，惊喜地先将侄女揽入怀中，这个由她一手带大的孙女已经离开她好多年的时间。孩子们总如风筝般越飘越远……而父亲，他依然躺靠在床边，看见我们来了，迟钝地起身。

此时，刚好有一家丧葬的队伍经过门前小巷，敲锣打鼓，以前只觉得热闹、新鲜，伸长脖子总想看个究竟。现在却不一样了，父亲叹息地对我说：今天谁又走了……都是熟悉的，从小耳熟能详的乡人，很多都是父亲的朋友，他说当年一起出海在一条船上的同事现在只有他一个人了。说着这些话，老人心中总是悲怆丛生，声语哽咽，我也只能用其他话题岔开，却清晰地听见一种悲凉随檐边的雨水坠地呼啸而下。

因为孩子们常年不在身边的缘故，父亲老得比较快。以前街头巷尾总能听见他爽朗的笑声，而乡人们现在总是用叹息的“醉”字来形容他，意思是老人懵懂的状态。父亲总是一个人拄着拐杖，往海边一家宗祠方向走，里面都是与他一样白发苍苍的老人，每日有播放一些闽剧，籍此解解闷。他一米八三的身躯已经佝偻，孤独与落寞时时充斥着老人的心，他最常念叨的是：“你们在外都平安，事业顺利，我就放心了！”他的腿脚越发不便，只能等我和哥回乡时，帮助他清洗身子，然后换身干净衣裳。每每此时，清爽的父亲一瞬间又出现在孩子们面前。我总是试着让他挺直身子，还表扬他多帅，依然很年轻！他总是叹了口气，喃喃地说："我已经知足了，值了，感恩！"然后闭上眼，又疲惫地斜靠在床上。我在阳台静静地洗着老人的衣裳，那一刻，父亲是安详的，乡间的小屋因为有孩子在身边，使他得到暂时的安宁。真希望时光就此停住！

他用过去常用的剃须刀刮胡子又出血了，这次不小心刮到了鼻子，我赶紧帮他止住血。其实他的胡须没有刮干净，这里几条，那里一丝，精干利落的父亲已经随年月而去。我帮他清理眼里杂物，却见老人眼睛闭得紧紧地，只好轻轻叫他放松，那一刻，只觉得心酸在胸腔一再溢过。

家乡的雨依旧在下着，我带着侄女只在这块土地上待了近 4 个小时，母亲依依不舍地将我们送到门口，父亲拄着拐杖搀着我的手执意要送到车站。车开了，父亲的背影随着烟雨蒙蒙越来越远，现实与无奈交织着，洒落在纷飞的雨中，一丝一缕，和着泪，我向着故土深深鞠了一个躬。

梅城漫忆 ▷▶▷

海边春燕

海边滩涂，不知何时聚起一洼水湖，水草三两摇曳，常年经历风雨的一只旧船搁浅，海浪在不远处，翻滚着层层曲折的波纹，哗哗声从不因荣辱而改变。每当潮起或天气湿重之日，蜻蜓振着透明的羽翼，在水草边徘徊，灵逸之心与滩涂融为一体。而春燕则将此地当作练飞场，数十只轻盈的燕子，扑棱棱地伸展尾翎，时而俯冲，时而斜掠，时而做着华尔兹极富韵律的舞姿，它们飞行的轨迹似科学验算过的图解，横线、曲线、波折、圆弧……从来不会相撞相伤。你这边悠扬一曲《春光好》，我这边锵锵高歌《将军令》，你来《凤阳花鼓》，我来《梅花三弄》……各操其练，各展风姿。以蓝天为背景，云霞为画板，虚点飞舞，线条苍劲，四周都是“啾啾、啾啾啾”的声响，令人眼花缭乱，耳际生风，显得春机盎然。有只燕子从堤边的树丛跃动数下，又调皮地向沙地飞掠而去，翻转着如技巧运动员高度的柔韧性，海上漂流物成为它的玩具点；另一只燕子，并不示弱，从木船的桅杆，一下子平行滑行，降至水面，还用白色的肚腩轻沾海水，再得意地像溜冰——哧溜一下，瞬间不见了踪影；还有的在空中交头接耳，轻吻一下，又分开……它们完完全全与春天在做一场游戏。

夏日乡音

石墙上的苔藓在阳光下闪射得晶晶发亮，路边的花丛中一幼小蝴蝶飞得有些疲惫，知了在潮声中略显得急躁。穿过巷道，抵达老年活动中心，这个时间点，应在播放闽剧。果不其然，悠远的闽音戏曲正盘旋于大门，一排排木椅上，十几位老人依次坐着，正聚精会神地盯着中间的电视屏幕，空寥的大厅，背影泛着白发。我从侧面悄悄走进，不想他们还是被我惊动，有的人认出我，叫着坐在第一排父亲的名字，我笑着走过去，挨于其身边坐下，索性与老人们一起欣赏传统的戏剧。此时，正上演着《天下财主》，墙边悬挂着用粉笔工整书写的演出剧目。随着剧情发展，老人不时发出难能欢快的笑声，剧中演绎的仍是“善”终能结良报的喜剧结局。古朴的咿咿呀呀的故事与唱白，穿越梁间，风扇在头顶吱呀呀驱赶着炎热；一个多小时幕起幕落，常听到一些老人轻微的鼾声，也有的则安静地垂着头，闭目睡着了，过会儿，又被锵锵的锣声惊醒……

午后的阳光将道路晒得酥香，两旁的旧屋道着安详。搀着父亲沿着蜿蜒曲巷回家，百米的距离，脚摩擦巷道的声音缓慢低沉，搀的力度一回比一回紧。光影下，老人的拐杖拉得长长。用剃刀刮须倒变成我的拿手活了，父亲不习惯用电动剃须刀，我试试原始刀片。数天不见，他拉杂的胡子有些似悬于空的电线。薄薄的刀片先安装于原始细巧的扶把，它已有了时光的锈迹。从最初的几次会不小心刮出血，到现在每回都像工匠，听扎人的胡须在手指滑动之间发出嚓嚓的声音，顺着纹理，连那些如土地里刚冒尖的麦苗的小胡须，也很快能刮干净；而每每刮到下颔处，人的一生曲折与年岁更迭的踪痕，是那么柔软而又无助，怆然可现……我的手尽量轻些，再轻些……往往花上十分钟的时间，干净的父亲即可出现；再换洗一身后，他的状态往往又年轻了许多。

当我行走于街上，常有人与我亲切地打着招呼：回来了？而我却常常叫不出他们的名字。

秋声静阒

山路。鸟似从四面八方聚集而来，它们自由喜悦地跳跃，在树与树之间飞翔，在青石巷道上独舞，在马鞍墙上爬行……不同种类互相问候与取悦的声调也不同，让人一下子陷入鸟语的天堂。有的时候，它们不知躲在哪棵树上，声音从远至近，拉着长调，又混合叽叽喳喳的交响。每个转角，竟都有不同的鸟儿在啼叫，有的似男子汉的粗嗓，似在为我指路；抑或在指挥其他小鸟；有的亲密对唱、闲聊……好生热闹！寥落的风从海边方向徐徐吹奏，不时耸动着道旁疏密兼致的枝叶，它们摇摆的样子仿佛一幅深秋的写意画。沿途皆是自由生长的蔓藤、野花，山道上的人家早已远迁，零落的木房，石砌的庭院，数米分岔口的青石板与陡坡小径，隐藏着一段段光阴。耳畔突传来远处呜呜船马达的声响，一两人声不知从何方传来，在空际中对答，而后又戛然而止。

独行中，我时常能遇见的仅是一只猫、静默的鸡，以及偶尔路过的白发老人。而鳞次栉比的一间间古老的房屋，常是大门紧闭；有的杂草丛生，有的残垣断壁，有的门户依稀可见当年的繁华。山下落差达十几米的青瓦人家，零星燃起炊烟……此时，我看见一只公鸡正高傲地顶着艳红鸡冠，它如入无人之山道，昂首似册封的大王，看它渐行的丰臀摆动频率，左扭右胯如跳着舞……

寻一处墙根坐下，远方即旷远蓝滢的天，衬在底下的则是闽江口岸绿莹莹的湿地。海浪声涌来哗去，远的只隐成一条条白线。我仿似看到数百年前雄峙的古城墙下，原为一片汪洋，侵扰的倭寇如挥不去的苍蝇，乌乌压压席卷着沿海辛酸与弱国之懦！而英雄之碑流传至今，又有多少人记得最初的容颜？

乡村的记忆都是相同的，人往城里走，家就空了，故乡就远了。

冷梅寒冬

海边的风从不与任何人客气，它狂啸起来的样子，如喝醉酒的醉客。脸面、耳朵常被吹得清冽冽的疼，有时人随着风踉跄颠步，而后只好俯蜷身子，继续前行。潮来，密集的秸秆淹没于水面，只余部分的顶部草叶，随风浪涌来的方向，倾斜着身体一起摇摆；有的则垂弯着腰，似倦疲的老人。而千军万马的浪一遍遍从远处驶来，哗、哗、哗！天苍水茫的境地一下子在眼前铺荡开来……而许多不知从何处漂滚而至的杂物，也在水面上时起时浮，归并于岸边，杂陈斑驳。

又见白鹭影踪。有的独立于泡沫箱上，远眺海天，忽而斜掠，无边的浪潮中飞翔豪情；有的两三只结伴嬉戏，时而发出清亮的鸣叫，风传荡它们的声音……有的则抖着浸湿的羽翅，仰望山体的古城，雨马上就要倾泻而下……其实，它们已司空见惯大自然或肆虐，或柔情的面孔，总是泰然处之。更何况，这片土地的人们总是埋头顾着生计，远洋捕鱼，歇渔修补渔网或心爱的船只；“他们与我们一样都是大海的儿女，看我们的眼神充满着慈爱……”飞掠的白鹭似乎发出真心的感恩。

长长的海堤上，泠泠卷风横竖翻飞，乡民自发搭建的竹棚被吹刮得啪啪直响，零星只见到一两乡人，黝黑的肌肤有着与海浪相似的颜色，或倚在堤边；或坐于椅凳，默默怀想着。平日里天气好时，这里是他们每日光顾的地带，常三五成群，排排相聚，在此叙聊乡音：海事、家长里短、轶闻国事……无不成为消遣话题。有一位老人，十几年来，雷打不动，总是从城内踱步数千米到此，每天听伙伴们叙叙旧、侃侃天，有时躺在椅凳上，听着听着就睡着了，大伙纷纷午饭去了，他再深一脚浅一脚，心满意足地离开……更多的人出外闯世界去了；而留下来的，素朴地活出自己的滋味，并成为古城的剪影，演绎着春华秋实。眼前一座在建的家乡祠堂是他们期盼已久的念想。

长堤边，偶有飞掠的蜻蜓，野花也默默承受着严寒与冰冷。年迈的父亲，喜欢裹着厚重的军大衣，踯躅中登上堤岸。见他来，总有人远远地立起身，将椅凳轻轻留着……

潮湿的故乡再一次闯入眼睑。

潋潋古井

家乡有多口古井。城门边不知历经多少年月，迄今仍涌出滢滢泉水，给予乡人汲养的四方井，印象最清晰。它默默地与城墙上那些斑驳的青石，簇簇绿色生机的爬藤类植物，缔结着时空对话。

家乡梅花自古为闽江口海防要津，三面临海，属渔业重镇。自明洪武十年（1377 年）江夏侯周德兴奉命造立城池之后又经历四次重修；最后一次即1762 年，距今也已二百多年。唐、宋、元时，梅花改称“芳桂香新开里”，明、清时为“二十四都梅花城”。特殊的地理位置，使古城拥有了与众不同的风韵。城辟有三门，东门至海，南门面山，西则水门。而今保存尚好的乃东门。

而有水源之处，必成集市。

经过六百多年的繁衍生息，城内与城下，早已是人间烟火繁茂。城门边的这口古井不知孕育了多少风华正茂的梅城人，光影记录下一幕幕平凡、温馨的画景：穿过横街，往古城门方向走，迂徐的窄巷，两边常有乡音飘出。记忆中，有豆腐店、花布店、花生浆店、缝补店、私人图书店……二三百米，斜坡即尽，路尽头转弯处，有一家古老的理发店，里面有两位手艺精到的老师傅，每天在巷口迎客聊闲；店中方镜若干，躺椅皆为原始木制，师傅们拿捏细剪，或手持剃刀，指尖利索间，“吱吱吱……咔咔咔……”满地的发屑同时迎来利索与收获的喜悦。渔民们最喜此店，远洋归来，卸掉一身的风浪与倦疲。时光流逝，此店于20世纪90年代不知何年，也已关闭。

迎面即饱经沧桑的城门，古井依傍于城门左下角。它如一位哲人，默默承受着春华秋实，它描绘了吴航二十四景“梅城弄笛”的声声悠远，它聆听着夜夜潮声，风撼萧岸；它曾经历了围城垒砌的喜悦与辛酸吧？它可否见证了风雨压城城欲摧的抗倭苦难与曲折的抵御……有多少梅城人家对着它倾吐生活的艰辛，有多少故事在风中，飞扬与湮没……

入城门右侧，曾是镇里唯一一所中心小学，孩子们背着书包，或从城内，或沿城下蜿蜒巷道，鱼贯入校，琅琅书声冲破时光的寂静，孩子们对城墙与古井都熟至如亲人，巷的剪影与井水倒影将他们从牙牙稚童，晃着晃着，就成方正的成人了。

如今这口方井，仍汩汩流淌着清流。记忆播放着许多年前的镜像，家近的居民单手或双手提着装水的大桶，将清甜的井水噔噔噔往家提；家远的，则挑着一根扁担，荡荡悠悠地将水——这个离不开的贴心知己揽入家中，直至往返数趟，将水缸灌满，而后心满意足地擦擦汗……

乡人提水的自制桶塑料方形的居多，绳为网丝尼龙麻绳。曾记得小时候常见用废弃篮球，剪成半圆制成水桶，篮球的憨态与皮质的柔软在泉水中一荡一漾，甚令孩子们喜欢。而我们因为年纪小，也试用牙杯牵成长长的小水桶，牵引着古井带给我们的欢欣……

每每回乡，远远望见青石磨砺的井，静静披靡岁月的光华，眼角常不禁湿润，近前手抚着温暖、坚韧的井沿，探头往清泉中照影，此时，人随波动，井壁的青苔柔和地映照归人，千种思绪哗哗地，随着手提桶落漾起无限回甘；或手掬清水，吟上一口；或将赤脚赤诚地踏踩于青石上，任水流缓缓浸漫脚丫，抚摩着纯洁的清冽。

如今，城门边的小学也空了，城更空了，而井水却依然冰清洁盈！

横街往事

八一八横路（街）78号，这是许多年前信件能投寄到的地址。而老百姓俗称的横街，这是梅城中当年最具标志性的一条繁华街道。20世纪80年代初，能干的父亲独自从宁德运回一大堆木材，将素朴陈旧的二层小屋，重新装修改造，在横街的中央开了一家红火的饭馆，而间隔才两米的对门邻人，则敞开门户开着一家肉燕店，由此，这边锅碗瓢盆协奏曲，人声鼎沸，那边汤锅热气腾腾，碗勺乒乒乓乓，夹杂着待客的吆喝声。

两家父母孩儿关系都极好，忙碌过后，常见隔门相互问候之声，或跳一步即到对门。大人说着生意经，玩笑话；小孩儿则寻思着各种玩法。印象中，家二楼的圆餐桌，午后即成我们几个邻人的乒乓球比赛桌，只要客人一散尽，我们街巷的七八个少年就像从哪儿冒出来一样，七手八脚马上把两张圆桌拉拢一块，中间找了木板隔开，然后你来我往就开战了。那时我个子小，也似乎只有我一个女生，从原先什么都不会的挑球学起，那些哥哥照顾我，总是把球挑得高高的，以便我打过去。就这么坚持练习好一阵，技术很快有所提高，还照描学了搓球、发球……大人们午后劳作辛苦已去休息，二楼变成了孩子们的乐园，球声、欢笑声，不小心打到桌上啪的巨响，都成为那时记忆中快乐的火苗。

一传十、十传百，小伙伴越来越多，以致规定每人只能打三颗球，输的马上换人。所以技术好的哥哥们，以此为炫耀，看谁占领冠军宝座最久。我当然是较快被轮换下的一人，但只要摸到球，心里就如小鹿般怦怦跳；有一两回，竟能赢了对手，也敢挥臂扣球，在台桌前能多战一两回合，心中的荣耀与喜悦使街巷也延伸着喜气……

横街那时有许多店铺，往古城墙斜坡方向正对那间，更早前似是供销社，卖花布等许多日常用品，它的对面是一个杂货铺；后来供销社取消后，隔壁似成了长途汽车站的售票点，那时梅花至福州南公园汽车站一天有一趟直达的早班车，后金峰转车方便后，唯一的长途被取消。后来，这里又安装了横街的第一部电话，乡亲们打接都按一定标准收费。有一两次，远方有人打电话来，女主人首先在门口向巷中唤：××电话。连唤数声不见影，就从街的三十米处噔噔，跑到家中来唤，我们满怀喜悦、气喘吁吁地跑去接电话……街中还有果脯、干货铺等，一大早豆浆油条的香味从街巷这头飘至另一头……

每当鱼上市时，这条街的两边摆满了各式各样新鲜的鱼、虾、蟹、螺，密集的街巷弯腰俯看的、称斤估价的、挑挑选选的，通常摩肩擦踵，人潮如涌，有时甚至挤不过去。当雨季来，青石板湿漉漉的，渔民们着蓑衣，穿雨靴，而打伞的，提篮买鱼的，使街巷点缀着特殊韵致的风华。父亲的饭馆在20世纪90年代成为这条街有名的店，提到父亲之名，梅城人的确无人不知。

如今，繁华尽去，此条街门户基本关闭，每每回乡，清凉凉的街道唯只零星的见到几位老人，倚在门户中，独对时光流逝的寂然……

童年·回忆

也许从小的经历注定了这一生的性格特点，悲观中透着希望，希望中隐潜着忧伤。小时被人戏称“童养媳”，源于一见生人就不说话，只一个人静静待着，与大人的交流话语永远不多，有时家长交代我去某个人家家中传递话，心中惧怕，一路想着如何开口讲那句话，一路咀嚼方才交代的话，小巷中低着头，如做了错事的孩子。结果到了人家家里，紧张一下，一两句话也要讲上半天，每当终于让他人听懂我的意思，然后马上如一只受伤的小鸟，仓皇飞离这户人家。如今，我想起这个细节，依旧能听到幼小的心脏扑通、扑通的剧跳声。

小时，只与年幼的弟弟感情至深，上了学之后，与梳着麻花辫子的一两位女生玩得挺好，只要一放学、放假，我就拿上乒乓球，跑到别人家的走廊，与她们一起玩拍球游戏，至今还记得几个动作：连续原地单手拍球，在拍球的过程中快速转身接球继续拍，乒乓球谁先掉地就换另一人玩；拍球的玩法在同伴的交流中，时而也变成抬腿从左右膝下依次轮换、左右手交替等。当时农村生活困难，没有多余的娱乐玩法，一粒乒乓球就构建了我们多彩的童年。只有与要好的伙伴一起玩耍，我才会笑出声来，也许说话也大声了些。

奶奶是家族中至高无上的神，她的威严更是令我这颗彷徨不安的心感到害怕，每个周末，我都会像被逮住的流浪孩一样，被奶奶抓到跟前，用她细细的篦梳为我梳理头上的虱子，那个年代为何会有那么多的虱子，奶奶有时梳出来就用她的两根大拇指的指甲，靠紧，狠狠地对准篦梳上的虱子，只听咔嚓一声，虱子就被挤破了脑浆，而我看见那些血就浑身不自在，发痒，觉得极度害怕。奶奶一边梳，一边数落妈妈，说你的母亲实在不称职，连自己的女儿都不会照顾，我越发自卑，与妈妈一样。而我知道那时妈妈正带着年幼的弟弟，她自己分身无术，更何况记忆中的妈妈，总是被这个家族嫌弃，特别是被奶奶这尊神镇压。

寒冷的渔镇，风时常黑压压地吹，贫穷与孤寂充斥着人们细胞的每一粒残骸，整个渔镇远远的就能闻到一种极浓的鱼腥味，令外乡人头晕。每年的冬春季节，潮湿与阴冷总是逼得人直往自己贫寒的家钻。小木屋立在梅花镇梅北村八一八横街的中央，灰白的木头整齐地铺成一块块门板，竖着叠加，颜色如雨水冲刷过一样，显得洁净朴实。推开时光的门，妈妈一边在楼上编织渔网，一边用清脆的嗓音唱着“洪湖水浪打浪”等歌，歌声甜美忧伤。她从城里来，城里有她的兄弟姐妹，但她的母亲在她3岁时早亡的悲剧注定要让她流落到这个遥远贫困的乡镇。我和弟弟一个在旁嬉戏，一个文静孤单，童年不知所措地过，却记住了这个木屋古老而忧郁的气息。

一间矮小的民房，一个面容模糊的老师，时光毫无知觉并莫名其妙地把我推向小学课堂，许多孩子挤在这间光线昏暗、破旧的教室，懵懵懂懂。我只记得幼小的手如何艰难地抓住难以移动的铅笔，在纸上描着或圆或曲或弯的字母，让它们写得如老师说的那样端正，而写那些又有什么用处呢，上学为何物……挤挤的桌子挨着向外的眼睛，窗外海风依旧疯狂地刮着，瘦小的身躯迎着对生命莫名的惊恐与后知后觉的记忆，行走在家乡的青石板上。几声嘹亮的朗读声从昏暗的一角传出：1997年，香港回归祖国。那时光阴，1980年。

一座山道崎岖的学校，一条蜿蜒、泥泞，只容一个人行走的羊肠小道，雨斜风疾，稚嫩的伞无助地散开在山崖，总是在半道一不小心就掀翻容颜，雨水拼命往身上洒，风儿拼命将人往侧身山坡吹刮，艰险与困难在空中张牙舞爪，逼得人直害怕这样的季节，这样求学的路。三年级时，我们换到这个学校，简陋的一排教学砖楼，却有了稍微正规的学校教育。每当风雨中，记得妈妈携着我的小手送我上学，她紧紧地拉着我，羊肠小道却只能一前一后小心翼翼地走，风雨袭来，她直呼唤：“晶晶，抓紧些，快些走！”有时伞刮飞了，我滑倒，妈妈更紧张了，好不容易送我到山顶，她折身沿蜿蜒小道，冒雨回家。这个学校已不知旧迹何在，却记得当年名称：将军山小学……一个老师见我眉目清秀，手指细长，叫我指挥少先队的队歌，我一五一十地僵硬地比画着，将那兰花指惶恐地在空中划出人生第一道音符。

梅花的风透骨，小时总是穿着满身棉絮的笨重的厚棉衣，短短的，窄窄的。

妈妈烫着一头圆圆的、适合她脸型的卷发，衬着白白的肤色，十分美。她也带着我烫了一个短短的、鬃毛式的发型。那年春节，我的发型配着棉衣，竖条的裤子，滑稽奇异，不像大人，不像孩子。照相馆里，妈妈抱着弟弟坐着，一边站着从小跟奶奶长大的叛逆的哥哥，一边是鬃毛式的我，四个人对着照相机镜头僵硬地笑，这笑穿透家乡的鱼腥，将自己定格成那个时代的迷茫。另一张照片是一年春节跟着妈妈回到福州娘家时，在西湖边上照的。每年的春节妈妈都会带上我和弟弟，一起回到福州的养育她长大的外婆的家，也许将母亲十七岁就下嫁到偏远的海边渔镇，外婆一家比较愧疚吧，对于我们的到来总是充满无尽的热情，那是一张唯一的与外婆、舅舅、阿姨一家合照的照片，我梳着两根短短的羊角，扎得高高的，身后是静寂的西湖，岸边，我瘦弱的样子，紧锁双眉，躲在大人身后，在热闹的人群中，我明显感到来自我们三个人的孤独，是外来客的忧郁。渐渐地，妈妈与亲戚已失去联系，外婆也已过世多年，记忆中的福州，是她一生难解的心事；而那时，爸爸一直在外海滩做事，养家糊口，很少回来。

家乡凛冽的寒冷总是令人惧怕，一个童年的玩伴，12 岁竟一个人到乡政府打听哪里有女子征兵，年龄不到，她又四处打听哪里有更好的离开家乡的出路，后来她真成了因为惧怕家乡的海风，离开梅花的第一人。而我，惊吓于命运初期的懵懂，在寒冷、寂静中跟随时光走，直到 13 岁那年命运一双手将我拉着，驶离了家乡。

记忆中的年味

年少时，最是期待的莫过于春节了，偏远的渔镇，一声声迎新的鞭炮夹杂着呼啸的海风，那时珍贵的一角、二角、五角的压岁钱，可以惊喜整个冬天，然后吃着平时难能吃到的一两碗好吃的年夜食物，提着正月十五的纸花灯，大街小巷地去与伙伴们串门。记忆中的纸灯笼，是用透明的薄薄的一层纸沿着竹编支架围成长方形的空心形状，然后套入一个细小木头钉成的蜡烛底座。纸灯一般以白色与红色居多，通常用画笔简易地描一些花草，使灯笼显得简洁又有艺术的朴实风韵。我喜欢选大红的纸灯笼，在底座上点一截小蜡烛，贫寒的小木屋顿时就暖和了起来。我细心地用小木棒提着这个红灯笼，沿着青石板小巷步行到30米开外的巷头云家里寻她玩。一路上，火红的灯笼与其他出外游玩少年的灯笼相辉映，微弱的火苗在青石板上跳跃着，像一串串寒冷夜空中相互眨眼的星星，慰藉着单纯的少年的心。

少年的欢欣与喜悦都源于珍贵的友情。我与云玩得极好，她长得很秀美，打小我就喜欢她娴静的性格，两家又比较近，每天与她一起上学放学，一起跳皮筋，托皮球。她的家是旧有厅堂的样式，住着许多户人家，我很喜欢去她家玩，喜欢跨着一节节的门槛，体验着步步节节高的障碍，后来我才体悟到人生的起伏其实与跨过一道道门槛一样。我与她在厅堂四周转圈，捉迷藏，有时躲在她屋里，有时躲在厅堂背后，发出喵喵的叫声，灯笼也闪烁着，配合着我们欢乐的心。我们也时常比试谁的灯笼的光更亮堂，更持久，谁的灯笼更漂亮，然后盯着鲜艳的火苗，说着我们美好的愿望。大她两岁的姐姐对我也很好，当我们玩累了，她就买来一碗扁肉，一人一口，细心地吹散热气让我们吃，我们笑眯眯地接受着友情与亲情的呵护。云在我离家去县城求学多年后去了台湾，后来我们失去了联系。每每在寒冷的冬季，我总是深深地忆起，在云的厅堂里荡出的无瑕的笑声，是驱除了多少成年世界粉饰的虚假，显出两张幸福、纯真的笑脸。

印象比较深的还有一件事。母亲从省城下嫁到贫瘠的渔镇，她始终保持着爱美的优雅，每逢过年都会给自己烫个卷曲的发型，衬着她白皙娇嫩的脸庞，显出城里人有别于乡下女人的洋气与动人，但无论怎么区分，她的命运与这个偏远渔镇总有格格不入的地方，因此一生也落下阴郁的背影。而她有一年竟也带着 10 岁的我去烫了一个与她相似的满头卷曲的发。那年春节，我的满头“菜花”发型配着笨拙的花色棉衣，下身竖条的棉裤，显得滑稽奇异，既不像城里的母亲，也不像刚 10 岁的孩子。而母亲喜欢照相，烫完发，她带着我们兄妹三人去照相馆新春留影，我与哥哥分立在母亲的两边，母亲抱着 7 岁的弟弟坐在中间，父亲常年在外海捕鱼未回。这张在时光机的镜头面前傻傻微笑的我，穿透了多少年灰白的家乡的记忆，如今想来，让我对那个年代仍有一种说不出的甘苦回味。

后来父亲辞去外海的工作，回家开了渔镇最早的饭店，那时我上小学 5 年级就到县城开始排球运动员生涯 3 年多。每回训练学习结束回家过年，大年二十八、二十九，父亲才将店门关闭，我们兄妹三人，帮着父亲七手八脚地卸下店里门板（当时灶台上方没有开敞式的拉门，而是由一节一节编好编号的门板一块块装上再卸下），我一般负责用刷子与洗衣粉清洗门板，一块块用力地刷去沾了一年的油污、黑渍，然后用 2 ~ 3 遍清水冲洗，最后一块块晾立于巷中小道。哥哥与弟弟负责整理店中卫生，父亲采购年货等。忙忙碌碌的一年，随着孩子们一天天成长与生计一天天火红，在春节的劳动中又将家里里外外清洗得干干净净，美好的春节就向我们走来。

特殊的年味总是在一年年不停地赶路中暂时忘却它的芬芳回味，在我离家多年之后，时常映入眼帘的就是这几幅细碎的画面，以及当时挤在巷中唯一一家有黑白电视机的人家门口，睁大眼睛看稀奇的中央新闻联播与春节联欢晚会时激动的心情，享受着浓浓的过年气氛。

父亲 ▷▶▷

追忆往昔

父亲拄上拐杖，是很多人、包括自己的亲友都很难想象的一件事。但事实是，曾经伟岸、说话底气足、办事能力强的父亲形象，在众人的眼中似乎逐渐模糊了。

过去的那些年月，贫穷充斥着整个渔村。我的祖母共生下五男一女，祖父身体又不好，干不了重活，家里穷得揭不开锅。那时我大伯，就撑起养家重负，而五叔很小就过继给乡人，因为认得家，时常回到祖母身边哭泣，每次祖母都含泪唤他回去，五叔总是一步一回头；后来三叔也给一个亲戚当了养子。说起当时家中的境况，父亲总是悲怆地对我们说：“那个年代太苦了。家里仅有几平方米一间屋，晚上变成卧室，白天铺盖卷起就成为饭桌，缠足的奶奶想着法子给孩子们弄吃的，而她总是待在矮窄的厨房里，告诉孩子们她已经吃过了，直到有一天，我看见奶奶在灶台边，用一些锅巴和着开水充饥……我们与大姐抱着奶奶大哭了一场。”

父亲是家中老三，听说刚生下来，体质弱小，小生命差点与这世界终止联系，幸又活了过来，故被家人唤名“活宝”，因为福州话“曰”同“活”是谐音，后来户口簿取名为“曰宝”；但“活宝”的名字乡人尽知，与父亲性情风趣开朗豁达有很大关联，常如众人眼中开心之宝，由此又使这个人名有了另一层的涵义。

虽然父亲只读了小学一两年书，但他自幼聪慧，尤其喜欢福州评话与闽剧，在我记忆中，父亲会将一整本剧目完整地哼唱下来，特别是评话，那时乡间听说有说书先生，经常在街头哐当哐当、绘声绘色讲评话，而他听过之后竟过目不忘，并搜罗对照说本，由此在自学中懂得许多汉字，并从丰富的民间文化中得以身心与艺术的汲养，成人后他身上善恶分明、刚毅勇敢超脱的品行就是由此埋下种子的。由于家乡渔民靠海吃海，打鱼为生，父亲十几岁也开始漂泊远洋，赚些微薄的钱。本来他的身体底子就单薄瘦弱，在海浪飓风颠簸下，常常头昏胃掀，但他经受住一次次考验。后来由于父亲掌得一手好厨艺，他的工作就留在泊岸边，在沙地搭就的篱笆篓里负责船员们的一日三餐，这一干就是30年！如今在福建霞浦外海滩等地留下的黑白照中，清晰地看出，父亲年轻俊秀的脸上写着对未来的向往，有一张照片他叉着腰，立在礁石旁，遥眺大海，当时一米八三的个头瘦得如竹竿。父亲说，在海上的生活虽然艰苦，却是他一生中最自由、最无拘无束的日子。每当回忆起海风、明月、晨曦、船坞，归航丰收时大家喜悦地酌着父亲精心调制的可口饭菜，他的脸上竟写着一种满足。

于山定亲

陆续地，兄弟们都娶了亲，而父亲29岁了还是单身。由于常年在海上，家乡上无片瓦，且囊中羞涩，整天与鱼虾为伴的父亲并不急，但祖母却心急如焚，她委托乡间媒人到处询问、打听，不知怎么竟联系上后来母亲认她作“干妈”的一个信佛老人，她家中供奉福州于山的“王天君”，当时此信仰在福州地区很鼎盛，听说拜香习俗来自于此。每当重大节日，善男信女沿途取木椅子前面插着香火“三步一跪，朝拜于山”。也许是冥冥中的天意吧，祖母由此认识了福州的外婆，她是“王天君”信仰这一道香火中极其有名的传播者，经常到五区八县讲经授道，如今福州南公园一带的老人应该都还记得她。打我记事起，只要逢年过节母亲带我回娘家，我总能在外婆家看到许多来祈求平安心愿的人们，清癯的外婆眉清目秀，心地善良，对于来人总是有求必应，时常接济与帮助那些千里迢迢找她的人。家中飘绕香火袅袅，外婆有时披着道袍敲着木鱼喃喃祈愿，对于天地、人世的虔诚这些景象曾深深地印刻于我童年的记忆里。

这个外婆其实不是我母亲的生母。母亲经历凄苦，3岁时生母因病离她而去，生父远去台湾，大哥大姐无法抚养她，就送给外婆，当时外婆还未生养，见我母亲孤苦，就一手将她带大。后来外婆陆续生了4个孩子，此时母亲已到了17岁，还在《福建日报》的印刷厂当学徒。为了这桩婚事，祖母踱着三寸金莲带着父亲随“外婆”去了福州，还专门上于山拜香求签，在梅花外婆一心推介诚实能干的父亲，加上祖母的诚意，竟真的促成了这桩姻缘。就这样，母亲嫁到了离家千万里的梅花古城，贫穷的小乡村，咸湿的鱼腥味，让在城市生活习惯了的母亲一切无从适应，从下嫁到梅花那一刻，母亲就如漂泊的孤舟，她举目无亲，孤苦伶仃。那时父亲常年在外海工作，每次都是好几个月才回来两三天；每当父亲要出海时，母亲时常送到岸边，一个人久久地伫立，远望着渔船消失在视线之外，才茫然从码头返回……城里的生活方式与乡下习俗实在存有太大的差异，保守传统的祖母对母亲的行为看在眼里，不满写在脸上、心上，母亲的所作所为在威严的她看来一切都是不合时宜，无形的排斥经年累月将母亲一次次推到风口浪尖，母亲只能在孤独的渔村度过漫漫时光，直到孩子的降临……

母亲头胎是男孩，生下一天即撒手而夭，祖父脾气不好，直叫父亲赶紧将母亲休了，想来父亲对母亲还是了解与爱护的，他说：“我们该有良心，不能做这样的事。”其实父亲明白他与母亲的差距，他们彼此也有过交流与适应的过程。父亲结婚后为了生计，他一边忙船务的事，一边在篱房沙地外养鸡养鸭，将鸡鸭生的蛋带回家给母亲卖了再养家。6年后，终于哥哥出生了，这6年的光阴，母亲该承受多少心理的煎熬，她与谁诉说？再3年，有了我，之后3年添了弟弟。有了孩子后的母亲，已渐渐适应了梅花的生活，但她怀着怨与泪水，总是在回榕城时鞭打着外婆的心。她常红着眼，不愿再回去。外婆总是宽慰着她，说着父亲的种种好处。其实母亲那时已经患上抑郁症，她活在自己的世界里。

而父亲始终用他的智慧与精打细算，让母亲与3个孩子没有受到饥饿的煎熬。记得有几次，我们与母亲吃着稀饭，面前没有一碗菜，只有一碟小小的虾油，我们吃一口饭点一下香喷喷的虾油，竟也吃得津津有味。母亲也开始学着梅花姑娘的样子，编织起渔网贴补家用，她爱唱歌，歌声十分动听，秀丽的手一边在网格中上下穿梭，一边哼着：“洪湖水呀，浪呀么浪打浪呀，洪湖岸边是呀么是家乡啊……”以及《珊瑚颂》等歌曲，她有时还会跳舞，娇小的舞姿很活泼优美；母亲笑起来的样子非常天真，她的笑容几十年没有变化，一如她17岁初嫁梅花之时。那时木屋中灯光昏黄，母亲坐在旧时的床沿边织渔网，歌声穿绕二楼屋梁，一种祥和与淡淡的忧伤笼罩于贫穷与安宁的家中。

创业年代

20 世纪 80 年代经济复苏的春风吹遍了华夏大地，而父亲，一个有志向、有思想的人，放弃了赖以生存的渔业，他经过婚后 20 年的积蓄，省吃俭用攒下钱，大胆作了一个决定：建屋开店。他与母亲刚结婚时，没有房子，当时租借别人大厝一间小房住了些年，而后，父亲买下立于梅花横街的二层木屋。开店需要门面，因此他决定将木屋拆除，而后建成三层水泥砖房。当时农村道路交通都很闭塞，没有木材石块怎么办？他历尽千辛万苦，一个人跑到宁德，找到建筑材料市场，联系工人，好说歹说又用最少的钱委托他们将庞大、沉重的木材、石材运回千里迢迢的渔村，之后日夜奔忙，盖起楼房。想起当年事，他总是摇头叹息：苦了！当时在乡村能建起三层房子的人寥寥无几，而父亲是其中的一个。

房子建起来了。记得乔迁那天，家里外巷道欢天喜地，挤满了道贺与看热闹的人，我们的屋子骄傲地矗立在横街中心，而四周仍是低矮的木房。房子构造是以饭店格局设计的，一进门左边摆放案板菜样，右边为厨房，中间过道设计了一个拱形门，漂亮的白色瓷砖上镶嵌着几只凤凰飞翔与古香古色民俗图案，过了拱形门里边摆两张桌子，左转弯上二楼，偌大的空间可以摆四五张大圆桌；第三层是我们全家的卧室，隔成两间。建房期间，我们暂时租住在离家不远的地方，而搬回后，五口人怎么睡呢？能干的父亲在其中狭小的一间，设计了两架竹床，用十字相横的办法，节省利用空间，他与哥哥干完活就在这间休息；大的一间留给母亲、我及幼小的弟弟。我和弟弟经常钻到隔壁房间，爬上高处的竹床，中间正对一扇窗户，推开窗，看楼顶的瓦泛着青苔，绿油油的，小鸟忽地一下从窗前飞过……我们有时在床铺上玩象棋，有时望着窗外的天空发呆，而楼下父亲正热火朝天、忙忙碌碌，在煎煮熬切中，操劳着……

那时家中的生意非常好，每天都挤满了讨海回来的渔民，三个一群，五个一桌，满满当当，从来没有闲着的桌子。当时父亲和一个叫“金妹沙”的伙哥（方言伙伴的意思）一起合伙开这个店，父亲负责站砧板，金妹伯伯负责炒锅，两个人的合作长达 7 年的时光，金妹伯伯性情温和，人耐劳，与我们似一家人，他每天起早贪黑，都泡在店里。干活累了，只在午后灶台的过道边，摆一张躺椅，眯瞪些许时间，再吸食他喜欢的烟斗草烟……直到夜晚，等所有客人都走了，他才踩着夜灯与青石板的影子回家。那时父亲才50岁出头，还是显得年富力强，刚刚创业，生意红火，也使他浑身充满了劲。开餐饮其实是非常辛苦的，通常父亲凌晨4点多就要起床，乘车到离家十几里外的金峰镇去买海鲜、蔬菜、水果、干货等食材，然后再挑着满满的两箩筐，急匆匆地赶回，早饭都来不及扒拉两口，他又马不停蹄地洗、切、熬、煮，进行分类、拼盘。那时渔业是家乡最好的经济收入方式，渔民们挺富有，特别是大船拖网，他们隔三差五都会预订酒席，庆祝丰收，宴席前要做祭祀仪式，需要香供的鸡鸭鱼肉也都是提前一天到父亲店中，要求他准备好，因此需要几碗菜，供摆什么，这也是父亲每天去金峰进货必须考虑的内容。烦琐细小的事一件件、一桩桩，父亲总是安排得井井有条。当踩着点把筹备的工作忙乎完，就迎来中午的客人，一般都到下午一两点，才得以吃午餐与休息片刻。

但晚上生意是重头戏，需要制作大量的鱼丸、鱼面，父亲又摊开大掌，立在砧板前像个英雄，那时都是纯手工制作鱼丸、鱼面，需要将购得的“马鲛”等鱼削去骨头、刺，留下好的鱼肉，剩余的骨头等另做鱼汤，家乡人特别爱吃。他娴熟的刀工哐哐哐、切切切不时在店中传来富有节奏的响声。我们年龄小，之后帮忙绞鱼粉，就是将那些削下的鱼块一个个放入手工搅拌机，由一人摇动手柄，另一人放鱼肉，搅拌机内发出“咔嚓咔嚓”的声响，螺旋的动力向圆孔外流出一条条细细滑滑的鱼粉，用手掂捏，显得细腻均匀。这个工作量挺大的，每当完成好几盘的劳动成果后，我们往往手酸腰酸，还要小心不能被锋利刀刃弄伤手指。最后开始制作鱼丸、鱼面。父亲之前已经在一个大缸里用他强有力的手臂将鱼肉与配置的面粉沿弧形甩了无数遍，也制作切剁好肉馅，他带领着我们学包鱼丸，看他流利的两手快速地一捏、一舀、一包，顺势再将包好的鱼丸放入滚烫的锅中，我们都很羡慕。后来，我也学会了包鱼丸，甚至去皮、骨刺这些适合大人在砧板前干的活儿，我也挺拿手。哥哥在一块很大的门板上制作鱼面，揉、捏、铺、碾，最后再将圆形的鱼面对折成四角，而后放入蒸笼中煮熟，一样工序都不能忽视，不久后，香醇鲜美的鱼面出锅了，等稍微冷却后切好一丝丝、一条条，而后保存。每天当看着客人津津有味吃着这些食材时，我深深明白，其实这背后付出了多少辛苦的劳动。

客人们来了一拨又一拨，家里忙得团团转，母亲负责收拾桌椅、洗碗，我们有时也去端菜，端着盘子与汤碗摇摇晃晃到二楼，从热闹的人群中嫩生生地唤一句：菜来了……而后大人接上桌，还看了一眼羞涩的我……直到街灯笼罩了整条横街，犬吠在深夜惊醒，一家人的劳累才慢慢停歇下来，我们都到三楼入睡了，而父亲整理完所有的卫生，为第二天该做的事情做好盘算统筹，他才上楼躺下，不一会儿，整条小巷都可以听到他雷鸣般的鼾声。第二日天未亮，他继续挑起扁担往金峰出发了……

由于父亲为人热忱，讲求诚信，一天天，一年年，横街“曰宝”店名声在望，成为当时梅花古城的一张名片。提起父亲大名，无人不识，他的勤劳、能干获得了家乡人民的尊重以及许多人羡慕的目光。父亲拥有很多的忘年交，他喜欢帮助别人，年轻人都与他要好，许多都结下一辈子的情谊。一分耕耘一分收获，也就在那几年里，父亲盘下了连着店面的后面一个房子，在连接处开了一扇门，稍加装修又添上一层，家里紧巴的住宿条件得以改善，祖母每隔两月就过来住一段时间，父亲打算将这房子给将来成年的弟弟，前面的店面属于哥哥……他的肩上背负着养儿育女的责任，每一步前行的脚印，走得铿锵有力。后来，家乡又陆续开出两三家餐饮店，餐馆的繁荣也见证了那个年代渔业经济的发展，在中国改革开放初期，如父亲一样的农村创业者，他们敢于人先、兢兢业业、吃苦耐劳的精神永远值得后辈人敬重。如今，家乡高楼林立，车喧路阔，早已不是过去模样，父亲回忆起往事，常喃喃地说：当年跟他同样白手起家的很多同伴都已远去，每当他指着照片中那些与他一同在海上飘摇，或后期创业的身影时，他的眼中总是飘过一丝悲怆的神情……

扶持儿女

父亲一生经历坎坷，却常以他的儿女为荣。哥哥秉承父母的优点，长得俊朗清秀，文艺细胞极好，吹拉弹唱样样精通，小时还学得几套拳法；在店中父子俩常一起唱双簧戏，讲相声，逗得很多客人非常喜欢这对“父子兵”。哥哥吹得一手好笛子，每当活儿忙完，他总是拿起笛子，贴好薄膜，悠悠扬扬地吹开来，自学成才的他，将各种曲子熟稔演绎，整条街巷都飘满山泉般的笛声。哥哥性情开朗，初中未毕业就离校成为父亲的助手，父亲将所学全盘细致教他，哥哥很快也能独当一面。农村人早婚，在哥哥 19 岁时，经媒人介绍，认识一户人家准备定亲，不料过了一段，那户人家觉得母亲状态不好，他们便反悔。幸好美丽心善的嫂子过了不久就来到我们家，后来几十年如一日风雨同舟，这也是命运的缘分与赠馈啊！

小时的我，性格很内向胆小，记得父亲在外海难得回来，他总喜欢把我抱坐在他的脚上，勾着帮我荡秋千。因为与父亲见面机会很少，交流不多，小时候还有些怕他，只有这时，我才会咯咯笑出声来。小学5年级，由于长乐体校下乡选拔运动苗子，瘦高的我被选上参加集训，当我拿着通知单递给父亲看时，他面露喜色，连连点头，说这是好事，让我去见见外面的世界，若能当上运动员也是多么值得骄傲的事啊。随之，他就帮忙张罗买该带的东西，水桶、草席等。在一个冬季灰蒙的凌晨，他拿着包裹陪着我走了几里路到达当时部队的车场，安排好我与其他被选拔上的孩子坐上中巴车，看着车驶远，他才放心地回去忙家中的生意了。十几天艰苦的集训之后，只留下我和另一个队员，正式成为体校的运动员。春节后，我就要离家独立生活了。记得报到时，父亲与哥哥关了店门，专程把我送到县城，安顿好后，见过教练，嘱我好好听教练的话；然后父亲带着我和哥哥，一起到照相馆留影作纪念，那时父亲事业刚起步，人长得高大英俊，穿着笔挺的中山装；哥哥立在右边，而我已经长到父亲的肩头，穿着格子衣，腼腆地立在父亲左边，这张黑白照也是唯一一张父亲创业时留下的影像。

当女排运动员三年半的时间中，经历了离家的孤独，学习训练的艰辛，通常当别的孩子还在清晨梦乡中的时候，我们就要摸黑起床，走很长的一段路到达训练场（那时条件很艰苦，寄宿在别人家里，体校没有专门的场地与宿舍），然后慢跑热身接着专项训练，当晨曦一点点燃亮了训练场，我们的眼睛才渐渐适应并有了醒过来的状态。晨练结束，我们匆匆忙忙在食堂吃过早餐，三步并作两步赶到学校去上学；下午上完课，又马不停蹄赶到体育场进行高强度训练，吃过晚餐接着晚自修……白天上课听着听着不自觉地就睡着了……父亲总是给予我很多的关爱与支持，我们一般一个月甚至两个月回家一次，每次回家父亲总是很高兴，关心我的学习与训练成绩，当知道我们开始参加一些省市排球比赛时，他露出了开心的微笑，他总是以在外求学的女儿感到自豪。每回一放假回到家乡时，父亲总是与乡人介绍："这是我的女儿，当运动员刚回来……"当乡亲们看到我高挑的样子，总是赞美并说我长得与他很像时，他总是哈哈大笑，说幸好不像母亲。

在那个年代父亲总会给我够用的零花钱，他知道我正处在长身体的时候，叫我晚上多买些点心吃。而每次回家与父母团聚，也是晒哪家人对孩子最关心与疼爱的机会，由此，我们返校之后总会带回琳琅满目的“展示品”。父亲特别的礼物总是令那些孩子羡慕至极,因为我每回都带上他的拿手“好厨味”——“糕粉”，就是用面粉、猪油、花生等原料，放入锅中反复炒，加上香喷喷、甜丝丝的白糖，炒出锅的“糕粉”待冷却后，装入一个干净的大布袋，糕粉可以吃一个月之久，每天晚上我都跟夜猫一样，时常睡着了还想再偷偷起来吃两口，糕粉散发出诱人的美味，香飘四里，我们经常分享食物，伙伴们总是觉得我带的糕粉特别好吃，这时就有一两个人大声地嚷：她父亲是厨师呢！我的骄傲油然而生。

当时我们借读于长乐师范附小，后来升学到长乐一中，我的初考成绩是体校第 2 名，父亲非常高兴；每当我得到学校发的喜报，他就把喜报贴在家中的墙壁上，客人看见了就会表扬一番。不过我的身高没有预想的高，素质条件也达不到向省市级推荐运动人才的标准，其实当时心理压力很大，但我不敢告诉父亲，每当我跑不过别人，测试的成绩不理想时，我的心里总是沉沉的……但当看到父亲期待的眼神，我在心里就默默为自己鼓劲，不要轻易向困难妥协，尽自己最大的努力学好、练好，做一个有志气、优秀的孩子。后来，我考入福州，毕业后回乡成为一名人民教师……近年，每当我在报刊发表诸多创作的作品，并且获奖时，年迈的他总是露出欣慰知足的神情。有一次，我兴高采烈地告诉他《人民日报》上发表了我的文章，老人哽咽着，有些激动，说：“女儿太棒了！”

弟弟小时候很聪明好学，读书成绩优异。我们都在父亲这把大伞的殷殷庇护下，过着平凡而安稳的生活。但命运从来都不是一帆风顺的，后来发生的一连串事情就跟冬季寒冷彻骨的风一样，将父亲高大倔强的身影消磨得沧桑斑驳！谁也不知道，命运之手，会如何牵制着一家走向未知的旅途……

沉重一击

那是一个炎热的夏季，几声急迫的“姐姐”叫声从一个遥远却近在眼前的地方不断发出，这是一种求救的声音，多年后我依旧记得听到这声声呼唤时战栗的心跳，这么熟悉的声音怎么会出现在福州？并且出现在一般人如果没有来过根本不知在何地方的学校？我惊呆了……弟弟怎么来了？他从来没有单独一个人出过远门，看他身后也没有任何一个亲人跟着他，况且家里这么忙，根本不可能会到福州玩。看着弟弟浑身是汗，语无伦次的叙述，我知道他一个人离家出走了，并且身上的钱都花完了，是一路打听我的学校徒步来的，后来遇到一个好心的警察用自行车载他进来的，他的疲惫与眼神中的慌乱让我意识到家里出事了……后来大概过了一个多小时，哥哥也到达学校，跟我说了弟弟的近况——由于父亲动了一个手术，自感身体已经远远不如从前，为了让弟弟也掌握一技之长，父亲就想如当初叫回哥哥一样，让弟弟也辍学回家帮忙做生意，以后孩子的生存就有着落了。而弟弟是个爱读书的孩子，他很文静内秀，练得一手好字，为了学书法，还一同与几个同学结伴到省里拜访著名的书法家朱以撒，班主任老师等都上门劝父亲收回这个念头，可惜，父亲倔强听不进去，对于教育当时农村没有很重视。

弟弟到福州后，不肯回家，在我的学校待了几天，自小我们感情比较好，我在外求学，与他时常通信。我曾在书信中劝他，即使离开学校，我们一样可以坚持理想，那时我还没有能力去说服父亲。经过一段时间徘徊，他终于接受并同意了我的观点，一边帮助家中做事，一边每天坚持练习书法，阅读看书，做笔记。但……弟弟还是熬不过心理的煎熬，这件事给他造成了很大的伤害，弟弟在父亲和哥哥地陪同下，治疗了一段时期，很多年，他在消极中过上了逃避现实的生活……而父亲在那几年里，每隔一两个月，就要一个人乘上长途汽车到福州，再转车到医院帮弟弟取药，路途的奔波加上身心俱疲，父亲的脚步开始迟缓，好几次被小偷扒去他随身所带的钱，有一次西装的内衣袋被割破，损失了六七百元，他心痛不已，却无可奈何。

……幸好，这么多年父亲一直坚持着，辛苦持家，他顽强地撑起逆境中的一切，弟弟后来娶妻生子，自食其力，他给自己的女儿取名“文秀”，就是寄寓了他当年所有的梦想吧！文秀文秀！其中的辛酸谁人理解。偶尔还看见他喜欢用钢笔写一些龙飞凤舞的字，可是时光早已变迁。

屋漏逢雨

哥嫂生下第一个侄女雨薇起，家里增添了无数的喜悦。父亲当上爷爷了，他特别开心，每天忙完生意总是抱着幼小的孩子，教她走路，逗她玩，家里洋溢着祥和的喜悦。那时大门处摆放着一张置办菜谱的大桌子，哥哥常将女儿抱起放在桌子靠墙处，让她往桌子外头走，幼小的侄女伸张着双臂摇摇晃晃向我们迎面走来，跌跌撞撞，像一只嗷嗷待飞的小鸟，最后成功地走到桌子这一头，扑入哥哥怀中，高兴地跳蹦，全家顿时发出了畅怀大笑。记得下街巷不远处有一个被人称为“大喇叭”的乡人，他每天都踱步上来，他有个绝招，就是用他雄厚的大掌，把小雨薇托在他掌上，另一手轻轻扶着，然后他大声地喊：起！没想到孩子竟稳稳地站立起来，一秒、两秒、三秒……哈，他马上接住，孩子也骄傲地想再试一遍。那时的父亲笑颜绽开了许多……5 年后，哥哥的小女儿雨佳出生，她自小乖巧，大眼睛总是扑闪扑闪的，父亲十分疼爱她。而经过我的努力，那几年我在工作岗位上获得许多荣誉，有一年被评为福建省优秀教师，还获得荣誉勋章，当时长乐电视台下来采访，采访的内容在当晚播出，父亲早早坐在电视机旁，邻里乡亲围在他身边，看着镜头中的我，父亲的目光炯炯……

很多往事如一滴滴水珠串起过往，有时晶莹，有时混浊。美丽的水珠总能让心灵纯净，而狂风暴雨之后，混浊的水珠呀，就如年迈父亲的泪水，经过曲曲折折的皱纹抵达内心的疼痛。20 世纪 90 年代中期，一个机缘促使父亲与哥哥关闭家里的店，将生意转移到长乐县城。这家店位于长乐政府旁边，即如今步行街中央，原先是另两人合开，由于他们做生意没有经验，经营不起来，其中一个股东是父亲好友，邀约他加入，见当时梅花生意也不如从前红火，父亲就决定携哥哥前往。他们的加入使这家店的生意一天比一天好，父子二人性格爽朗豁达，店中迎来送往都是他们在招呼张罗，不知情的客人以为父亲是这家店的老板，他们也通常冲着父亲的名声而来。时间久了，另一个合作人却不太高兴，脸色也不好看，以致出现不和谐之音。父亲是个爱憎分明、办事有魄力的人，他与哥哥马上离开了这家发展良好的店，又回到家乡。可想而知，没过多久，这家店很快面临关门。

屋逢连阴又漏雨，父亲正想着下一步如何安排时，家中再次发生大事。父亲辛苦积攒，存在当地一个熟人那按月算利息养家的几万元钱，被那人卷款而逃，梅花几十户人家蒙受了严重的经济重创。后来众人告到法院，当事人家中仅有一套房子拿去拍卖，父亲半年后只得到几千元的赔偿。那几个月，父亲吃不下，睡不安；而在这之前，父亲也投资一个企业，他总是希望能有好的经济前景让全家过得顺当些，当时我和弟弟还未成家，年近90的祖母需要照顾……结果那家企业破产，父亲一分钱也没拿到。这次又连本带利遭受如此重大的打击，家里经济马上出现赤字，想起这些，他悲从中来，后悔莫及，父亲一下子如踉跄的蜡烛，摇摇坠坠在他年近65岁的光阴……

那年的春节，是全家最压抑与沉重的一个节日，父亲默不作声答应一个朋友，去偏僻的一个乡村工厂做厨师，一个月大概1000元的工资。我们一直劝他不要去，但他叹息了一声：那我们吃什么？以后怎么办？祖母陪着落泪，我们不知所措。他毅然地收拾了简单的衣物，打包好睡觉用的棉被等物品，用他常用的扁担挑着，就这样离开家人，那时鞭炮声声，敲碎了家里所有人的心……

父亲在那家工厂做了半年多，每逢一两个周末他会抽空回来一次，帮我们带回一些生活用品，并看望年迈的老母亲，他总是轻描淡写厂里的生活。有一次，他不经意地说，他住的那个屋子每天都有许多老鼠与他做伴，我们听了心里非常难受，但又不能说服他回家不做。后来哥哥决定在老家继续干老本行，然后家中重新装修，父亲那时才回到了家，继续帮助与扶持哥哥。那真是一段不堪回首的岁月，父亲在万家团圆之时，为沉重的生活负担远走他乡，但他的坚强与勇敢却是儿女心目中的一道光芒。

夹缝快乐

我的孩子出世了，这个小男生初来乍到，着实给父母一个惊喜。等我去上班后，白天就将孩子交给母亲带，母亲已长出些许白发，她依旧爱美、爱笑，特别疼爱外孙；父亲每天都买新鲜的小黄鱼炖给孩子吃，家乡的螃蟹、明虾、虾蛄等挑出嫩肉，捣碎，父亲希望孩子打好身子底子。他每当忙完店中事，就看看小家伙，抱抱他，有时还故意用胡须轻轻扎他。老祖母在里间一楼床上休息，有一两次她接过孩子，见小男孩在她腿上蹦蹦跳跳的，高兴地直嚷："好了，好了！"

父亲在哥哥能独当一面后，偶尔会在午后的时间，约上几个好友，在三楼摆上麻将。有一次，我很好奇上去看，那些如小砖头一样的牌排成城墙状，工工整整前后两列，搓、洗、排、出、收，每个人都在安静思考，常见他们用筷子与牙签代表元、角，父亲牌技似乎特别好，每胡一牌，父亲收进筷子的次数往往比拿出的要多，难得休闲的时光。屋外阳光暖暖地照进来，阳台上一盆翠绿的芦荟已长势喜人，它是父亲为解除祖母缠足的疼痛而栽种的。每天晚上，祖母就用新鲜的芦荟摩挲着旧社会变形扭曲的足，常呻吟着，拍打双腿，那种痛苦，也让我深深体悟祖母的坚强，她含辛茹苦地养育了一家人。

父亲几个兄弟对祖母非常孝顺，他们个头一个比一个高大，嗓门也是亮嗓，但唯一对于祖母，都是恭声低眉的。大姐早过世，兄弟们轮流照顾祖母，祖母想在哪多待就随她的意，从不勉强老人。每当祖母想去哪一家时，兄弟轮流用板车载着祖母，一前一后推着，板车底下铺着柔软厚实的垫子，车后头放着祖母应带的衣物、洗具等，祖母梳着齐整的发髻，别着簪花，如出门旅行一般，一路上，迎送祖母的场景，成为梅花古城的一道风景。三叔的性情最温和，对祖母很体贴。每回需要拉板车时，他是必须在的一个。我曾经与他一同送祖母到叔伯家，他在前，我在后，看着他细心地照顾祖母坐好扶好，他穿的蓝布衫显得朴素静宁，而后，板车悠悠稳稳、咕噜咕噜地在青石板上前行……父亲有一件事，至今引以为傲！有一年，以父亲为代表的家族被评上了“敬老典范之家”，全镇仅 6 户人家享此殊荣。当牌匾送至家时，全家族的子女孙辈聚齐了几十号人，拥着祖母在店中欢欢喜喜庆贺，鞭炮一声声燃起，四处欢声笑语，大家请人录像并合影留念……

如今这块珍贵的牌匾还挂在父亲的床头，每每想起祖母在世时，一家人热闹团结的喜气和瑞，父亲总是说人生如翻纸的工夫，他常凝望这块牌匾，珍惜着这里珍藏的特殊的意义。

而今，兄弟 5 人，仅剩父亲与四叔。四叔是几人中唯一上过高中的，由于家境贫寒，没有继续进修，办过厂，人热心也大咧，我们不在家，四叔常担负起照顾兄长的责任，家里一有什么事，他就赶紧打电话通知我们。虽然他的脾气不是很好，有时被兄长批评，但他们兄弟从来没有红过脸。性情敦厚的三叔那年送完 92 岁高龄的祖母，病复发，有一次，父亲带着我去探望他，他从床底搜出两双军鞋，哆哆嗦嗦地交给父亲，说他不能穿了，叫父亲好好留着。那一刻，我止不住地悲伤；而父亲，叹了一口气，坐在三叔旁边，默默看着自己的弟弟。最可惜的是五叔，很多年前遇到海难，令全家心上永远有一块伤口……而大伯最心疼父亲，老说几个兄弟中父亲是最苦的，既当爹又当妈，现在年纪大了儿女不在身边，该怎么办呢？每每两个七八十岁的老人聚在一起，大伯总是老泪纵横。前两年，大伯也走了，父亲更加孤单……

父亲的床头还珍藏着一张相片，那是五叔最小的孩子移民到了英国，某一年回国，看望伯父，4 个兄弟加上小堂弟代表的五叔，在照相馆留下这张珍贵的家族兄弟合影……人生就是如此，循回着走过这一世，又循回着不知世事昨日昏黄，总是印着谁家亲情涟涟。

漫长等待

在新旧世纪交替的年份，家乡重新装修开业的店铺生意没有以前那么好，出国之风崛起，梅花也遭遇了近十年的经济滑坡，渔业开始不景气。哥哥也想出国淘金，有一次他偷偷报名想去日本，结果被骗了 10000 元没有去成。第二次，他化名去了韩国，当时小女儿雨佳才刚 5 岁，这件事让家里炸开了锅，祖母泪涟涟，父亲默无语，嫂子带着两女儿无助地蜷缩屋中……直到哥哥离家十几天后，才辗转发来平安抵达的消息，全家人才落下心头大石。后来，家里的店暂时交给弟弟打理，年迈的父亲继续帮扶，并苦苦等待哥哥的消息。没想到这一去就是 10 年的光阴！这 10 年里，父亲日思夜想，熬白了头，他多么思念挂牵远方的孩子，希望他平安健康。因为没有真实身份，哥哥不能中途回国。就这样，一年年，一月月，一日日，一分一秒，都是父亲的一种煎熬。而这 10 年里，弟弟成婚生孩子，父亲苦心地扶持弟弟，年纪大了，还帮着弟弟外送酒菜，继续挑着那把跟随几十年的扁担，晃悠地行走在家乡的小巷，看着父亲逐渐佝偻的背影，心中常有泪影溢过……而母亲，也是默默地帮着弟弟，什么活儿都干，生煤炉、炊大米……那时，我一下班，也是马上跑到店中，洗碗、端菜、拖地，就希望家里平平安安的。但弟弟毕竟没有独立经营的能力，后来立于横街几十年的“曰宝”店终于恒久关闭了……风霜总是不时袭来，父亲一直顶着……

哥哥刚出去的那两年，没有什么钱寄回来，干过农场，做过苦工，后来由于拥有一手的好厨艺，并且他语言对话能力极强，很快地，他就获得了较好的工作机会，有时一个月工资可达到人民币 20000 多，看着哥哥寄回的洒脱英俊的照片，知道他越来越稳定，父亲总算露出欣慰的笑容。后来家里配上了电脑，从视频中可以看到离别多年的亲人，全家人那个高兴！每当哥哥下班了可以连接视频，我就叫侄女跑到隔壁，叫爷爷奶奶过来，然后你一言我一语，遥远的时空顿时失去距离，母亲又焕发出童年时留在记忆中的笑容。她总是对着电脑中的哥哥欢喜地问：“明呀，你现在在哪里呢？怎么跑到……韩国去了？不是有人说你就在附近吗……”哥哥逗她：“是呀，马上就会回来的！”母亲笑了，她说哥哥长胖了，身体健健康康，真好！而父亲，总是看着镜头中的孩子，叫他要好好干活，注意身体，并一再说着嫂子的好与孙女乖巧等，叫他早点回国。

父亲体质一年不如一年，他念叨哥哥的次数越来越多，当时我工作还没调动，嫂子一家也都在梅花，他还能享受家庭温馨的气息。由于幼小的孩子在福州读书，我不能兼顾两边的生活，经过激烈的思想斗争，我参加了全省竞聘，顺利考上省城一所学校，其实那时，我心中多么不忍呀！父亲安慰我说：“没事的，你能考上福州这是好事，是靠自己的能力考上的，要好好照顾家庭与孩子，有空时回来看看就好！”两年后，两个侄女相继考上长乐一中，全家搬到了县城，弟弟也早到福州工作，家乡只剩下父母两个老人，哎，我一直放心不下，每两周就要跑一趟回去，母亲她养了几只鸡，每天从二楼抱下放养，她还在鸡的脚上捆绑一条细绳，看见母鸡生蛋了，她总是非常开心，每次总将蛋积累起来，叫我拿回去给孩子吃。而父亲，越来越苍老，我总陪着他去海边走走，散散心。他坐在沙地的时间越来越久，搀扶他的力量也需要越来越大；他经常呆呆地望着远方的海平线，忧郁地说：“明什么时候能回来呢？”他说他宁愿少吃几餐，生活过得艰苦一些，也希望哥哥能早些回来！听着这些话，海浪远远地一朵朵打来，我与他一样落寞，不知什么时候能实现父亲这个愿望，只能对着天边飞掠而过的鸥鸟充满了忧伤……

等呀等，盼呀盼，随着嫂子在长乐按揭买了房子，哥哥回国的路程再度耽搁……父亲的背更弯了，而母亲，她在梅花这块土地上生活了几十年，自从福州的外婆去世之后，母亲渐渐地不爱去福州了，每天静静地待在家里，有时去我曾经工作的地方，隔着校门看那里上课的孩子，一如我还在那儿，她时常对着母鸡讲话……她离不开梅花了。

点滴记忆

往事总有太多辛酸轨迹延伸在空气中，似乎无痕，但却也分明磨刻了那么多难以忘怀的记忆。

乡人极其尊重父亲，都说他生活不容易，每当我牵着父亲的手行走在小巷里时，乡人总是露出欣慰的笑脸，他们亲切地与父亲打着招呼，而父亲也会提高一些声调，说女儿回来了……那时，他们看着父亲拄着拐杖，身影踯躅小步慢行，私下里总是慨叹：“你的父亲这两年‘醉’了很多！”这个“醉”字是多么形象生动地表达出父亲年迈无助的状态呀！在他身体状态比现在硬朗之时，性情却还有急躁的一面。每当我从福州到梅花去看他，以前总会提前在电话中与他说，他总是一次次打电话，担心我的旅途，然后一个人在家里一直等，而我到家才半天或者一天要回去时，他虽然喜欢我多陪身边，但他会一直催我早些去乘车，说：“太晚了，不安全！”记得我还在家乡工作时，因为弟弟结婚，我搬到学校宿舍居住，在幽静的校园环境中，总是贪睡，每当我清晨还在睡梦中时，总听见父亲七点钟准时在窗户外呼唤：“晶晶，还不起床，快起了，太阳都起很高了！”我有时假装没听见，他就一直敲……有时周末我提醒他，让我多睡一会儿，他迟了一些还是准时来了，父亲比闹钟还准时，他认为年轻人应早起，不能懒惰。

早晨他穿越长长的小巷，沿着蜿蜒的斜坡走到我的学校。那时我住在一楼操场边宿舍，只要听见急碎的脚步声，我在梦中就自然惊醒，我知道父亲的声音马上就要响起，紧跟着就是他铿锵有力的声音……女儿还在梅花的日子，老人每天是充满期待的。哥哥远渡重洋，只有我还能说话有个依靠。而后来我调走了，嫂子一家也搬走了，他日益孤独，只有离家不远的老年活动中心可以走走，以前他还会与人打打牌，下下象棋，但现在他什么都不爱做了，有时拗不过朋友叫去打牌，但每次都是输，他说老年人运气差了，真没有什么好打了。随着年岁增长，如今的他每天戴着一副花镜，坐在第一排，静静地看着中心播放的闽剧，他说前几年，还能跟着一群人，坐着家乡的小面包车，一人 5 元去邻近的乡村看戏，有人家办喜事之类的，都有请福州或闽清等地专业的闽剧团下乡演出，哪里有演出，爱看戏的老人们车子就包去哪里。我曾经陪着他去过。

而现在，父亲明显不爱动了，早晨都睡到 8 点，他能走的地方只有附近的几个“茶厅”，家乡渔民打牌下棋的地方。听说年轻时，父亲下象棋都是让着别人几个子，智力超群，而现在他仅安静地坐在人家边上，有时就躺在躺椅上，还没一会儿就睡着了，他常说：“只要你们孩子都平平安安的，老人了，呆了也好。”

要知道在父亲 72 岁时，大侄女雨薇顺利考上长乐一中，怀着喜悦的心情，我带着她一同陪着父亲去他梦想已久的北京，八达岭的长城，石阶又高又厚，父亲的步子跨得大而有力，我与侄女都走得气喘吁吁，但他虽然也累，精神却高涨。在长城上，他远眺绵延起伏的山脉，那一刻，他是否想起了自己一生的道路。上午登完长城，他还陪着我们一起去西单逛了逛，其实父亲当时已经很疲惫……傍晚天安门隆重的降旗仪式，因为我们方向感不强，与旅行团失去联系，导游在电话中教我辨别东南西北，而我们竟然带着父亲在天安门那条街来来回回走了无数遍，还找不到他们……如今想来仍心怀愧疚。但父亲那时的身体还是挺好的，他每每回想起去北京，去过天安门，还登上万里长城，就一脸的自豪，说一生都值了！

一家团聚

哥哥终于回来了，在一个毫无预感的夜里。这个夜晚百感交集，汇成不知何滋味的河流。信息是谁传递到我耳边？现在回忆此事竟是一段空白。那时听到这个信息整个人都惊呆了，又惊又喜，喜的是父亲盼望的一天终于来临，惊的是毫无预感，全家有些慌乱……因为哥哥工作的餐馆，当天遭警察突然袭击，他没有以往那样幸运，他隐姓埋名多年，很多时候会得到别人电话提醒，最惊险的一次，警察后脚到，哥哥前脚从后门才溜走。这一次终归要回来的，就跟10 年一个轮回一样，哥哥也早该回家了。

在毫无思想准备的前提下，哥哥结束了韩国 10 年零 9 天的生活。刚刚接到哥哥要遣返的那天夜里，全家彻夜无眠，特别是父亲，我可以想象到他满心的期待与心酸，日日夜夜的祈盼终于实现了，这个愿望突然从遥不可及的时空降落，一个鲜活可触摸的人就会出现在自己身边，喊着“爸爸”，牵着自己的手，那是怎样一个夜晚，怎样的五味杂陈呀……全家都在分分秒秒中等待着哥哥的消息……

难熬的光阴在嘀嗒声中计算着亲人团聚的急切与喜悦。由于临时状况，哥哥在韩国的住所许多重要物品无法整理带回国，他一个要好的朋友只能简单帮他打包了日常衣物，4 天之后，韩国 10 年的记忆关上心窗，哥哥本来想等家里的 5 年房子贷款结束之后再回国，但似乎唯有这样的一种方式，才能使自己离开依赖的环境，毫无后退之路。哥哥该回来了，乡亲们也总是这么说，父亲这么老了，孩子也大了，况且现在中国的经济发展这么快，并不比外面条件差……

哥哥在出国的时候，曾跟大女儿雨薇约定，等她16岁就回来，那时孩子才11岁，而一晃，光阴就溜着滑道走过10年，雨薇已是大学生了。而那年小女儿雨佳才6岁，10年间，我与嫂子一家建立了浓厚的情谊，两侄女与我特别亲，每天我一下班，就是陪她们玩，教她们识字、读书，她们一路的成长都倾注我关注的目光。小雨佳曾经因为婚车将我接走，发出了人生第一声因离别而悲伤的哭喊：我要姑姑，我要姑姑……她以为我不回来了，不知远方在哪里，一直哭着睡着了为止。每当我想起这一幕，总是深深感恩一世亲情。当父亲近80岁高龄，手脚腿都不大利索，只有等我周末回去时，帮忙老人擦洗身子，换洗衣服；而我没有时间时，雨佳就传递着接力棒，她也帮爷爷换洗，陪老人理发等。父亲看着他心爱的孙女这么懂事，总是饱含着热泪。他曾无数次地宽慰嫂子：生男生女都一样，都是自己的心头肉啊！两个孙女都很争气，雨薇大学中文系毕业后，参加全省教师招聘，总分第一名，如今在长乐师范附小当了人民教师；雨佳学艺兼优，十几岁就独上北京、广州等地艺考，后来考上福建师大播音传媒专业，大学毕业后在长乐电视台当了一名主持人。饱经风霜的老人总是感恩上天对这一家人的眷顾。他总是对我们说："平安二字值千金啊！"弟弟生了一个女娃，父亲一样疼爱。

一家团聚的这一天终于到来，雨薇那天早早从大学请假回家，雨佳不上晚自习，在家等着爸爸回来，嫂子更是手脚不知往哪放，我由于第二日上班不便赶到长乐，就在家里等电话消息，父母在梅花等着哥哥回来。真是一波三折，本来哥哥应是3月29日傍晚就到家的，可是他从上海机场下飞机的那一刻就被黄牛包围了，他跟着其中一个黄牛上了车。本来按正常的车程，上海到福州的大巴行驶只要10个小时多一些，除了付高昂的车费，哥哥还被黄牛一路转包，其中有一次被带到仓库等车，由于人生地不熟，哥哥意识到被蒙骗，但机智的他只好跟着一路等，也不敢闹，怕发生危险。那时哥哥外面带回的手机不能用，我们都联系不上他，只能眼巴巴地等着他的电话。在他刚到上海，用公用电话告知我们几点坐大巴回福州时，我还说他怎么不去坐动车，后来想想哥哥没有身份证。我帮他预计一下到达福州的时间，大家也就安心地等待着哥哥回到家的那个幸福时刻。

可是到了晚上8点多，哥哥还是没有到家的消息，我继续耐心地等待，心想那么远的长途，不一定会出现一些道路交通拥堵等情况，再等等，不停地安慰自己，快到了，别急！又过了两个小时，哥哥还是没有到，我打电话给嫂子，她也心急如焚，不知道什么状况。我的心扑通扑通直跳：哥哥，千万不要出现什么问题！平平安安地回来吧！那时我真的很担心，因为哥哥离家太久了，我听说很多人在旅途被骗的消息，只希望哥哥能顺顺利利早些归家。父亲年纪大了，他不懂上海回来到底需要多久的时间，所以，我们没有告诉他这些事情，只瞒他哥哥还在路上。我每隔一会儿就跟嫂子与侄女打电话，她们都说没有到，我也不敢跟她们说路上险境的事，怕引起她们更大的担心。两侄女一直等着哥哥，到凌晨了还不见人，她们疲惫地睡下了……十二点的钟声敲响之后，我无奈地两手相握，开始闭眼祈祷：哥哥，一定要平安啊。哥哥，你在哪里啊？快些回来吧……之后挣扎着迷迷糊糊地睡着了，一夜都是梦，惶恐的梦。

第二日清晨，一阵电话铃声响起，是哥哥！他爽朗的笑声出现在电话那头，说起自己的惊险经历，说自己被人骗了，一到机场就被那些命令式说话口吻的工作人员指挥着这里走，那里走。大家大呼小叫的，没有一点礼仪。他说他一到飞机出站口就被黄牛拉走了，转来转去，耽搁了很多时间，其间被转了3次车，最后一次竟然不是停在福州市区，而是开到马尾的方向，到凌晨2点多才打的到了自己的家……听到他的经历，我不禁长吁了一口气，心上的石头终于落下：你回来就好了！……哥哥平安归来，他的笑声让我悬着的心终于放下，我说你那么迟到家，怎么不多睡一会儿，这么早起床！他说我怎么睡得着呀，家里房子真漂亮，国内的生活比我在外面惬意多了……然后哥哥跟我说，他马上就回梅花去看望父母。

一切顺理成章，我的哥哥终于回来了，这10年，无情地被分割出去，似乎所有的一切都没有改变。但岁月却明明在哥哥的脸上以及全家人的心中，写下了种种沧桑。而父亲，从一个意气风发的人，变成一个终于不得不承认自己老了的老人，他盼哥哥一头栽倒在自己的怀里，亲昵地呼唤着“爸爸”。我在遥远的福州，虽然没有见到这一幕，但我清晰地看到爸爸悲伤的泪水。

父亲病倒

哥哥刚刚回国的时候，一切都是陌生又熟悉的，他享受着亲情、友情、邻里情的种种关爱与问候，以离别太久的眼神，慢慢体察与适应着身边的一切。首先他用脚步丈量着长乐城关的脚下土地，每天沿着家外的道路这里走走，那里看看，嫂子都笑他别走丢了。老家梅花，他几天就下去一次，父亲一下子心静了许多，父亲带着他一起去拜祭祖母，哥哥用手擦去奶奶遗像上的灰尘，轻轻地说："奶奶，我回来了！您最喜爱的孙子回来了！"哥哥自小就在祖母身边长大，祖母最宠他，哥哥出国几个月之后祖母病重，那时她在电话中与哥哥不停地交代："明啊，你要好好做事，奶奶看不见你了……"

在外打拼的10年，哥哥的身体严重透支，时常抱病工作，中国沿海地区许多人出国谋生，寄回的一分一厘钱都透着血汗，外人看着风风光光，似乎这家人经济越来越好，房子越盖越高，其中的辛苦谁人体会？哥哥刚回国时，痛风病使他两边的膝盖走起路来都特别困难，上下楼梯更不用说，两个女儿看见爸爸的样子也很心疼，哥哥抱着两个已经跟他一样高的女儿左亲一个，右戏一下，那些日子，他开心的性格每天都让家里充满欢声笑语。侄女经常录下哥哥一边唱歌一边跳独创舞蹈的样子，她们学着韩语，夸张地叫着"哦爸"，孩子们终于体验到有爸爸在身边的幸福滋味，吃着爸爸拿手的好菜，向爸爸学习高超的电脑技术，全家其乐融融。

而父亲却在这当口病倒了，等待哥哥10年来的阴郁，似乎一下子要通过身体的缺口宣泄出来。一个夏日的午后，一声急促的电话铃，是四叔打来的，他焦急地说："你父亲摔倒了，整个人坐在椅子上没有知觉地往后翻，幸好没发生什么大事，你们兄妹赶紧带他去看病……"接到这样的电话，我一下子手足无措，赶紧打哥哥电话，叫哥哥先赶去梅花，他离得比较近。哥哥心慌意乱，马不停蹄地赶到梅花，帮父亲量了一下血压，达到"210"！父亲根本无法走路，整个人昏昏沉沉的，一米八多的个子，哥哥搀着他非常艰难，他只能一步步靠半背半扶把父亲送到车站，经过近一个小时的颠簸到达长乐。到医院一检查，医生要求马上住院。我也赶到了，我们都担心父亲是否旧病复发，原先由于高血压、脑血管堵塞曾经造成半边肢体麻木，走路不便，连续挂瓶达半个月。而这次更严重，他处于昏迷状态，且一直发烧，白天烧退了，晚上再次高烧，他的身体从来没有出现过这种问题。我们担心极了，与哥哥商量如果在长乐医院父亲没有好转，马上要帮他转院到福州。

有哥哥在，我放心许多，哥哥不在家的10年，我操碎了心。父母的身体、弟弟的婚姻、侄女的学业等，现在哥哥在就好了，他叫我先不要请假，说老人家身体就这样，慢慢观察一两天，如果没有好转再通知我转院。过了两天，父亲的烧渐渐控制下来，我们也安心一些，继续挂瓶治疗，最后体检结果显示父亲的大脑严重缺乏人体必备的一些元素，现今几近达到痴呆的程度。这次发病可能由于感冒发烧引起，他连续几天发高烧自己也不知道，我们子女都不在身边，无法悉心照顾他老人家，直到最后他还摸索着走去老人会，坐在那一会儿身子后仰晕倒……唉，可怜的、辛苦的父亲！

见身子慢慢好转，父亲急着出院，说在医院里一天有一年那么漫长，没有办法，我们跟医生商量一下，就着手办理出院手续。那天周五，我请了假过去，刚到病房门口，看见父亲静静地躺在病床上，身边还有一瓶点滴未挂完，他眼睛呆呆地望着天花板，那份对身体与生命的无力落寞感让人觉得心疼，哥哥照顾爸爸几天来，人极度疲惫，静默的空气有些压抑。见我进来，父亲叹了口气，说老了，不中用了！我来之后与他说笑，慢慢地，父亲的情绪逐渐好转。最后一瓶药挂完后，哥哥办理完所有的出院手续，我们搀扶着爸爸走出医院大门，他长长地舒了一口气，重新见到蓝蓝的天空，他的精神一下子好了许多。

住院使他迫不得已离乡这么多天，归心似箭，但我们还是说服他，说哥哥出国刚回来，并且刚出院身体虚弱，也要在儿子的新房子休息一宿，明早再走！他拗不过我们，终于决定留下来过一夜。晚饭后我们陪着他聊天，看会儿电视，9 点多，父亲的鼾声再次响起，几天来在医院的阴影终于拂去，我们看着他平安脱离病痛，也放下一颗不安与牵念的心。第二天清晨，他又很早起床，催着我们赶紧回去，似乎只有踏上梅花那块土地，他的整颗心才能安逸下来。

斑驳人生

哥哥回国后，曾经重拾老本行，在长乐开了一家饭店，刚开业时生意红红火火，全家里里外外的许多亲戚好友都时常来帮忙，他们极其尊重父亲与心善的嫂子，知道哥哥出国 10 年家里的不易，都希望哥哥的店顺顺利利的，让老人家也过几天安稳的日子。大家时常把哥哥生意火爆的消息传给梅花的父母听，父亲每当听到这些消息，总是微笑着点点头，说好，这样他就放心了。起先他一直担心哥哥的生计问题，时常紧皱着眉头，又觉得自己老了也无能为力去帮助孩子，只能唉声叹气。现在好了，哥哥做事情有着落了，他终于可以安心地养老了。

有一次，我带着父亲从梅花来到哥哥店中。他自从出院后就不敢轻易出门，怕像上次一样摔倒，我帮他买了一根拐杖，自从用上拐杖后，他就不再离手了。老人需要一把支撑他晚年的人生支柱，除了家中儿女的平安，就是自身的健康与安全。他怕拖累孩子，脾气倔的父亲从不轻易与我们道艰辛，他一直安慰我们好好工作，不要挂念他与母亲。到了店中，父亲很满意店的格局，说很亮堂，虽然小，但也气派，居家开店这样就好，也没有太大的经济负担，能挣多少就多少，平安就好。他的这句口头禅，也是他一生为孩子们求的上上签。那天，我看着他坐在店中的一处角落，看着来来往往的客人，又有些落寞的，呆呆的神情，有些客人认得父亲，很亲切地与他打着招呼，他紧紧握着年轻人的手，说：自己老了，都不认得人了！

确实，如今每次回乡，都会发现父亲的脚步越来越沉，我搀扶他往海堤边走时，他遥望着大海，总是说：时间真快啊……有时问他一些往事，父亲总是摇摇头，说：我忘了……他说“我忘了”的次数一次比一次多。时常想起父亲年富力强时利索能干的样子，一个人煎煮熬切炖，操办十几桌宴席；由于社会名望，他参与梅花创建民族英雄林位宫，当选为理事的他总是力所能及地为家乡做事；协助老人会，共同出谋献策建设将军山公园……我也常常想起父亲年少时立在海滩意气风发的样子……

他曾感慨地说，你母亲这一辈子说的话，有一句他是牢牢记在心里的：“我生的三个孩子哪一个比别人差？”父亲说我母亲迷糊了一辈子，只有这一句话是贴心的。

“你妈妈是有功劳的。”

时光啊，你照彻的人生路，真是光影斑驳，令人感慨万千——

“含辛茹苦癸酉年，一朝啼哭又多病。大年初四降人间，取名活宝喻重生。一生朗朗乾坤境，千磨万难路不平。从来不信低头腰，耿直忠义令人敬。孝道相传儿女经，平安二字值千金。晚来孩儿尽孝意，梅花代代传为情。”

祝愿父亲，健康长寿！

后记

有时想想，写作对于我意味着什么呢？在我很小的时候，那种对于生命与孤独最初懵懂的体验，其实就夹杂着细微的思考，不知未来是一条怎样的道路；在更大一些的时候，夜晚的一扇窗口，仅能看见一小方的夜空，一个人伫立，星星与邻屋的黑瓦安静地在那一刻陪我。

忆及往事，当人无法去左右自己最初命运的时候，面前会出现诸多曲折的弯路，无论是情感上的，还是生活经历上的，那些细碎的点滴，后来都汇聚成一张人生大图，会使你在一路颠簸与摸索的过程中明白：哪些是闪亮的珍珠，哪些是历练的礁石。庆幸的是，在很长一段时间里，无论是诗歌还是散文，它们凝注于我的内心，化为倾诉与力量；特别是那些帮助、鼓励过我的老师与编辑们，他们都无私地给予我精神汲养与面对困难的勇气，由此也让我明白，文字的温暖，抵达心尖柔软的领域，只有深爱它的人，才可以体悟它的美，它的深沉，它的博广，它的典雅。

当我试着用我的笔写下一篇篇力求清新旷远，或敦实素朴、磅礴幽婉的文字时，其实背后倾注着一次次攀登的艰辛；一个个生命瞬间的体悟；一回回晨曦光明的祈盼……当我投入大自然，喜欢用脚丈量平实的山路、淳朴的泥土，用心去感知那些山水桥梁，那些鼎立千年而不屈的风物史迹，它们身上蕴含的自由飘逸、隐忍坚毅、刚正不阿等品质，对于渺小的个人来说，是多么大的心灵启迪与震撼。

近年研读史书及经典诗文，对我影响很大，透过一件件风云斑驳的史事，透过时光淋漓尽致的影子，我看到丰富的历史、凛然的风骨、饱满的才华、悲怆的伤痕，在我的案头它们陪伴着我掂量人生的厚度、生命的广度。对于写作，勤耕、笃实、净远一直是我个人的追求，常谨记“多读儒先之书，留心天下之事，文字所出，自有不可磨灭之光气”。散文创作的要义自认为要“传神、真挚、自然”，无论是写人、叙事、摹物、传记，在谋篇布局及语言的变化离合上，自有随心、用心点染所在。文章之气韵，犹如流水，须浩荡而下，文气则奔腾万里；中途有时遇石阻流，如何巧妙构思、笔锋一转，就可波澜丛生，文思涌泉……写作是一门大学问，而今，我刚刚敲响它一些细微的音符，这音符，有时让我仿佛看到广垠无边的大海——

浪，冲击于礁石，发出嘭嘭的声响，飞溅四处，如利箭射向空中，而后快速飞腾下落，汇入海中，缓退，再涌进；冲击，破裂，完整，再沸腾……哗，哗，嘭，嘭，这一幕幕交响曲多像人的一生呀。那些小浪花，有的长出自由的手臂，有的长出聪慧的眼，有的勤劳，有的善良，还有的尖锐，它们都在浪的包容下，隐藏心底秘密，但奔泻着永无止息。碎浪永远没有重合的身子，总是被四方源流汇成不同分子，推着历史随之行进……

这何尝不是我写作与生活的一种状态呢？既然生命际遇让我选择了这支神奇坚韧的笔，我愿勉力，将它擎举到人间的高度。

2017 年 4 月